珠海文艺评论书系

拒绝合唱：散文的精神

石耿立 著

JUJUE HECHANG:
SANWEN DE JINGSHEN

中山大学出版社
·广州·

版权所有　翻印必究

图书在版编目（CIP）数据

拒绝合唱：散文的精神/石耿立著.—广州：中山大学出版社，2022.3
（珠海文艺评论书系）
ISBN 978-7-306-07465-2

Ⅰ.①拒…　Ⅱ.①石…　Ⅲ.①散文集—中国—当代 ②中国文学—当代文学—文学评论—文集　Ⅳ.①I217.2

中国版本图书馆 CIP 数据核字（2022）第 042787 号

出 版 人：	王天琪
策划编辑：	吕肖剑
责任编辑：	王旭红
封面设计：	曾　斌
责任校对：	吴茜雅
责任技编：	靳晓虹
出版发行：	中山大学出版社
电　　话：	编辑部 020-84110283，84113349，84111997，84110779，84110776
	发行部 020-84111998，84111981，84111160
地　　址：	广州市新港西路 135 号
邮　　编：	510275　传　真：020-84036565
网　　址：	http://www.zsup.com.cn　E-mail: zdcbs@mail.sysu.edu.cn
印 刷 者：	佛山市浩文彩色印刷有限公司
规　　格：	787mm×1092mm　1/16　14.25 印张　219 千字
版次印次：	2022 年 3 月第 1 版　2022 年 3 月第 1 次印刷
定　　价：	58.00 元

如发现本书因印装质量影响阅读，请与出版社发行部联系调换

总　　序

　　珠海，百岛之市，浪漫之城。古至新石器时代，有宝镜湾岩画；中至秦汉时期，为南海郡、南越国之属地；近到晚清民国，为香山文化之核心区域；今天，时值走向中华民族伟大复兴的新时代，珠海更是屹立在改革开放潮头，书写着属于自己的精彩篇章。

　　1980年，珠海市被设立为经济特区，从此驶入经济发展和文化繁荣的快车道。这里是海上丝绸之路的节点，是距离澳门最近的城市，多种文化在这里汇聚、碰撞和升华。温润的文化土壤吸引来大批文化工作者以及文艺创作者，耕耘于斯，收获于斯。他们的存在使得珠海的文艺创作迎来百花齐放的芬芳格局。文艺创作的繁荣也相应地带动了文艺评论的发展。显而易见的是，文艺评论的兴起对于规范珠海文艺界的艺术创作、提高艺术工作者的理论水平起到了不可或缺的积极作用。珠海市文艺评论家协会正是在这种大环境下应运而生的。

　　一个时代有一个时代的文艺，一个时代也有一个时代的文艺批评。要推动文艺繁荣发展，加强文艺评论工作是极其重要的一个方面。习近平总书记指出，"要高度重视和切实加强文艺评论工作"，"要加强和改进文艺理论和评论工作，褒优贬劣，激浊扬清，更加有效地引导创作、推出精品、提高审美、引领风尚"。社会主义现代化建设，除了要有高度的物质文明，还要有高度的精神文明，要习惯于"两条腿走路"。文艺评论是社会主义文艺建设的重要抓手之一。推进文艺评论建设，对于监督文艺创作、净化艺术环境、弘扬中华美学精神等都有着非凡的意义。

　　珠海市作为粤港澳大湾区的桥头堡之一，文化建设至关重要。繁荣珠海文化事业，促进珠海文艺发展，是珠海市每一位文艺工作者、每一位艺术创作者义不容辞的责任，也是珠海市文艺评论家协会等社会团体义不容辞的责任。只有百花齐放、激浊扬清，才能促进精品佳作的不断涌现，才能抵制社会上金钱至上、炫富媚俗的文艺流毒。在这个过程中，文艺评论和文艺评论协会理应起到当仁不让的作用。

一直以来，珠海市广大文艺评论工作者认真贯彻党的文艺方针政策，以对历史负责、对民族负责、对未来负责的精神，自觉提高专业素养和综合素质，主动传承中华美学精神，弘扬本土优秀文化，发挥文艺评论的引领功能。珠海市文艺评论家协会遵循"百花齐放，百家争鸣"的方针，牢牢把握社会主义先进文化的前进方向，不断推陈出新，繁荣文艺创作，提高读者的欣赏能力。始终坚持以人民为中心的创作导向，扎根生活、扎根人民、扎根基层，坚持"三贴近"原则，以丰富多彩的艺术形式和表现手法，推出更高水准的文艺评论成果。

在中国共产党成立一百周年之际，中共珠海市委宣传部设立宣传文化发展专项资金资助项目，支持出版"珠海文艺评论书系"，并由中山大学出版社出版。书系依照整体策划、独立成书的原则分批次推出。首批包括《唐涤生戏剧艺术研究》《叩问与超越：苏曼殊文艺创作研究》《拒绝合唱：散文的精神》和《星空下的潮涌——1980年代以来的珠海小说》《古元美术研究》五部著作。这是珠海文艺评论界对党的百年华诞的温情献礼，也是珠海文艺评论实力的集中亮相。

珠海文艺评论书系所选篇目，不仅体现出文艺评论的专业性水准，而且浸透着挥之不去的人文情怀。单就研究对象而言，便蕴含了深深的缅怀之念。古元，字帝源，生于广东省珠海市唐家湾镇那洲村，是一个农村虾仔出身的名画家。出生在广东香山县（今珠海市沥溪村）的苏曼殊，能诗擅画，通晓汉文、日文、英文、梵文等多种文字，可谓多才多艺，在诗歌、小说等多个领域皆引领一时风骚。珠海唐家湾人唐涤生，更是把粤剧表演与京剧艺术、舞蹈艺术融合起来进行创造性转化，开创一代先河……这些前辈艺术家，其文化血脉之根不只在岭南，更是在珠海。可以认为，书系的出版，是对前辈艺术家的致敬，更是驻足于新时代的文化语境中对一代文化巨人的追思。

"珠海文艺评论书系"的付梓，是珠海文艺界的一件好事，也是珠海文艺评论界的一件大事，象征着珠海文艺评论工作经过多年磨砺，已渐至佳境、日臻成熟。作为珠海文化建设的新起点，我们相信，这套带着淡淡墨香的书系，尽管未必尽善尽美，但终将行稳致远，拥有美好的未来。

是为序。

"珠海文艺评论书系"组委会

2021年11月30日

序：这样的批评

丁帆先生有篇文章《把学术文章当作散文随笔来写，何尝不是对文学本身的尊敬？》在网络传播，一下子刷屏，引起巨大反响。由此可见，大家苦于那种掉书袋、装腔作势、空洞无物、高头讲章的学术文章久矣。

多年前，我就喜欢李健吾先生鲜活的批评，他的批评有代入感，不像学院派的单调枯燥，那种万古如一的程式化，那种佶屈聱牙，那种概念的僵尸。学术文章除掉学界那种科班训练的方式，是否还有别种文体？

我们都明白，大部分论文都写得难看，人们不喜欢阅读；那种文章，只是作者看，学术刊物编辑看，再就是写论文的人可能看。阅读论文是十分寂寞的。

我觉得，对文学的评论，不应该都采取那种方式，即抽干感情，去掉趣味，没有温度，在大量的引文、大量的阐释、大量的注释中，把理论的枷锁套在作者和读者的头上，还有被批评的作家和文本的头上，肢解生动的文本，进入理论的模板。

文学批评在古代属于文学的一种类型，这里面名著多多，那些诗话、词话，那些小说的眉批，以及我们熟悉的《二十四诗品》《人间词话》莫不是里面的精品；而宗白华的《美学散步》、李泽厚的《美的历程》、刘小枫的《沉重的肉身》都是随笔写成的评论名著。

我想，评论也应该是多元的，就如我喜欢的胡河清的评论。读胡河清的文章是绝对的享受，他的文章敏感、温润，又尖利独到。有位国学家说胡河清的评论文章实在是一篇小说，能把评论写得像小说那样正是胡河清所追求的，他在评论中灌注的是自己的人生体味——苦乐与感喟。虽然他寄身于学院，但他的文字并不是学院式条理周正的无生命血色的文字，有人把他归作原型批评之类，也是皮相之议。

其实，我心中有一种批评的样式，那是我十分向往并追慕的，就是米歇尔·福柯说的批评：我忍不住梦想一种批评，这种批评不会努力去评判，而是给一部作品、一本书、一个句子、一种思想带来生命；它把火点燃，观察青草的生长，聆听风的声音，在微风中接过海面的泡沫，再把它揉碎。它增加存在的符号，而不是去批判；它召唤这些存在的符号，把它们从沉睡中唤醒。也许有时候它也把它们创造出来——那样会更好。下判决的那种批评令我昏昏欲睡。我喜欢的批评能迸发出想象的火花。它不应该是穿着红袍的君主，它应该挟着风暴和闪电。

米歇尔·福柯所说的这种批评，是我喜欢的，我愿意躬身追随之。

是为序。

石耿立

辛丑年芒种于珠海白沙河畔

目 录
Contents

散文的精神含量与高度 …………………………………………… 1
谈散文诗意与小说化陷阱 ………………………………………… 19
随笔和散文的门槛 ………………………………………………… 45
星元散文：及物与精神呼吸 ……………………………………… 61
问天下头颅有几？
　　——宋长征散文解读 ………………………………………… 67
散文的道德评判与审美冲突 ……………………………………… 78
拒绝合唱：散文的同质化与异质化 ……………………………… 84
废名散文：一意孤行 ……………………………………………… 101
旷代的忧伤与小众名单 …………………………………………… 109
寻找散文写作的另一种表达 ……………………………………… 134
乡土背景下的散文创作 …………………………………………… 149
随笔的精神与价值指向 …………………………………………… 168
史铁生：命运即是与苦难周旋 …………………………………… 185
是谁把他逼成了古怪和孤愤
　　——张炜散文论 ……………………………………………… 195
当下散文创作的几个关键词 ……………………………………… 208

后　记 ……………………………………………………………… 216

散文的精神含量与高度

我一直在思索一个问题：当代散文，是从1949年到现在，再往前追溯到现代文学，还是从1918年到现在一百多年的时间？散文走过的道路是非常坎坷曲折的，但散文作为一种文体，在当下，比诗歌小说有着更大的阅读量。张炜先生以小说见长，但他认为小说与散文相比仅仅是"世俗的文学"。冯秋子先生在同我的交流中指出："一部三四十万字的小说，它的精神含量还比不上一篇散文多。"真正和当下中国人的生活思想联系紧密的就是散文这种文体，那么怎样理解"散文的精神含量"？我想到了大家常常提到的"贵族精神"。

法国国王路易十六在上断头台的时候不小心踩到刽子手的脚，马上温和而礼貌地对刽子手说："对不起，先生，我踩了您的脚。"面对杀气腾腾的刽子手，路易十六留下的则是如此坦然高贵的遗言："我清白死去。我原谅我的敌人，但愿我的血能平息上帝的怒火。"傅雷夫妇半夜上吊自杀，还在凳子下面垫上棉被，免得凳子倒下去时惊扰邻居，他们在自己的生命即将终结时，还处处为他人着想。伟大作家托尔斯泰为世袭贵族，独自离开辽阔的庄园消失在野外，临终把家产分给穷人，病死在一个小火车站，他的墓地甚至特别寒酸，就在一个树林里，没有坟头和墓碑，只有野花野草，而他的不朽作品却超越时空留给了人类。英国国王爱德华到伦敦的贫民窟进行视察，他站在一个东倒西歪的房子门口，对里面一贫如洗的老太太说："请问我可以进来吗？"这体现了国王对底层人的一种尊重，真正的贵族是懂得尊重别人的。英国戴安娜王妃到生命最后都在从事慈善事业。他们，都有一个共同的特点——灵魂的高贵。

上面谈到了"贵族的精神"，如果把散文当作一个人的话，它的精神含量是一个作家对社会人生、自然的追索、盘问、批判、担当，是一种价值观，是衡量散文文本高度和深度的重要标尺。一个散文家要有自由的精神、担当的精神，独立不迁，敢于直面黑暗，对人生有着宗教一样的情怀。散文家，既是一个道德律令填胸的人，更是一个仰望星空的人。

一、 精神的在场

提倡散文"精神"，恰恰说明当下的散文创作"缺乏精神"。目前散文创作的状况是：琐细化——喝茶聊天、买菜做饭这些东西不是不可以写，我认为散文要有"烟火气"，但要注意"比例"。如果中国的散文家整天关注这些琐碎东西，那么关于星空、关于人类自身、关于精神、关于未来、关于公正的、关于正义的东西都会缺席。平面化——散文是最容易创作的文体，特别在网络时代，谁都可以随便写东西贴上去，但正是因为没有编辑把关，这种自由被过度消费，甚至有的时候反而害怕自由，这是一种辩证关系。随意的写作，缺乏思想精神的深度，更像一种"快餐文化"。在散文创作中更严重的是犬儒化、乡愿化。"犬儒"概念来自西方，"乡愿"是孔子所反对的一种精神——不敢担当、流俗、没有立场。平庸化精神的缺席，良知的缺席，精神的休眠和惰性，这是应该警惕的。当代中国散文所弥漫的后现代"个人化"写作和部分追求闲适意味的倾向，不仅使散文在思想维度上显得轻飘，也使得不少文本疏离"底层"，少了许多人文情怀。正是在这样的氛围下，我提出"散文的精神含量"的概念。

香港散文作家董桥说过，心目中的散文，有着难以企及的精神尺度："散文须学，须识，须情，所谓'深远如哲学之天地，高华如艺术之境界'。"注意这里面的哲学层面和艺术层面的探险及社会学层面的批判气度，这和那些把散文当成茶余饭后的闲聊，当成小品和美文的看法，是多么格格不入！在我看来，许多散文的失败正是远离了作者必不可少的精神追求和必要的美学精神的经营，才显得肤浅零碎、散漫无边。一些鸡毛蒜皮的琐事，一些陈旧不堪的感叹，一些小花小草的吟哦，再加上语言匮乏，离艺术标准远，离庸俗大众消费品近，如快餐手纸，用过就扔。

为什么会出现这些东西？自改革开放以来，我们的社会生活与西方世界应该是同步的，西方后现代文化正在将世界拆解为一堆没有中心的碎片，消解深度而平面化，种种观点、见解不再通向某些深刻的理念，不再企图托住世界的重心。它们不过是一个偶尔的闪光，不过是偌大世界中的一根毛发或者一小块皮屑，随风而逝。大众传播媒介的发达加剧了这种趋势。又有什么必要将每天报屁股的一小段闲散文章视为悟道真言呢？俏皮一下，哈哈一笑，如此足矣。即使什么都没有，也无关紧要。博客和微博的兴旺是另一个影响深远的事件。技术发明突如其来地抹掉了私人空间与公共空间的界限。无论是绯闻八卦、猜测臆想、撒娇骂娘、斗嘴扯皮，写出来往博客上一搁，各种琐碎的个人意见立即成为社会关注的公共文化产品。换句话说，发表文章与发表对世界的重要观点愈来愈没有联系了。那些歌手正在提倡"想唱就唱"，后现代式的散文无疑是"想写就写"。平民化、大众化、民主、狂欢，这些词现在都拥有了具体的内容。

但是，我们在强调这些合理性存在的时候，不要忘记文化的责任与担当。身边的污染还在，留守的儿童还在，空巢老人还在，野蛮拆迁还在，其实中国离后现代还很远，虽然我们的网络文化呈现了后现代的方式。西方有句话说："奥斯威辛之后写诗是野蛮的。"奥斯威辛集中营里的纳粹恶魔是听着贝多芬、瓦格纳的音乐残酷屠杀犹太人的，只有人类才会如此残害同类。在战后美国的大学校园里，每逢奥斯威辛大屠杀纪念日，犹太学生就会在路边摆上桌子，放上水果和鲜花，向驻足的行人朗读遇难同胞的名字……

什么是文章之道？董桥："或曰：拙文过分雕琢，精致有如插花艺术，反不及遍地野花怒放之可观云云，闻下不禁莞尔。尝与陈之藩书信往还谈论文章自然之说，其见解甚精辟，大意谓：六朝诗文绘画不自然，却凄美之至；芙蓉出水虽自然，终非艺术。人工雕琢方为艺术；最高境界当是人工中见出自然。"绚烂与平淡、精致与自然，古人对于这个问题的辩证处理是富有启示的——推敲到自然为止。"极炼如不炼"，"看山是山，看山不是山，看山还是山"，是一种螺旋的上升与回归，这是一种高妙的境界，是雕琢之后巧夺天工的人工之美。如果将"自然"理解为无所用心地复制生活，那将丧失美学、美感对生活的震撼和冲击；另外，如果摆弄形式到了喧宾夺主的地步，那将成为字雕句琢的工匠。我希望的散文是有精神含量的、雕琢的、自然的，对人生与世界抱着最诚挚的安慰、最温柔的爱心，在黑暗和罪恶面前不闭上悲悯的良知之眼。

散文提倡真情实感，提倡亲历亲知时代，与生活不隔膜，这还不是艺术的评价、精神含量的评价。当下，经济与文化、物质与精神的矛盾开始显现，整个社会都在调整，不仅是利益的调整，也是精神回归、精神升华的阶段。散文也到了抛弃小花小草、小情小调的东西，给当下中国人精神安慰的阶段。有出息的散文家要有清晰的文体意识，仍然据实平面摹写；没有精神的锋芒批判的力度，仅仅满足于自娱自乐，已很难解答自身和时代所处的问题。这是小说和诗所短，恰是散文之所长。散文要呼应时代的精神困境，回应时代的提问，要成为社会良知、时代精神的探索者，就要铸造不同于市场价值的人文价值，开辟物化世界上更阔大的精神空间。目前散文虽然热闹，从总体上看，虽然出现了许多惟妙惟肖展示生存状态的作品，但精神维度的匮乏带有普遍性。

精神含量，不仅是知识分子的专利，更是全民族精神生活的大问题。目前伴随着城市化、市场化、价值选择多元化，必然要提出重大的时代精神课题。市场这只看不见的手，正在改变一切，物质与精神、感性与理性、金钱与良知、灵与肉的冲突日趋明显，为了抗拒物化，人们痛切感到寻觅精神家园和灵魂栖所的重要性，坚守道德理想和寻求精神超越的重要性。于是，散文创作的精神，就不可能不循此方向摸索、发展。这种寻求超越的努力，就是当今散文创作的精神主线。散文艺术判断基本标准是特色，最终标准是人文精神含量。

"艺术"不是抽象的。无论我们判断一种艺术、一件作品还是一位艺术家，都会有一些相对稳定、相对明确的标准。而首先引起我们对这种艺术、这件作品、这位艺术家的兴趣的无疑是其所具有的特色。对于一种艺术而言，特色就是其表现方式，也就是艺术语言；对于一件作品而言，特色就是作品的题材和作者的创作意志；对于一位艺术家而言，特色就是作者一贯的风格取向、审美标准。而判断艺术的最终标准是具体作者、作品的人文精神含量，也就是一个成品的"含金量"。作者的人文精神含量指的是作者的艺术高度、成就大小；作品的人文精神含量指的是作品的"器量"，也就是作品所表达出的人文精神的广度与深度。缺少特色，就不会引起人们的兴趣；缺少"含金量"，作品就难以"回味"，也就不会引起人们持久的兴趣。所以说：判断艺术的基本标准是特色；最终标准是人文精神含量。

所以，我提倡精神的在场！

散文现在的难题不再是从写什么入手，而关键看我们能够赋予这些散文什么。散文应从传统的那种松垮、慵散、懈怠的，过于休闲的状态中解脱出来，从那种精致到起承转合雕琢的寻章问句的华丽小品中挣脱出来，应该更多地承担人文精神与良知功能，应该有更多对社会和当代的思考……在生命诚实、精神关怀力、社会良知和道义承担上下功夫！我们应该思索，如果精神不存在，我们该如何活？如果散文成了精神的荒原，满是杂草弥漫，我们该如何走？所以，我们应该端正身子，以直视生命的态度写散文，以精神的自觉，在散文写作中，让精神敞开、照亮，而非懒洋洋地造散文，糊弄散文，描眉画眼地写散文。

比如裸体，可以轻薄，但更可以给予她以精神。古希腊的时候，有个叫芙丽涅（Phryne）的人体模特，据说是雅典城最美的女人。因为"亵渎神灵"，芙丽涅被送上了法庭，她面对的将是死刑判决。关键时刻，辩护人希佩里德斯（Hyperides）在众目睽睽之下为她褪去了衣袍，并对在场的所有市民陪审团成员说："你们忍心让这样美的乳房消失吗？"这是古典时代有关美与正义的最动人的故事之一。所谓爱美之心，人皆有之。在肉体之美（芙丽涅）和精神之美（希佩里德斯）的双重感召下，雅典法庭最终宣判芙丽涅无罪。再比如罗丹的《青铜时代》是一个男性的裸体，但大家对他都没有猥琐的想法，它所代表的是人类从蒙昧走向智慧，每个人是有自己的青铜时代，一个国家也是如此。

散文不该沦为文学的下脚料、跑马场，更不是剩饭、闲饭、馊饭。而散文文体，不应被稀释成一个时代的胃酸和呕吐物。散文的尊严来自它的精神的品性，这是散文在当下创作中最应该关注的部位。做精神的探险者、精神的独立者，在精神上不作伪、诚实，把看到的、体验到的，内心最本真的拿出来，做生命的见证，让灵魂变得柔软，这是散文区别于小说和诗歌的关键。散文凭借什么？就是一种精神的高度，和民族一同思考、受难，诚实记录、不撒谎，不对自己的心灵撒谎，不对历史撒谎。

散文的文体应该是精神的载体、思想的容器，它的内存是良知、独立和勇气；它应该去除它不应背负的那些非精神的维度、非精神的眼光，而应开拓在生命及生活、自然等维度；散文不应堕落为语言的把玩者，而应是精神的命名者，不是赋闲文体，不是文学的边边角角，不应变成一种饭后茶余的唠嗑和心绪把玩，娇气、柔弱、松弛、矫情……似乎作家写散文的那点权利和领地只是开垦小说和诗歌后残剩的那一亩三分地，这是散文作家面对"生存还是毁灭，这是一个值得考虑的问题"的时代。

如果人太懒惰，那么懒惰就会造成精神的萎缩、文体的萎缩。一个人无神，是行尸走肉；一篇文章无精神含量，也是睡眼惺忪、虚汗淋漓的倦态。散文只有精神的丰沛，才能改变过去那种小摆设、体量单薄、没有重量级的拳头作品。正如王开岭在《当代散文的精神》中提道："散文的物理空间十分广大，天上地下。我们更应该关注的是其精神空间，实际文本所呈现的精神含量和丰富性是否足够，尤其在描述深刻的心灵事件、人性的深度挖掘、关注当代中国人的现实生态、揭示普遍信仰危机、承担良知和批判功能方面，散文往往是缺席的。"

怎样才能把散文做大？如何做到散文精神与实际物理空间的相匹配，配得上精神的自由与辽阔，配得上散文的高贵与超拔？友人王开岭曾开过一个方子：看一下近几个世纪来的西方文学，与其对比一下即可受到启发。西方散文通常没有文体边界、没有自我阉割、不被狭小所锁定，所以散文在西方无远弗届，一直像大雾一样弥漫，像阳光一样辐射……表述与精神相一致，她更自由、流畅、从容与丰满，随便打开中西散文的读本：东西的散文理念差异有多大！例如，左拉《我控诉》、奥古斯丁和卢梭《忏悔录》，类似的还有萨特的《被占领下的巴黎》，加缪的《西西弗神话》，茨威格的《一个欧洲人的回忆》和《异端的权利》，索尔仁尼琴的《古拉格群岛》《牛犊顶橡树》，阿列克谢耶维奇的《战争中没有女性》和托尔斯泰的《我不能沉默》那样对尊严、良知与生命捍卫的激情等。这些文体各异，有的表面上是回忆录或哲学体的散漫随想，有的是忏悔和历史记录，但我们在直觉上觉得它们更富含"散文"那种自由精神和弥散天地的浑茫气息，它们的精神品质和生命诚实性远大于我们很多自诩为正统的"美文"的东西。要知道，几千年来，我们中国人把精神的塑造和引导赋予了散文和诗歌，而不是小说。散文是华夏精神的根脉，所以我们要找回散文的精神。当一个社会中大家都说"好"的时候，要给一部分人说"不"的权利，就像开汽车，有前进，还要有刹车，才能平稳行驶。

那么，什么是我们散文创作所缺席的？我的看法是，对于现实存在而言，人的良知和精神的高度是缺席的，人们浑浑噩噩地过日子，与现实讲和，向现实低头，对恶不敢反抗，是沉默的大多数；对于散文世界而言，有良知的写作是缺席的，有精神温度和高度的写作是缺席的。生活在现实社会，假的无所不能，真的一无所成。"卑鄙是卑鄙者的通行证，高尚是高尚者的墓志铭。"我们每个人都会程度不同地体察到一种境遇，就是虚假盛行、作恶猖獗。我想不需要举证，每个人会有无数的证据。很多时候文学与现实是隔膜的，写作者更多是生活在书斋里，沉迷在个人的虚构里。沉默源于怯懦——人们害怕权力，害怕高压，害怕失去升官发财的机会，害怕失去房子、车子，于是沉默成了自我保护的机制。

对于"俄罗斯的良心"作家索尔仁尼琴，人们说："索尔仁尼琴最为核心的特征，是他那极富宗教色彩的'内省'精神，那种自我批判的深度。他几乎无时无刻不在自我怀疑、自我审视、自我拷问，甚至自我虐待。……这显然同他的精神信仰有关，广义地说，与宗教感有关。"这与我们的鲁迅先生特别相似。

但我们所遇见过的写作界的中国才子们，固然才智过人、风流倜傥、言辞犀利，但他们几乎都有一个共同点，就是炮口向外，他们似乎天生就不会反躬自省，要求别人甚严，要求自己则松。但索尔仁尼琴却是属于18—20世纪群星璀璨的俄罗斯的精神谱系，该精神谱系包括普希金、托尔斯泰、陀思妥耶夫斯基等人。这是一个人类精神史上最富有内省特质、极具深度的精神谱系。

反观中国，在"文化大革命"之后，虽然出现了一些诸如"伤痕文学"的作品，但是却缺乏一种忏悔和反思精神高度的创作。作家在作品中不是喋喋不休地诉苦，就是将苦难的责任全部推给外在的环境。因此，在反思的深度上，与索尔仁尼琴的作品有天壤之别。索尔仁尼琴的作品之所以能达到这种精神高度，与其说是出自其天才，不如说是信徒的忏悔精神使然。如果说陀思妥耶夫斯基是俄罗斯19世纪最伟大的作家之一,那么索尔仁尼琴应该是20世纪俄罗斯最伟大的作家之一了。他们的共同之处,都在于他们背后有着深厚的精神背景和信仰。他们的作品都在揭示着处于备受屈辱时刻的人的品质,体现了对不可摧毁的人之尊严的肯定,以及对破坏这一尊严的企图之批判。索尔仁尼琴有这样几句话,是金子一样的质地,常在我的内心深处激荡:

> 时间不能救赎一切。
> 苦难有多深,人类的荣耀就有多高远。
> 一句真话比整个世界的分量还重。
> 只要还能在雨后的苹果树下呼吸,就还可以生活。
> 生命最长久的人并不是活的时间最多的人。
> 对一个国家来说,有一个伟大的作家就等于有了另外一个政府。
> 暴力并非总是公开使喉咙窒息,也并不是必然使喉咙窒息,更为经常的是,它只要求其臣民发誓忠于虚假,只要求其臣民在虚假上共谋。暴力在虚假中找到了它的唯一的避难所,虚假在暴力中找到了它的唯一的支持。凡是曾经把暴力当作他的方式来欢呼的人就必然无情地把虚假选作他的原则。
> 世界正在被厚颜无耻的信念淹没,那信念就是,权力无所不能,正义一无所成。
> 我们知道他们在说假话,他们也知道他们在说假话,他们知道我们知道他们在说假话,我们也知道他们知道我们知道他们在说假话。

通过索尔仁尼琴,我们知道散文在审美之上还应有一个维度,不能在现实的苦境中闭眼一味地玩味生活,或者苦心孤诣地用文字美化生活;游戏心态、趣味把玩、所谓的净化与距离、无功利的审美自适,这不应是散文家所津津乐道的一切。

再说一个常见的词是:遮蔽。什么被遮蔽呢?在一个网络时代,还有什么是可以被遮蔽的呢?

真相。这是又一个词。历史的、现实的,很多真相在我们的现实生活中被封存着。在我们生活的空间,有许多敏感词;很多事情不能言说。

这方面,大家也都会有各自的经验。身处这样的现实和环境,我认为,人的天良正在被侵蚀。战争、冲突、暴力、灾难、祸患充满人世,但作为一个散文家,是应该爬行在天地间,还是跌跌撞撞地直立行走呢?在这里,我想引述卡尔维诺的话,他在评述帕斯捷尔纳克的《日瓦戈医生》时说:"当今世界所固有的野蛮是当代文学的重大主题。"这是在他去世之前于1985年所说的,然而到当下也并没过时。或者说这句话更加切入这个时代的病症和病灶。他又说,今天,一部真正的现代叙述作品,只能把其诗学的力量倾注于我们生活在其中的时代(不管是什么时代),揭示这时代作为一个决定性的无限重要时刻的价值。因此,它必须是"在当下",在我们眼前铺开情节,像古希腊悲剧那样保持时间和行动的一致性。当下的黑就是黑,当下的白就是白,记下并且要记住。

鲁迅曾有过铁屋子的比喻,那是一种对遮蔽的最为精当的比喻,鲁迅先生的文辞是对那种真相的最真实的呈现。他勇敢地向自己所处的时代大声说不。一些冠冕堂皇的说辞和论述,一些装神弄鬼的历史论者,一些对历史进化的憧憬、美好新世界的希望和到处贩卖的"黄金国"及"新世纪""新纪元",都是鲁迅所不屑的。鲁迅的为人与文才是最诚实的呈现,是"如是我闻"的呈现,不瞒和骗,其敢做抚慰叛徒的吊客,黑的就是黑的,伪士当去,真相留存。

在场使我看见,因为在场而表达。笛卡尔说,我思故我在;我说,我在场,所以我表达。

二、 散文创作的嬗变与转型

新散文已经百年,代表作家经历了从早期的鲁迅、周作人、朱自清、冰心、郁达夫、沈从文到杨朔、杨绛、孙犁;再到余秋雨、史铁生、张承志、刘亮程。熟悉的散文类型有主情散文、闲聊散文、智性散文、纪实散文和说明散文。散文主要的转变有:从鲁迅的《朝花夕拾》模式到夏榆的《黑暗的声音》,鲁迅杂文的精神在张承志那里回响,从朱自清的《背影》模式到龙应台的《目送》,从郁达夫的《钓台的春昼》的游记模式到余秋雨《一个王朝的背影》,从沈从文的《湘西》模式到刘亮程的《一个人的村庄》,从何其芳的《画梦录》的独语到史铁生的《病隙碎笔》和刘烨园的《在苍凉》,从周作人、梁实秋的《雅舍小品》的闲适模式到董桥融贯英国随笔和晚明小品的文字。

当代散文应该是崇尚精神、崇尚审智的文体,而非仅仅是抒情的美文一途。孙绍振先生呼吁,散文应从"审美"的维度走向"审智"的维度,走向精神的纪实、灵魂的探险,与当下的世界文学合拍同步。

散文的英文叫"prose",本不是一种独立的体裁,而是一种表现的写作方法。基本上不是用韵文来写的文字,它可以是小说,可以是回忆录,可以是演讲,甚至可以是任何一种文体,它们都可以用散文的方法来写。西方与我们的散文大致相对应的独立的文体是随笔,即"essay",这种文体从起始就是一种强调智慧的文体,而不是像我们想象的抒情的、叙事的文体,从源头的蒙田、培根,到当代的加缪、罗兰·巴特等的散文,许多西方被我们称为散文的东西其实都是非常冷静、讲求智慧的文字随笔。

回溯我们的传统散文,从孔孟、老庄、司马迁到"唐宋八大家",一直到清代的"桐城派"古文,散文都不仅局限于抒情和叙事,那时的文字是要参与国家大事的经国大业,抒情和叙事只是散文中的一小部分。抒情和叙事的散文成为一种流派和气候,是到晚明时期公安派、竟陵派的时候。后来,五四新文化运动反对桐城派,是因为桐城派是正统的、载道的,于是就在运动中受到抨击。那时候的风气是强调个性解放,就上溯到三百多年前,将本已经衰败了的流派——公安派、竟陵派作为散文的正统,于是把散文规范为抒情的和叙事的美文,这是周作人在一篇名为《美文》的文章里提倡的。在周作人眼里,唐宋虽然也有人写过一些性情之作,但那只是游戏笔墨,偶一为之;多的还是那些仕途经济、规矩整饰、仪态庄严的载道文章。历史到了晚明,归有光、李贽的出现,特别是"公安三袁",以白眼鸡虫来貌视古文载道,提出"独抒性灵,不拘格套"的口号,用抒情的姿态,不是端着架子,而是随意为文。"公安三袁"之后,钟惺、谭元春等竟陵人物,继承他们的衣钵,把后来周作人从心底极力欣赏、推崇的个人主义表现得酣畅淋漓,因此倍受周作人褒扬。应该看到,美文是"五四"时期那种叛逆躁动的时代气氛下的产物。"五四"时期的先驱者们在探讨如何建设新型的现代文学时，在迫切偏激的心态下往往对中国古典散文的优秀艺术传统缺乏客观、正确的评价，并给予全盘否定。对西方的文学经验也来不及充分消化和吸收，只是一味地接受、评介和传播一些名词。周作人号召大家进行"美文"创作，以建设中国自己的现代散文。这时的周作人是浮躁凌厉的，而不是后来的冲和、平淡、理智占上风。

周作人要提倡的这种文学性散文，是一种在中西方都没有现成的文体可效仿、可模拟的。这一点取法和西方现代小说、诗歌不一样。周作人在《美文》中把这现象说得清晰明了，后来被我们称为散文的这种文体，在"五四"时期的"国语文学里，还不曾见有这类的文章"，为这个世界上最年轻的文体，还没有成型的文学体裁确立一个规矩（或者规范），安上户口，周作人的命名之功可谓伟哉，气魄宏大。虽然周作人论述不够周全，留下偏颇和后来的混乱，但后人求全责备易，而前人开拓之功难。

所以散文到当下，所走的路还是非常狭窄的，多是讲一些风花雪月、人生小感悟、花鸟虫鱼，远离了深邃的思想，隔膜了直面的人生、心灵的宇宙，没有了灵魂的冒险，没有了苦恼，丧失了高贵，把自己关在一个金丝的小笼子里昏眩沉睡。

我们纵观中国两千多年的散文历史，不仅仅有公安派、竟陵派所主张的"性灵"，这只是散文小的支流。余光中就批评过周作人，把中国的散文传统的正宗仅归结为公安派"三袁"、竟陵派的钟惺、谭元春等人是很狭隘的，他说："认定散文的正宗是晚明小品，却忘却了中国散文的至境还有韩潮澎湃、苏海茫茫，忘了更早，还有庄子的超逸、孟子的担当、司马迁的跌宕恣肆。""韩潮澎湃、苏海茫茫"，就是指韩愈、苏东坡。其实散文的源头还可以上溯到孔子，《论语·先进》里"浴乎沂，风乎舞雩，咏而归"，多么生动。而中国历史文献《尚书》就是散文，那里面多的是领导讲话的实录，如《盘庚》《多士》。

周作人在理论上认为，现代散文是晚明散文的复兴，晚明散文才是现代散文的正宗。周作人所确定的现代散文规范，其实就是抒情"小品"，而浩荡如海的中国古典散文则是智性的浩荡"大品"，如《过秦论》《出师表》《谏迎佛骨表》《六国论》《留侯论》等，哪一篇不是黄钟大吕？其实，即使是西方随笔，不管是蒙田，还是培根的都不仅仅是小品文字，而是有相当多智慧的"大品"，如梭罗的《瓦尔登湖》、加缪的《西西弗神话》、茨威格的《异端的权利》，其篇幅之巨，动辄十多万字，而在行文中的情思的深广、哲理的恢宏、批判的锐利，都是局促的小品所难望其项背的。

因周作人把中国的古典现代散文定位为抒情叙事，忘掉了散文的智性，情感离开了智慧，就有可能变得肤浅，成为矫情，以致后来散文创作步入两个极端：一个极端是过分强调叙事的通讯和报告文学代替了散文，新闻性盖过文学性；另一个极端是杨朔把散文当作诗来写。杨朔此论一出，迅速为天下法，托物言志，欲扬先抑，先装糊涂，后豁然开朗，成为20世纪50年代中期散文创作的金科玉律。其实散文和诗本是两种不同文类，质的规定不同。散文刚从新闻实用文体中走出，又被误引向了诗的路途，何其不幸哉！散文是智慧的文体，应该是高扬精神的、智性的，这个智性和西方随笔所追求的是一样的，从此意义上讲，鲁迅先生的杂文是最标准的散文。可是由于周作人把散文定义为叙事与抒情，鲁迅的散文在当时被排除在外，就不能被叫作散文，只能另冠一个名字，曰杂文。世界没有一个国家有杂文这样的文体，且在文学史上占据了那么崇高的地位，真是一个美丽的错误！如果从先秦诸子到司马迁，再到后来的桐城派，与这样的散文历史联系起来看，鲁迅的杂文有那么多的政论、那么深切的社会关怀、那么多的社会文明批评，怎么是杂文呢？它就是最正宗、纯粹的散文！

"五四"时期散文演变的"小品"，排斥了智趣和谐趣，造成散文文体的先天不足和封闭的自循环，叙事与抒情的诗性审美观念中审美的狭隘和操作的狭隘窒息了散文的精神生命，束缚了散文的发展。叙事与抒情的美文，与鲁迅智性的杂文不能兼容，由于思想钳制和意识形态的缘故，以致匕首投枪式的杂文自鲁迅之后再无经典，自废武功。将智性排斥在散文正宗之外，限制了散文的思想容量，造成散文长期精神矮化、小品化、矫情化，最后只能是退化，成了鲁迅所担忧的"小摆设"。

还有一人不能不提，此人因"文化大革命"的经历到底忏悔不忏悔和作品的硬伤引起争议，名满天下，谤也随之。但他对散文做出的贡献是不容忽视的，他冲破了原先散文所谓的短小精悍、形散神不散、文艺轻骑兵的藩篱，使20世纪80年代简陋的"说真话""真情实感"论土崩瓦解，对"五四"以来传统散文叙事与抒情理论直接构成了颠覆，使散文终于走到了一种开阔的境界，无论是内涵还是篇幅。

这个人是余秋雨。在他的作品里，总是贯穿着一种严肃的理性精神与深刻的文化批判的意念，把理性、文化、智慧、人格的批判与建构都融入了散文的格局。他的散文作品的成功绝非偶然。从功夫上论，在散文之前，他有《戏剧理论史稿》《戏剧审美心理学》与《艺术创造工程》作为底座，能够关涉东西文化，既有历史审视眼光，又有灵心体悟发现，一有机缘巧合，遇到山川河流，一个现代知识分子的理智与良知就使他拿起批判的武器，对民族及历史进行评说。所谓"苦旅"之苦，当不只是指旅途的劳顿艰辛、何其臭的袜子，也有内在的精神忧郁与震颤在吧。艾青说："为什么我的眼里常含泪水，因为我对这土地爱得深沉。"可谓文化苦旅之"苦"的另一释义。文人秋雨常年跋涉于祖国的山山水水，面对着或绮丽或雄浑或幽静或奢华的景色，他的理性之光穿过浮泛而达到内里，不只感叹天之悠悠，且往往有一种悲凉难抑的怆胸怀。

抒情审美散文的狭窄，并不能涵盖林语堂、王力、钱钟书、王小波的幽默散文。抒情审美以追求诗化意境和主体心灵为务，其性质乃是情趣。幽默散文则相反，往往自我调侃、贬抑，以喜剧性的"丑化"为务。周作人，他强调个性解放，将散文从载道的文体中解放出来，但是他把散文又关进了抒情叙事的笼子里。余秋雨最大的贡献，就是恢复了散文在文学史中的浩荡"大品"地位。我觉得他的最高代表作是《一个王朝的背影》，写热河避暑山庄和颐和园，通过这两处皇家园林写出了清朝三百年的历史和文化人格的强悍和衰落，这么宏大的气魄，最后委顿了，留给人的是无尽的悲怆。《一个王朝的背影》既是清朝的背影，也是一种文化的背影。余秋雨聪明就聪明在这里，他在纷繁的材料里面梳理出了一个造型，这个造型就是避暑山庄的椅子造型，又用王国维先生的苍凉背影作为映照，把晚清的悲怆既理性又感性地呈现了出来。

三、散文新文体的建构

散文文体应该是动态的，因为生命力是动态的，精神的掘进是动态的。

一切文体的生命就在于它和其他文体的区别，散文家的才华恰恰表现在诗歌无能为力的地方发现散文的艺术价值。但是，这种发现是动态的，不断发展变幻是散文文体的生命力所在。

文体的自由肯定拉近了散文与生活的距离。有了想法，提起笔来一挥而就，仿佛不用助跑就可以起跳。我们看到许多"大师"似乎就是如此，一会儿一篇，购物、化妆、游山玩水、喝二两小酒——总之，唠叨琐杂，事无巨细，真的是大到宇宙，小到苍蝇。这时，散文与鸡零狗碎或者道听途说的逸闻之间有什么差异？这样的作品只能是平庸多、空洞多、表层多、表象多、模拟多而创造少，即使有创造也是浅尝辄止。

我同意开岭兄的看法，散文是美文，这一定义有偏差，那是只专注于文辞。有人或许会说，散文的第一要素应是美，散文应以美为最大特征，而非什么"良知"与"责任"。不错，美的确是散文的选项之一，但何为美呢？仅仅是语言的雕琢、外表的绮丽吗？是文本装潢和修饰性吗？显然不。精神的极致和冒险也是一种美，准确地捕捉到了灵魂真相和生命秘密就是美！散文的真不应只是外部的细节故事场景的真，而应是有深度的真、裸露心灵的真、直面惨淡人生的真。但这不仅需要才华，还需感受和表达的勇气，甚至更需勇气。散文是最显露个人人格的文体。散文最高的境界，是人格的成就与载体！这不是技术问题，而是一个能否保证对心灵和精神不撒谎的问题。这就要看一个散文作者是采取低智取位还是高智取位，不把读者当作傻瓜和幼儿园的孩子。有追求的散文家应该是高智取位的人。

敢于面对自身的幽暗，这是一种真的裸露精神。我们读鲁迅，是他文章里的精神的超拔，是敢于自我批判审视，这是鲁迅先生文字的品质和品格，这不是美文所能代表的，如果没有《为了忘却的记念》《纪念刘和珍君》《魏晋风度与药及与酒之关系》《野草》等，我们能记住鲁迅吗？

　　几十年来，散文一直在伪抒情、伪叙事，精神撒谎。当然小说、诗歌也在撒谎，但散文撒的谎似乎比谁都多，其精神作弊的嫌疑比谁都大。香草美人的躲避、怨妇式的促狭、《荷塘月色》式的轻巧抒怀、《荔枝蜜》式的寓物移情……直至今天，伪乡土的、假绅士的感怀，苍白的、亲情的做作，无痛痒的、失血的文字，这样的模本仍比比皆是。这样说并非消解散文题材的多样化，非要把闲情雅致、风花雪月从散文主题上驱逐出去不可，而是指一个精神"比例"的问题：评价一种事物和现象，关键看它所包含的各项的比例，对散文也应作如是观。纠正一种现象、一个偏颇，其实是对一种散文写作比例做调整，而非彻底颠覆或灭杀什么。现在的情况是：散文中赋闲扯淡的成分太大，精神比例过小。对当下我们这样一个远不轻松的时代更是如此。除了文体自由、谈天说地、花鸟虫鱼、海阔天空，过去所赋予散文的那些品质以外，散文应成其大，散文应融入更多的思想和良知的品质，除了生命美学和感性元素，更应融入理性的功能、智性的功能，应在题材上和问题上更贴近当代生存的实景，应放扩文字的关怀力，让更多更严峻的事物进入视野……尤其在当下很多危机和危险威胁到人类生存的时代，从自然到社会，散文应主动地介入，选择担当，选择发声，而非冷漠地作壁上观。

　　"文化大散文"精神含量的不足。文化不应只是"过去时"的，更应有"现在时"和"进行时"，应把精神触角延伸至当下的国民生态，应在时间过渡的表面下，找到"根"和"枝叶"的血脉递承与母子关系，否则，文化散文就成了彻头彻尾的"历史散文"。说到底，这取决于作者的内里和精神品格，尤其在中国，这甚至不是才华、能力和技术问题，而是一个写作信仰问题，是对作家生命关怀力的考验，对其精神诉求和承担能力的考验！（这也是余秋雨为何引起争论，人们怀疑他的精神品格和诚实度）不是比写得多与少，不是比"写得好坏"。在这个背后有个命题"为什么写作？""精神的立场问题"在这样一个职业选择日益多样化的时代，是什么样的绝对理由和终极信仰，使一个人选择了孤独的写作生涯而没有去干别的？这个问题在西方很多作家身上可以说是一个不用追问的、永恒的终身命题，从他开始写作的那天起，就要面对，就要选择，就要确立一种生存立场、精神立场和写作姿势,就要为自己一生的作品命名,一直到死。但在很多中国作家这儿,你很难得到这样一个 DNA(基因),或者未有,或者根本不知,且无知者无畏。也就是说,我们的散文写作的深处,很有可能先天就缺乏一种精神的"底座",一种精神的根脉。

散文界流行什么写什么,是当下许多作者的习惯,人生与自然如此千奇百怪,但在散文里却千人一面:余秋雨出来,小余秋雨出来;刘亮程出来,伪乡土散文出来。能冲破当下写作氛围的作品很少,波伏娃在《妇女与创造力》中说:"妇女是受条件限制的。她们不仅受从父母和老师那里直接受到的教育和限制,而且也受到她们所读的那些书的限制,受到她们所读的书——包括女作家们所写的书,所传给她们的那些神话的限制。她们受到传统的妇女形象的限制,而她们感到要脱离这种模式又是极其困难的。"波伏娃所说的现象可以用在反观散文创作之中:写作散文时是否想到过要冲破藩篱——冲破教育的、世俗的、那些所谓的好散文的藩篱?人首先是突破自己,突破已有的范式和图式。海明威在其诺贝尔文学奖获奖感言里有这样一句话:"对于一个真正的作家来说,每一本书都应该成为他继续探索那些尚未到达的领域的一个新起点。"

我一直觉得,散文的委顿和艺术活力的欠缺亦并非因为当下多媒体的冲击,而是其自身精神的委顿、话语的讨巧和创造力的低下,是散文家胃动力的丧失衰退,它无力再消化和反刍当下生活中的一些重大敏感题材;心灵的孱弱,使他丧失对现实的批判力,不敢失去原有的平衡,又不敢创造新的文体的危势平衡。艺术的创造永远是向人们已经习惯到沉睡的旧审美系统的挑战,而不是在数量上的叠床架屋……在散文家手上,如果散文没有了难度和高度,会变本加厉地滑向休闲与自娱、花边与八卦——而这又恰恰是现代媒体所擅长的,且这些文字的背后隐藏着更大的真相:一个作家精神的诚实性和创造性的流失!失去的是散文中最生动天然、最本真动人、最赢得感动的那种品质!而当下的时代,分明是比任何时候都更渴望散文与我们民族一起思索、一起担当、创造价值的时代,是对传统的延续和再创造的时代,是一个更吁求精神坦白与灵魂救赎、更期待消除人心隔膜和不说谎的时代。

当一种文体没有了尊严和高度,那么任何的文字或者艺术式样都可以代替它,那它的下场和结局是什么,可想而知,只能是可悲的挽歌。

如果散文的主调，不再激扬自由和精神，不再随时随地地构建流动的生命，不再把高度与精神奉为标尺和圭臬来度量创作，如果文字仅仅成了一种消遣、一种赋闲，仅仅对应的肉欲"物理人生"而非精神诉求、精神人生，那么这种文体就是堕落的，是没有未来和明天的。

总之，散文现在面临的不再是它能承载什么、表达什么的问题，而关键是看我们能够赋予散文什么。散文应从平面的、轻巧的乡土的感喟，亲情的和心灵鸡汤的那种松垮、慵散、懈怠的过于休闲状态中解脱出来，应该更多地承担人文精神的搭建与良知担当，应该有更多对社会民族、当代世间和人类命题的思考与思索……"他应该永远尝试去做那些从来没有人做过或者他人没有做成的事。"而不是不敢承担艰难，惰性的被动的塑造，要在前辈散文家的基础上接着讲，而不是照着讲，在前辈层累的遗存上，打上当下散文的标记。历史只记载第一个吃螃蟹的人，一个散文家应有思想独异的见解，发现生活，在经验上腾跃，讲究智慧含量，不要忘了散文文体的灵魂是自由。散文既能保存许多生活表象，同时又有深邃精彩的思想。

当下散文创作最值得注意的是什么？对精神价值的守护，对思想含量、现实超越性的追求在逐渐增强，走向现实，关注当代人的灵魂，正日益成为散文家的思考焦点。

调遣文字，文辞精妙机智，精确和分寸感。总之，一个活跃的思想进入了世界。这个思想从未被生活表象淹没、覆盖，而是如同锥子般地穿出来，刺痛了在散文创作中的人们，让他们不在任何事物面前失去自我，不在任何事物——亲情、伦理、教条、掌声、他人的目光及爱情面前失去独立思考的能力，以自由的心态、独立的精神穿透一切。例如，各种外在的、政治的、意识形态的束缚，乃至自己的欠缺和虚荣；让人们表达自己的思想，不怯懦，即使身处边缘也要发声，也告诉自己要勇敢地告诉世界，就像北岛那样："告诉你吧，我不相信。"在这种独异的表达中，确证自己的文字，确证自己的价值。诗文的格调源于心胸、气质、个人品位。人就是文，文就是人，文字技术源于生命，而非工艺。散文不仅是通常的文字书写，而且是生命本身，是人格追求的象征。

伍尔芙在《一个人的房间》中说，"如果我们已经养成了自由的习惯，并且有秉笔直书坦陈己见的勇气；如果我们从普通客厅之中略为解脱，并且不总是从人与人之间的关系来观察人，而是要观察人与真实之间的关系；还要观察天空、树木和任何事物本身；如果我们的目光超越弥尔顿的标杆，因为没有人应该遮蔽自己的视野；如果我们敢于面对事实，因为这是一个事实：没有人会伸出手臂来搀扶我们，我们要独立行走，我们要与真实世界确立联系，而不仅仅是与男男女女芸芸众生的物质世界建立重要联系。要是我们果真能够如此，那么这个机会就会来临：莎士比亚的妹妹，这位死去的诗人，就会附身于她所经常舍弃的身体。她就会仿效她兄长的先例，从她许多无名先辈的生命之中汲取她的生命力，通过不断的继承和积累，她就会诞生。"

如果把伍尔夫的话置换成人和精神的关系，在散文中养成讲精神叙事的习惯，做一个秉笔直书的作家，不阿世、不低头、不鞠躬，不为利益集团开脱，不为强势粉饰，不做无聊的花边和戏说，不假以科学的名义把饿死人的事化为乌有，不忘掉当下和历史里的血泪与悲慨，独立地握住散文的手，真实地面对散文文体的末日审判，那你庶几接近一个写好散文的人了，我以为，你真变成了司马迁的表弟，也是伍尔夫的亲戚！

精神的高度就是散文的高度，我们期待新的精神性的散文文体诞生！

（曾以《比文体和语言更重要的是良知和勇气》和《散文新文体的建构》为题分别发表于《创作评谭》2016 年第 1 期和第 5 期）

谈散文诗意与小说化陷阱

一、回到原点：什么是散文

散文的概念在当下，很多时候是分裂的，大多数人接触的是初、高中的散文概念，固化在脑海，形成一种内在的规范和规定，影响着创作。

有次准备散文讲座，与塞壬谈起散文，她就提醒，先问一下什么是散文。一个很重要的问题要讲清楚：什么是散文？很多人没弄清楚，他们对散文的印象还停留在朱自清和他那个时代。

我知道塞壬的潜台词，那是中学课本中朱自清的《春》《荷塘月色》《梅雨潭的绿》《背影》的散文，是大多数接触散文的人的第一口乳汁，是所谓诗情画意的、抒情的、语言讲究的、有意境的、朱自清式的美文给的，是一种叙事抒情的文章。

目前很多人读散文还在朱自清的散文套子里，这也是散文创作者大部分的现状。但有些人是不满足这种美文的，突破了这种限制。

塞壬在《散文漫谈》中谈到散文的容量时说："散文它一样承载着表达当下现实社会的丰富性与复杂性，表达中国人在当下历史进程中的复杂经验，由此，我们就可以看到散文的容量是巨大的，这一点跟小说是相同的，它可以有宏大的叙事，可以有惊涛骇浪，它可以有关乎过去、现在和未来的书写，它有时间、空间的架构以及以情感得以推动的强大艺术感染力。它几乎是一个巨大的容器，承载人的方方面面，立体、富有层次，它不再是一种单一的、平面的、脸谱化的书写。"

这是塞壬从散文的容量的丰富性来说，散文可以有惊涛骇浪，可以承载人的方方面面，是立体的、富有层次的，不再是单一、平面脸谱化的。在与塞壬谈话中，我曾希望塞壬给散文下个定义。她说："散文，是表达我对世界的认知和这个世界反过来了解我的内心；我个人对世界的反馈，表达个体的时候，就是表达整个世界，因为我与这个世界息息相关；我作为大众的一员，反映在我身上的东西别人身上肯定也有，你在表现着自己的时候，也是表达世界；你的问题，也是世界的问题；写我的话，也是写庞大的世界。"

从塞壬的谈话里可以看到，她认为的散文不是那种抒情的、诗意化的散文，她的散文坚硬、悲伤，她的写作属于在场的写作，有一种及时性、当下性，她的写作是一种身在其中的写作，即使是她写回忆的东西。

在谈话中，塞壬还强调，散文不能站在时代之外。对时代要有担当和态度，这在作品里要呈现。还有自我问题，世界入侵我，我对外界的回答反馈，个人在世界背景的成长。

在写散文的时候，你会提供什么？提供你的文本？

而南帆更强调散文的精神性和自由，他在《散文的阅读和写作》中回答记者提问，说道：

> "散文"这个名称十分有趣。"散"字的要义不仅在于"形散神不散"之类的命题，更重要的是自由精神。"散"字的内部神韵在于自由自在，无拘无束。所以，我喜欢苏东坡以水喻文，行于所当行，止于不可不止。叙事、议论、考证、抒怀，风生水起，随物赋形。那些"文艺腔"堆砌出来的散文仿佛形成某些奇怪的规则，怎么抒情、怎么写景、夹叙夹议、卒章点题，全文不超过三千字，如此等等。我不想评论这些成规的来龙去脉，而是说不要用这些所谓的成规束缚了散文的自由精神。当然，自由并不是随意和草率。真正的美学高度才能保证自由不至于滑向浅薄。我想再度强调两点：第一，没有既定的规范也就没有形式上的藏身之地。散文是一个人的直接敞开，高低深浅一览无余。写作者很难利用音韵节奏、故事情节或者一大堆概念掩护内心的贫乏。第二，敞开文体的边界对于创造力具有更高的要求。天马行空的另一面就是无所依靠，不知怎么下手才好。没有情节逻辑的固定轨道，没有分行、韵律和节奏作为脚手

架，许多人不知道方向在哪里。所以，自由并不意味着轻松。散文最好写，但散文最难写好。

南帆说的散文，不是那种怎么抒情、怎么写景、夹叙夹议、卒章点题的流行的"文艺腔"，而是不要用这些成规束缚了散文的自由精神，在这里，南帆以苏东坡的话头来揭示散文的神韵在于自由自在、无拘无束，是风生水起，是随物赋形。但散文要求写作者有很高的创造力，因为散文无所依傍，不像诗歌依靠音韵节奏，不像小说依靠故事情节；但自由如果不滑向浅薄，那只有追求真正的美学高度。

南帆没有解释这个真正的美学高度是什么，但我说散文的真正的美学高度就是精神的高度。我曾在《散文的门槛》里解释说，散文的一道铁门限，就是精神的高度，只有这样，散文才不安于小，才不被人看轻，不被人视为一种赋闲帮闲的文体。如果一种文体没有了尊严，没有了精神的注入，那么这种文体是没有质量的轻写作。福克纳曾在诺贝尔文学奖获奖感言中这样说某些没有精神追求的文字："他所描绘的不是爱情而是肉欲，他所记述的失败里不会有人失去任何有价值的东西，他所描绘的胜利中也没有希望，更没有同情和怜悯。他的悲哀，缺乏普遍的基础，留不下丝毫痕迹。他所描述的不是人类的心灵，而是人类的内分泌物。"福克纳是对的。对我们当下的散文创作来说，很多的文字是垃圾一般的存在，"内分泌物"的成分比比皆是，精神退场，尊严消遁。散文是一种智慧的文体，而不是仅把文字玩得纯熟，复制一些生活的场景，而且在这样的场景里自得其乐，安于沉沦。这种"小品"的格局限制了散文，也限制了写作者，没有了精神的内存，写作者的文字没有格局，没有气象，没有胸襟，只能是逼仄，只能是小肚鸡肠，只能是幽闭。

我们看当下的散文，还多是单线的叙事，是没有难度的平滑的抒情，多沉浸在乡愁、故乡风物，或是没有精神注入的自然的书写。在这些散文里，是看不到作者的精神内存，看不到独有的价值判断的，多是从众的平庸的看法，或者借用别人的价值判断，只是一些文字游戏。

南帆也这样表达对当下散文创作的不满，他说："大部分散文比较平庸：因为我在这些散文里看不到胸襟和情怀。即使一些散文偶尔灵光一闪，很快就恢复了平庸的面目。多数作家的灵感只能支撑一个局部，或者支撑一两篇。一些作家的局部描写还是很有功力的，就这些局部片段而言，这些作家不会比托尔斯泰或者巴尔扎克差多少。巴尔扎克的有些局部甚至相当笨拙，但是，回到作品的整体，伟大的作家拥有强大的追求，有大胸襟、大情怀，他们把整个世界装在心里，而不是考虑怎么讨好上司或者买一些便宜货这些琐碎的事情。这就是文字背后的灵魂。即使阅读一篇短小的散文，只有察觉到这一点，我们才能明白这些作家伟大在哪里。字、词、句以及文章的精巧结构都很重要，但是，这些还不足以表现散文中最深刻的内容，如同一个人的服装不足以表现灵魂一样。"

所谓文字背后的灵魂，就是一个人的精神格局，散文的背后站着一个人的精神和灵魂，这样的散文才会脱离平庸，走向阔大，有什么样的胸襟和情怀，就有什么样的散文。我们现在大部分的散文，在无边的亲情歌吟中，都是港湾、呵护，都是父慈母爱、兄友弟恭，看不到亲情里的不堪、人性复杂，看不到父子兄弟的反目和伤害；在乡愁的书写里，还是一味地把乡愁看作治愈的良药，而看不到乡愁的农业文明的短板；在风起云涌的扎堆的自然散文写作，不是向梭罗和《瓦尔登湖》致敬，而是《沙乡年鉴》《寂静的春天》自然伦理的克隆版。

那么，作为一个真正的散文写作者，确实应该追问和清理自己头脑中散文的概念：自己的这个概念，是停留在朱自清时代、杨朔时代，还是别的阶段？自己笔下的散文容量到底有多大？

散文不是一种轻飘的文体，而应把它定位于对作者主题内耗极强的文体，它的情感的需求、体验、经历、审美，都需要很高的门槛。从这里看，我们必须重新更新我们脑海里的散文的概念；重新界定散文的边界，获得一种全新的有别于朱自清和杨朔时代的散文。

从这个意义来说，我谈一下当下散文创作最需警惕的两种倾向。

二、散文的轻：诗意与美文

前面说过，由于中学语文教育的影响，人们心中的散文都是那种诗意的、抒情的，那种朱自清式的美文主导了多年的散文创作。好像美文之外，再无散文。所以，长此以往，人们更多地把散文视为一种美文文体，于是散文在品质上好像天然地与所谓的诗意和抒情结缘，变成了一种阅读的轻、生活的轻，变得轻审美、闲适、把玩、松弛、矫情、虚饰……似乎作家写散文写的就是那种美文。写景啊，修辞啊，给世界和人生罩上了一层轻纱。心灵鸡汤文和闲适散文的助力，使当下的很多散文处处体现超脱、休闲，就如南宋的诗人所写的"只把平生，闲吟闲咏，谱作棹歌声"。

但这种诗意与闲适，并不是周作人、林语堂、梁实秋那些坚持文学价值"纯粹性"的性灵的文字。这样的散文少的是个人的笔调。其实，阅读散文，人们是能通过散文表层的审美，看到一个人内在的审美价值取向的。周作人们所提倡的闲适，是强调个人化写作，是凸显抒发自我的精神。这是他们对抗当时忽略文学审美，而一味强调启蒙的一种策略。闲适是与激进和功利的告别，是与政治的区隔，他们采取的是旁观的态度，他们强调的是冷静、自由；追求的是忠于内在的呼唤，是自己内心的独特见解。

林语堂曾在《言志篇》中亮明自己的观点："我要有能做我自己的自由，和敢做我自己的胆量。""把文学整个黜为政治之附庸，我是无条件反对的。""吾人不幸，一承理学道统之遗毒，再中文学即宣传之遗毒，说者必欲剥夺文学之闲情逸致，使文学成为政治之附庸而后称快。"

从林语堂的话语中，我们不难看出，他的文字追求是："所表的是自己的意，所说的是自己的话，不复为圣人立言，不代天宣教了。"他们这一派是以自我为中心、以闲适为格调的，是所谓的"言志派"，所以他认为散文（小品文）"即在人生途上小憩谈天，意本闲适，故亦容易谈出人生味道来"。

其实，在当下散文写作中，闲适类的散文并没有得到很好的承继，人们承继的是朱自清的一脉，这也许和朱自清的政治立场有关。而很长一段时间，周作人、林语堂、梁实秋的文字在人们的阅读视野之外。

追求闲适、轻逸并没有错，"有闲并不是罪恶，善用其闲，人类文化可发达"。卡尔维诺说，"文学是一种生存功能，是寻求轻松，是对生活重负的一种反作用力"——用艺术之"轻"来消解现实之"重"的轻。"轻"其实是一条人类古老的存在尺度，它体现的是一种诗性智慧。人不是直接地对待这个世界,而是间接地、诗意地对待这个世界。"我觉得,在遭受痛苦与希望减少痛苦这二者之间的联系,是人类学一个永远不会改变的常数,文学不停寻找的正是人类学这种常数。"

西方文学很多是重的文学,看下那些现实主义作家即可知道,卡尔维诺,不是以重写重,而是追求以轻写重。卡尔维诺的基点还是"重","轻"的只是视角问题和书写问题:"只要人性受到沉重造成的奴役,我想我就应该像柏修斯那样飞入另外一种空间。我不是说要逃到幻想与非理性的世界中去,而是说我应该改变方法,从另一个角度去观察这个世界,以另外一种逻辑、另外一种认识与检验的方法去看待这个世界。我所寻求的各种轻的形象不应该像梦幻那样在现在与未来的现实生活中必然消失。"

但是,在我们的散文书写中,我们只是追求诗意的书写,我们的叙事之"轻"并没有写出"生存之重"。朱自清的散文也是轻逸的,他看待世界的眼光,是用诗意的眼光,即使有一丝淡淡的忧伤。关于朱自清的散文,在内地是神明一样的存在,但余光中多年前就在《论朱自清的散文》中把他从神龛拉下:"朱自清能称为散文大家吗?我的判断是否定的。只能说,朱自清是20世纪20年代一位优秀的散文家:他的风格温厚、诚恳、沉静,这一点看来容易,许多作家却难以达到。他的观察颇为精细,宜于静态的描述,可是想象不够充沛,所以写景之文近于工笔,欠缺开阔吞吐之势。他的节奏慢,调门平,情绪稳,境界是和风细雨,不是苏海韩潮。他的章法有条不紊,堪称扎实,可是大致平起平落,顺序发展,很少采用逆序和旁敲侧击柳暗花明的手法。他的句法变化少,有时嫌太俚俗烦琐,且带点欧化。他的譬喻过分明显,形象的取材过分狭隘,至于感性,则仍停留在农业时代,太软太旧。"

在这里,余光中指出了朱自清的散文之弊,即艺术呆板,句法变化少,取材狭窄,更重要的是朱自清的价值观还是农业时代的审美趣味,一用到比喻,就是"少女""少妇""美人""歌女""仙女",这些都已经远离我们时代的审美。

美文有一种作秀的感觉,故意用修辞遮蔽,这是一种伪诗意。苦难是否即诗意?灾难、真实,那种诗意的书写是否是一种伪善?肮脏、心酸、无奈,是否可以被诗意整除?那种远方,那种生活在别处,遮蔽了当下在场的眼睛，导致伪诗意的泛滥。

我们说朱自清式的美文远离生活真相，这样的美文抵达不了生活的深处。这样的散文不是介入生活，而是旁观生活，是作神州袖手人。这样的散文不关注留守的儿童、失独的家庭、空巢的老人；这些散文的笔下没有拆迁、没有雾霾，没有厂矿与水泥；它们不写实，它们写意。这样的散文，没有痛感，也没有痛点，人们阅读的时候，是甜里有酸酸的味道；是一种轻审美，无论是文字，还是对材料的处理，即使写点悲剧，也是哀而不怨。

而作者在写这种散文的时候，是很难把自己的心血和痛感沉进去的。塞壬曾谈到她的写作："散文写作，我力图保证去写我必须写、我愿意去写的东西，这一点很难。每一次的写作，我几乎元气大伤，像大病初愈。散文写作过程是一个把骨血往外掏的过程，是一个精神内耗极重的一个过程。所以，纯粹写散文的人并不多。我真实的收获是，最终，我会成为一个药渣、一个空壳、一朵曾经精彩绽放过的花、一种纯粹的燃烧，但，即使这样，我也不会后悔。"

塞壬这样的写作，是一种燃烧式的写作；而美文式的写作，是一种精神内耗较轻的写作。美文写作，多的是修辞层面，顶多架构经营，不可能美文写作如大病一场，元气大伤。我们不是消费苦难，但散文也有责任，它要表现丰富的生活，而不是一味提纯生活。那些美文给人的感觉就是即使身处泥沼，却是在星空里寻找诗意，这近似心灵鸡汤的效用。

我们看塞壬的散文创作，她的近作《即使雪落满舱》，是一篇近几年亲情散文的收获。塞壬写的父亲，是一个有着劣迹的父亲，狂妄的父亲，搞婚外恋、贪污进监狱的父亲，作为女儿如何面对？这得有多强悍的心理和文字才能把这个题材固定下来。她写了女儿的不放弃，尔后父亲完成了救赎。

在这篇文章没有发出，还在写作的途中，当时我与塞壬有过对话。塞壬说："我正在写的一篇作品，会写到父亲入狱、婚外恋、狂妄、懦弱而又敏感痛苦的经历。十七岁的我与四十岁的父亲共同跨过了人生的低谷，共同成长，彼此救赎，最终我们都成为从容、良善、慈悲的平凡之人。我看到很多人写母亲、写父亲，只有一个点，就是写他们的牺牲。其实这完全没有涉及真正的人性。母亲可能是淫荡的，父亲可能好赌而又卑劣，全部遮蔽了。"

我说："这个好，今天我说到亲情与家的人性与不堪。你撕裂了呈现，有转折意义。"塞壬说："用平等的、人的视角写父母，才会真实。"如果有爱的滤镜，容易矫饰。我说："平等，不拔高，不矫饰，在亲情散文零度抒写。把父亲作为人，人的一切的缺陷卑污他都具备。生活中的父亲，伦理的父亲，成为作品的人，一个平视的人。"最后塞壬说："是的。关键是最终，我没有放弃他。向他伸出了手。他有明显的优点，勤奋、热情、聪明，有大争之心。"

在《即使雪落满舱》在《中国作家》刊出后，我们首先看到的是这样的一个父亲形象，这个形象不是朱自清笔下的父亲。这是散文史上独异的父亲，她用一双靴子看父亲：

> 那双钉了铁掌的靴子是我父亲的，那是一双长筒牛皮靴。它的材质有天然的光泽与质感，锃亮、漆黑、沉默。摆放在那里，竟有轩昂的不凡气度，类似于某种男人的品格：伟岸的将军，不朽的战神，抑或心怀天下的英雄豪杰。那个时候，父亲跟那一代的年轻人一样，喜欢一个日本电影明星，他叫高仓健，那一代人，喜欢他，皆因那部叫《追捕》的电影。我想，父亲在穿上那双长筒靴的时候一定是有了杜丘的代入感，他时常穿着它，铁掌发出的声音让他萌生了凌驾他人的意志。父亲是一个身材矮小的人，刚及一米六〇。矮，是他终生的忌讳、逆鳞，不让人碰的。自卑与狂妄，不加掩饰。我相信父亲是一个痛苦的人。他仅穿三十七码的鞋子，然而那靴子最小却只有三十九码，明显大了，前面空出一截。在20世纪80年代中期，一双一百多块钱的靴子，父亲眼睛都不眨地买下了。他把长裤扎进长筒靴，那靴子竟没过了他的膝头，快要到达大腿的部位，远远看着，他的下半身，仿佛是从靴子开始的，看上去丑陋而怪异。父亲趾高气扬地穿上它就脱不下来了。那么多的日子，伴着他说着凶狠的话，变形的脸，目眦欲裂，他愤怒地、在屋子里来来回回地踱着步子，铁掌在水泥地发出的声音。那声音，于我，真像是一场噩梦——他打了母亲。我用双手捂住弟弟的眼睛，缩成一团。

这段描写，比塞壬在群里与我们对话说到的父亲更加立体，塞壬在文章中说了她写作的心路历程。塞壬写作十五年，关于父亲，这个离她生命最近的人，她却迟迟落不下一个字。起先缘于家丑不可外扬，讳莫如深，毕竟父亲有牢狱的经历。深层心理是，塞壬始终没有准备好去面对那个时候的父亲和她自己。一想到，或者一梦到父亲，塞壬都是极力绕开，拼命往里缩。但时间是最好的解药，三十年过去了，人世沧桑，起起落落，一切外在的，俗世的荣辱、毁誉，塞壬已经看开，于是她开始触碰这个题材。她说除了一种佛性的释然之外，她认识到，她与父亲，在面对他入狱这个事件之时，皆不能以一个丑字（即耻辱）去定义。相反，四十岁的父亲和十七岁的塞壬，在那个事件中认识了彼此，他们重新建立了一种人世间最宝贵的关系：父女。塞壬最终没有抛弃父亲，向他伸出了手，并抓紧了他。那件事不再是他们人生的污点和耻辱，而是一次重生的艰辛历程。

塞壬以靴子为切口写父亲，这有点像海德格尔解读凡·高的《农鞋》。一鞋一世界，海德格尔说："从这双穿旧的农鞋里边黑魆魆的沿口，可以窥见劳动步履的艰辛。在这双农鞋粗陋不堪、窒息生命的沉重里，凝结着那遗落在阴风猖獗、广漠无垠、单调永恒的旷野田垄上的步履的坚韧与滞缓。鞋皮上沾满了湿润又肥沃的泥土。夜幕低垂，荒野小径的孤独寂寥，在这鞋底下悄然流逝，这双鞋呵！激荡着大地沉默的呼唤，炫耀着成熟谷场无言的馈赠，以及冬天田野休耕之寂寥中不加解释的自我拒绝。这双鞋啊！它浸透了农人渴求温饱，无怨无艾的惆怅，和战胜困苦时的欢忻；同时，也隐含了分娩时阵痛时的颤抖和死亡威胁下的恐惧。"

而塞壬呢，她看到父亲靴子，这个破败而又衰老的实物，她在心里攥着它，眼前浮现出父亲中风初愈时那张歪斜的脸，那张写满现世已然走到尽头的哀绝的脸。于是在一切释然后，塞壬写下《即使雪落满舱》这样独特的父亲与女儿互相塑造救赎的人世间的事。

其实，我们从塞壬的叙述和对话里，可以看出她创作的心理轨迹，也印证她说的散文是消耗大的一种文体。她在《散文漫谈》里说，散文是一种内耗性极强的文本，它需要作家的情感投入、经验的储备，以及文化修养的底蕴，这都要有一种持久的续航能力。它要求作家呕心沥血，肝脑涂地。在中国，只写散文的人非常少，如果不在文本的边界上面寻找突破，如果不更新语言库，如果对文本的结构理解停留在旧式的模板中而不去在小说、戏剧、电影及纪录片这类文本中寻求表达的新式语言，那么散文的写作是难以为继的。在我看来，散文的最大难度是在重新自我界定散文的边界。如果获得了全新的文本阐释，我认为，散文就会洞开一扇门。

我们可以看出，塞壬的散文写作与那种美文写作的区隔是多么巨大，她要求文本边界的突破、语言的更新、情感的投入、经验的储备、文化修养等，还有一种续航能力，有这能力才能保证你的散文写作。她的目标是散文文本全新的文本阐释。

我们知道书写苦难并不能获得文本上的道义支援，炫痛并不值得炫耀；我们要的是，痛则大叫，乐则大笑，不能用笑遮蔽痛，不能都是美文的天下，也应该给苦难的底层一散文的话语。在诗意之外，写出小人物的挣扎，这不应成为我们散文写作的盲区。我们不能心安理得地享受所谓的诗意，而对身边的父老熟视无睹。散文应该给这个时代、给这个问题注入一些东西，锲进我们的现实，有担当，有道义，在轻逸之外，还有重量的存在。

我们不是要剿灭美文，而是警惕美文闲适的陷阱、纠偏，不应满眼都是美文，而应该给真相以位置。散文的本体是什么？不仅是语言的美学含量，更是社会良知、当代思考。诗意并非本质，而是形式。过多修饰与晦涩形容都是对诗意的一种拒绝。

三、 散文小说化陷阱

李修文在《写作札记》中说："面临散文写作，我有一个很大的执念：我想我的写作不归于真实，甚至不归于现实，它应当是归于美学的——美学才是目的，所有的组成部分只是通往它的驿站。"在散文写作中，很多的作家，就像李修文这样以美为执念，借鉴小说、戏剧的表现手法，探索丰富散文的空间作家有很多，形成了一种叙事虚构的风潮。

李修文还说:"我觉得我们今天散文的概念,实在是囚禁得太厉害了!我们曾经有那么自由的文体。我有时候甚至狂妄地觉得,散文的那些陈规陋习,如果我们不敢于冒犯掉的话,如何在今天建立新一点的文章观?"

　　李修文认为,散文在今天面临着巨大发展的可能,应该抢夺各个文体的元素来建立新的散文的主体性。周晓枫说:"我主要创作散文,但我希望能把诗歌语言、小说结构、戏剧元素和哲学思考都带入散文之中。"周晓枫想创作一种寄居蟹式的散文,把小说的肉剔除,要小说的壳。周晓枫说:"散文与小说的界标,我至今没想透。什么是绝对的是,什么是绝对的不是。有种文字,像灰,在白与黑的交集地带。我希望把戏剧元素、小说情节、诗歌语言和哲学思考都带入散文之中,尝试自觉性的跨界,甚至让人难以不好轻易判断到底是小说还是散文。《石头、剪子、布》写食物链,其中镶嵌入室杀人的段落,属于小说笔法,我想实现文体内部的跳轨和翻转。《有如候鸟》两万多字,写迁徙,露出水面的冰山是散文,隐藏其下作为支撑的是小说——我想增强散文的消化能力,让散文不仅散发抒情的气息,还可以用叙事的牙把整个故事嚼碎了吃进肚子里。我要的不仅是物理意义的肢解,还要完成更深层次的溶解,这就是从《石头、剪子、布》到《有如候鸟》在小说利用上完成的递进。"

　　关于散文向小说的叙事技巧借鉴,塞壬说:"我的散文有相对完整的叙事结构。所以,读的人觉得这是小说。这么多年,我一直在写'我',并且,我已经'我'了好几十万字了。很多人问我,这种以个体经验得以维系的写作,真的不会枯竭吗?我笑了,他们不知道,我,除了可以'泛我'之外,还可以虚构。我说的'泛我',是指,他者的故事用我向的、主格的视角去写。我曾说,我即众生。那么,这样的'我'怎么会枯竭呢?用第三人称的他者视角,会显得隔,而且,情感方面很难有代入感。然而,在写作过程中,这个把戏并没有给我带来多大的愉悦。写作,真正的快乐来自虚构。"

　　我们通过读李修文、周晓枫、塞壬散文,从目前有代表性的散文作家的自我创作指向可以看出,他们的散文都向小说、向虚构借力。验之他们的文本,李修文的《我亦逢场作戏人》,这被编入散文集的文章,是被《长江文艺·好小说》和《小说月报》选中的。

　　喻向午在《李修文坚定的寻觅者在路上》中说:"我们从《我亦逢场

作戏人》说起。作品带有作者十余年来散文创作的特征,但读者可能更愿意将它当成小说阅读。作品是一个彻头彻尾的叙事文本,有完整的故事,有终极意义的呈现。而绵密的心理描写和细节描写,更时刻在提醒读者:这是一篇小说,它通向了人物的内心。"

在现实中,你绝对难寻觅到一只想自杀的猿和一只混入鸡群的鹤。而在李修文的散文《猿与鹤》中,猿与鹤都不想过平庸平淡的日子,它们抗争环境,它们向往云是鹤家乡。它们不甘,于是有了猿在电闪雷鸣中从悬崖上一跃而下的那种极具冲击力和画面感的镜头,才有鹤为了飞上高空而撞死自己的结局。我读后,觉得这是一篇卡夫卡式的小说,而不是散文,虽然李修文在这里提供了自己的现实经历、情感体验与思考。

李修文的散文集《致江东父老》与其说是散文集,不如说是文章合集。他将散文、小说、电影、戏剧融入文章中,是对散文文体的越界与拓展,也是一种冒险和试验。散文当然有试错的功能,我们要借助时间的沉淀,最后的检验只能是时间和读者的淘洗。周晓枫的《离歌》,人们说其是以悼亡文字处理时代典型人格和精神类别,提供了散文反抒情式写作的典范。《离歌》写了一个叫屠苏的农村孩子,他以小城高考状元的身份考进北大,寒门学子,从乡村到县城、省城、首都,一路奋斗,最后过劳猝死。考上北大,又考上首都的公务员,这对于农村孩子来说,真可称得上是"祖坟冒青烟"了。可单靠普通公务员的收入,买房和支付一切应酬、日常生活开支,在北京真是很难立足。屠苏终年挤在一个合租周转房里,艰难度日,活得还不如在省会城市落脚的资质平庸的弟弟。

周晓枫这篇散文五万多字,"它是一面蒙了尘的镜子,让我看到了我自己不愿意看到的自己。我没有在同样的处境待过,我不知道面对同样的选择时,我会不会比他更优秀、高明"。

这是周晓枫实践她寄居蟹式散文的最好收获,她在创作谈话中说:"《离歌》中的知识分子屠苏,究竟在多大程度上重合于生活的原型;出于自保或念及他人,我又在多大程度上,进行了技术与想象上的处理……我觉得并不重要。屠苏出身寒门,连支付梦想的成本都困难;换句话说也行,梦想是他唯一的指望,因为不需要付出物质成本。谁不曾是鲜衣怒马的少年,被理想主义的光芒照耀?屠苏心怀壮志,赤手空拳,一路打拼。他拼尽全力地奔跑，看似前程似锦，却没有迎来明亮的未来，反而从时代高速运转的传送带上被甩离，我们甚至没有听到他坠入深渊的呻吟或呼救。"

我们从周晓枫的创作谈话中可以读出，这是一篇借助于虚构的文本。有人把它当作小说，有人把它当作散文。但这篇文章，让我们看到都市间现代人蝼蚁般的生存，我们看到了身边人的缩影，屠苏的悲剧，无时不打上现实挤压的烙印。屠苏的悲剧就是社会中寒门学子的普遍悲剧，有着标本的意义。塞壬的散文《悲迓》《祖母即将死去》《羊》，我们都可以看出散文家的散文也多有小说的技法，但塞壬和小说家的散文不同。我和塞壬谈话时，塞壬说："我发现那个大多数小说家写的那个散文我都不认可。我觉得他们真的缺乏那个像我们这种一开始就写散文，把整个心都掏出来的那种。他们会隔，套路特别深。因为，大多数小说家们都是希望把自己隐藏起来的。"

塞壬赞赏散文家借鉴小说的表现。她说，如果是散文家去学习，去走小说那样的路子，不会把散文这个文体搅混。她是觉得散文这个文体得先有一些边界确立起来，经历过一个有边界的时期，然后再返回。

申霞艳在《隐匿者塞壬》评论中说："在大会的空隙，听她和同行谈论散文写作，她的身体不自控地激动、战栗、手指发抖、表情瞬息变化，这是她身体无法掩饰的部分。灼痛的火苗落在我眼里。"申霞艳这一段评论就是当时我和塞壬谈论散文的诗意化和小说化陷阱时候的现场描写。塞壬对散文文体是包容的，她说："没有虚构，一切写作都将失去想象的魅力；没有虚构，文字只是现实的尸体；没有虚构，任何写作将难以为继。当我们说'我认为''我想'这样的句式时，这里面已经包含着篡改。"虽然塞壬还是觉得，真是散文最起码的标准，但在写作时却是另一种状态："在我从未考虑真与不真的写作中，我专注于题材如何剪辑才更有表现力，如何通过叙事表现个人的文字性格，如何做到内心的情感无蔽地呈现，如何做到用精准地文字实现表达上的效果。当然，结构、层次的关系，所写的几个对象它们内在的联系、气息、起伏、个人的气味，所有的一切都是我在写散文时专注的，不是一个真字就能概的。"这是散文写作的辩证：为了真，可以调动一切的手法，首先要精准的实现表达的效果；否则，即使事实是真的，你写出来，别人也许觉得假。

我们上面谈到的作家的散文小说化，只能是丰富散文文体的表现。在散文的文体里，虚构只能是有限的、局部的。如果出发点是虚构，人物、事件、故事、场景都是虚构出来，那就完全走向了小说，那是无限的虚构、有限的真实。

而散文文体，不管怎么说，它是无限的真实和有限的虚构，因为散文文体的根本立足点是真，这是大家认可的文体的属性和规定性。从这个意义来说，散文小说化是以散文为主，基本的人物、事实都在，情感的真挚，写作的真诚，这样才能让大家认可这是散文；如果把散文写成小说化的散文，那么读者会有基本的判断，这是小说而不是散文。散文应该忌讳的是，欺骗读者、误导读者，利用读者对散文文体的真实性的基本认知，全部虚构。如前几年《我娘是个疯子》那样的散文，其实这样的散文就是利用了人们对散文文体的认知。我们不反对散文的有限的虚构，虚构只是为了更好地表达真实，而一些跨文体的文章，读者也自有判断。

但散文如果滑向小说，就是一个陷阱，最后泯灭的是散文，是取消了散文，因为小说的最大的道德是虚构，而散文的最大道德是真实。

散文：真的伦理。

读者对不同文体的阅读期待是不一样的。读小说，是故事、人物、场景，读者心里明白，这是虚构；读诗歌，是抒情、意象组合、幽微心理探察、语言的炼金术，诗无达诂，兴发于此，而义归于彼，各随所得，别有激发，见仁见智。

但散文，读者读的是情真、事件真、修辞真。如果读出的是虚假，读者会有一种受骗的感觉。在散文读者的阅读预设里，散文是真实的，允许精炼、剪裁、想象，但底线是你不能把没有发生的虚构出来，借助散文文体在读者心目中的文体特殊规定，而欺骗读者。

四、真，是散文写作的基本伦理

散文最本质的特征是什么？真，散文人格的真、散文文本呈现的真，艺术的真，还原真相、抵达现场。一位散文写作者与生活的关系，与历史的关系，与精神世界的关系，敢于直面、敢于正视，不矫饰、不作伪，不做虚无党，不瞒和骗，这才接近散文。

1970年，索尔仁尼琴获得诺贝尔文学奖，他的演讲词里有一句："一句真话能比整个世界的分量还重。"当时的索尔仁尼琴针对的是苏联：一个不允许说真话的社会，一个说了真话就会付出惨重代价的社会，一个说了真话就遭受惩罚、担惊受怕的社会。

而到了巴金，晚年回归散文，他在思考散文这种文体的时候，说出了这样的一句话："讲真话。"散文文体里的讲真话，不是家长里短，不是口水扯淡毫无意义、无任何信息和价值的话，而是说出事实的真相、历史的真相，为历史存真，还原真实的发生现场，写出人存在的真实与扭曲、背叛和堕落，不看脸色、不看眼色，突破限制，做一个不撒谎的人。

而散文写作在当下，首先面对的是自己内心的真实，敢不敢说出真相。苏珊·桑塔格的耶路撒冷奖获奖演说《文字的良心》里面有一部分讲到所谓的正义与真相的问题，正义可能压制或压抑真相，这对我们的散文创作有巨大的启示意义。我们是否被一些所谓的正义、所谓的正能量的观念所抑制，而不敢，或禁忌说出真相？

苏珊·桑塔格在《同时：随笔与演说》中说："作家的首要职责不是发表意见，而是讲出真相……以及拒绝成为谎言和假话的同谋。文学是一座细微差别和相反意见的屋子，而不是简化的声音的屋子。作家的职责是使人们不轻易听信于精神抢掠者。作家的职责是让我们看到世界本来的样子，充满各种不同的要求、部分和经验。作家的职责是描绘各种现实：各种恶臭的现实、各种狂喜的现实。文学提供的智慧之本质（文学成就之多元性）乃是帮助我们明白无论发生什么事情，都永远有一些别的事情在继续着。"

苏珊·桑塔格的这段话对散文文体有着特殊的启迪。散文家和散文文体，是应该让读者看到世界本来的样子，而不是扭曲、虚化现实，遮蔽各种恶臭。散文不应简化，尤其不能成为谎言和假话的同谋。

苏珊·桑塔格说她被"别的事情"缠绕着。什么是她说的别的事物？

> 我被我所珍视的各种权利的冲突和各种价值的冲突缠绕着。例如——有时候——讲出真相并不会深化正义。再如——有时候——正义的深化可能需要压制部分的真相。
>
> 有很多20世纪最瞩目的作家，在充当公共声音的活动中，为了促进他们认为是（在很多情况下曾经是）正义的事业，而成为压制真相的同谋。
>
> 我自己的观点是，如果我必须在真相与正义之间作出选择——当然，我不想选择——我会选择真相。（此处的"正义"是指政府口中的美国对伊拉克的战争，当然也可扩大为所有侵略行动）

这段引文的关键点有几处，对散文家来说，散文文本的职责就是能让接受者看到世界本然的样子，这矛盾纠集，有着各种欲望、各种体验、各种需求，而不是自己的脑子被一些巫师一样的精神掠夺者洗脑，变成一个无脑的写作者。

一个散文家首先不是发表意见，而是讲出真相，拒绝成为谎言和假话的同谋，通过描绘各种恶臭和狂喜的现实，让大家明白发生了什么。

这里面的重点，比如苏联，很多的著名的大作家，成为公共的话筒，为了所谓的正义的事业，而遮蔽了真相，在他们的笔下，看不到乌克兰大饥荒，也看不到大清洗和古拉格的，多的是闭着眼睛的颂圣。

所以散文也必须在正义和真相之间做出选择，有些人在散文中坚持所谓的正义，有些概念或形而上的东西，忘记了原本的生活。如果在所谓的正义与真相之间进行选择，身为作家和思想家的苏珊·桑塔格，还是会选择真相。在真相和政治之间，在短暂和永恒之间，大多数人会纠结，怎样做才能更好地让正义与真相携手，而站在真相的一边，这是十分考验当事者的勇气的。但这种纠结，恰恰是散文发力的地方。

有时候，真相往往是可怕而且让人难以接受的，甚至逾越了道德的范畴。有时候的真相，会让人们怀疑相信正义；有时人们在真相的现场会呼唤，正义在哪里？正义是否会迟到和缺席？

但真相就是真相，这是永远难以磨灭的事实。

读者需要真相，散文文体更需要真相。不敢面对真相的散文，是伪散文，那些文辞无论多么华美漂亮，都遮挡不住虚伪的孱弱。不敢面对真相的写作者，是轻飘的。面对真相，提出反思，并且写下，这才是一位真正的散文作者的态度。其实真相在的地方正义在，正义需要真相来证明，真相与正义是雌雄同体；一旦没有了真相，正义也就无从依附，无从谈起。所以，散文选择真相、真实，是离正义最近，站在正义一边，散文文体获得道义的力量。

但散文写作，常把美文作为价值去追求。其实，没有真相，那美文是可疑的。崔卫平在《迷人的谎言》中评价瑞芬斯塔尔曾提到这方面的话题。瑞芬斯塔尔是纳粹宣传片《意志的胜利》和柏林奥运会纪录片《奥林匹亚》的导演，是这两部影片成就了她，而这两部影片，也成了法西斯美学集大成的经典。

瑞芬斯塔尔在20世纪60年代接受法国《电影手册》访谈时说："我只能说，我本能地着迷于任何美丽的事物。是的：美丽，和谐。也许，这种对构图的关注，对形式的追求本身就是非常德国式的。但我自己确实不知道这些，这不是从意识而来，而是从潜意识而来。你还要我再补充什么呢？那些纯粹写实的、生活断面的东西，那些一般的、平庸的东西，我都是不感兴趣的。"这是瑞芬斯塔尔故意省略真相的狡辩，她一直没有忏悔，一直拒绝改变，还是坚持自己的法西斯美学观，但大家很清楚，真相，她有意地忽略的是真相。

苏珊·桑塔格比较了自己与瑞芬斯塔尔，她说："在真相与正义之间，我选择真相，而瑞芬斯塔尔选择美，哪怕它伤天害理。"桑塔格的这句话可以修改为：瑞芬斯塔尔其实选择的是谎言，她仅仅选择与"谎言"如影相随的那种"美"。

失去真相的美、脱离真相的美是什么？如果散文没有了对于真的追求，不再以真为散文的规定性，甚至有意遮蔽掉那些令人不舒服的真相，那这种散文的"美"是一种怎样的东西呢？那是矫饰，是伪诈，是浅陋。而这种矫饰的美，只能是表面的修辞和虚张声势、夸大其词，或者口号式的格调。

这对散文创作，有着十分必要的警示。没有真相的美，是与假同盟，对所谓的美文过度追求，是放弃了对真相的道义，而选择一种狭隘的自娱自乐、自我欺骗，就像鲁迅所说，是一种瞒和骗。

五、真实与虚构：方法论之真

相比小说、诗歌，散文理论的建设，一直是滞后贫乏的。我们简单回顾一下新时期以来散文在真的写作规定性的话题。

继巴金在散文写作中呼吁"讲真话"后，20世纪80年代，林非先生在《散文创作的昨日和明日》中提出："散文创作是一种侧重于表达内心体验和抒发内心情感的文学样式，它对于客观的社会生活或自然图像的再现，也往往反射或融合于对主观感情的表现中间，它主要是以从内心深处迸发来的真情实感打动读者。"林非先生后来的多篇散文理论文章，都反复强调"真情实感"是散文创作的基石。后来楼肇明在《繁华遮蔽下的贫困——九十年代散文之路》一书中对散文创作的"真情实感"的本体论提出相反的意见。楼肇明指出"真情实感"论的黑洞："第一，'真情实感'是一切文学创作的基础，并不是散文文体的独有，因而不能作为散文文体独特的规范。第二，'真情实感'不是一个严谨的概念，失之于宽泛，将一切非文学、非艺术的因素也容纳进来。第三，'真情实感'应有多个层次，不能笼统地一概而论。"

楼肇明有着学术的眼光，一眼看出真情实感的漏洞，这对我们认识散文、深化散文有很大的启迪。后来孙绍振先生在《"真情实感"论在理论上的十大漏洞》中也对林非先生的真情实感论进行了彻底的反思。

孙绍振先生认为真情实感的理论是极其粗陋的。首先，真情实感并不是散文的特点，而是一切文学共同的性质。其次，真情实感的强调，并非永久现象，而是一种历史现象，最初出现在"五四"时期，是对"瞒和骗"的文学传统的反拨，后来，是对新时期对"假大空"政治图解的颠覆。把这种理念从具体的历史语境中抽象出来，作为散文的永恒的性质，实质上是以抒情为半径为散文画地为牢。中国散文史乃至西方散文史上，并不全以抒情为务、不以抒情见长的散文杰作比比皆是。

孙绍振说："真情实感的第一个疏漏是把一定历史条件下的散文观念当作永恒不变的规律。第二个疏漏那就是真情实感，和巴金讲真话一样，并不是文学的规律，而是对作家的道德要求。第三个遗漏，就散文而言，在表现情感时，并不一定局限于真和实。作为文学创作，最根本的规律乃是想象，更全面的说法应该是真假互补、虚实相生。"

孙绍振先生的论述是直击人心的，他从心理学和创作的实际出发，给散文研究和散文创造以冲击。这恰恰是当下，与小说创作和诗歌创作相比，散文是最需要呼唤的，散文在一种陈旧的理论下，蜗行摸索。

而散文在写作中，时时冒出的争论是，散文在真的写作伦理下，能不能虚构？

这个话题被讨论了二十年，一波又一波，但近几年随着李修文的《山河袈裟》《致江东父老》的流行，他那些真实虚幻交杂如小说、如传奇的散文引起热议。李修文的散文，他称之为文章，就是运用各种艺术的手段，无论小说、诗歌、电影、戏剧，通通拿来，融汇一炉。在李修文看来，他这是替散文打江山，跑马圈地，是拓展了散文的表现领域，是人间的正道。

李修文说："在《致江东父老》这本书里，有时候我会动用小说手段，有时候会使用口述史和书信体等等形式，这无非是说明，我希望我们的散文应该重新出发，去触摸一种能够尽可能承载我们更多审美感受的生命力。"

对这种文体进行探索，散文文体是欢迎的，但散文必须警惕散文滑向故事，滑向虚构。故事不仅容易迎合读者的阅读期待，也容易遮蔽一些问题。其实散文是一种纪实性、现场感、私密性和精神性很强的文体，对故事叙事的过度依仗，会失掉一些东西，如它的反思内省与智性。如果散文滑向故事，以故事取胜，这是讨巧，也是险棋，这是取消散文文体的独特性，而向小说靠拢，去与小说相比，与传奇相比，向传奇靠拢。

李修文的写作应看作散文化小说，林渊液把李修文这种文体叫作小说化散文。林渊液说：这种小说化散文，兼有小说的叙事技巧，又被散文潜在赋予了情感真实性，收割一大批读者当然没有问题。然而，那些在情感上对精密的量级、赤诚的量级要求更高的人，它是无法打动的。真实性是散文默认的内在逻辑，这几乎是它的文体魅力所在。它当然也会辅生相关问题，这些问题只能从内部寻求破译。从散文文体流变来看，小说正是因虚构特征而从这里分流出去的，其文体已足够成熟，其虚构更臻极致。散文对于小说式美学意图的趋附，放在文体史的层面上来看，毫无探索价值。

在散文写作时候，我们不反对想象和有限的虚构。关于散文的虚构，我们看一下祝勇、周晓枫等人的观点。

祝勇在《散文的新与变》中说："一旦进入书写，虚构就已经产生了，因为任何书写都是有主观性的，这种主观性，就可以理解为虚构。从严格意义上说，任何文学作品都带有虚构的性质。虚构是文学的本质。卡夫卡说，虚构是浓缩、接近于本质。这是文学的要义所在。因此，与其排斥虚构，不如对它怀有宽容之心。"

祝勇以刘亮程《一个人的村庄》为例，他说："刘亮程《一个人的村庄》所代表的虚构，只是技术上的'虚构'，并不妨害整体的真实性。这一点与小说里的虚构不同。小说里的虚构是整体性的，从一开始就在编织一个虚构之网，它的所有叙述，都建立在虚构之上。散文的虚构不是整体性的，而只是技术性的，是为了表达存在的真实。小说里的虚构可以'无中生有'，而散文里的虚构则是'有中生有'，是对素材的重新组合、修剪、利用。因此，散文的虚构是有限制的虚构，不是像小说那样，可以无限制地虚构。这种'限制性虚构'，将散文与报告文学区别开来（报告文学不能虚构），也将散文与小说区别开来（小说全部是虚构）。"

我认为，祝勇这里的虚构，其实是一种想象，散文不排除想象，但散文排除虚构。如果散文是虚构，就混同于小说，这是取消散文，消解散文。

周晓枫则维护散文的真实，但又有所变通，她认为，"真"是散文最为重要的道德。但维护不应限于浅表情绪，而不进行内层的探讨。在《虚构的目的，是为了靠近真实》中，周晓枫认为，我们应该承认，所谓个体的真实，本质上包含了个体的篡改。当一个人赤诚地写下"真实"的回忆录，自认是在严格复印往事，可人的回忆不是机器的视频录像，它可能隐藏自欺的部分。记忆是擅长创作的，是会夹带"私货"的。不承认杂质的存在是荒谬的，就像刚洗过澡的人不相信自己还在寄养大量细菌一样。绝对意义的圆只存在于物理世界，在现实中，只有近似的圆。

但怎样认识散文的真？周晓枫则提出：需要考虑"真"是什么？文学的真、艺术的真，不等同生活的真。它们的间距，有时无法逾越。文学的"真"不是生活上的时间、地点、人物的如实交代,是对世界运转规律的探讨,是对人心和事物内核的探讨。这时的真,指的是艺术上的客观性。

那么在散文写作中,周晓枫认为应如何抵达真?周晓枫说:"散文的虚构,要受到前提和结果的限制。真,对于写作来说,是至高的善。那个'真'是不被移动的,至于怎么抵达,飞机、火车、地下隧道乃至步行,都可以。这并非诡辩,我认为,散文虚构的目的,恰恰是为了靠近和抵达真实。"

真,包含着真实、真诚、真相、真理等,这是散文的基础和远方;即使虚构,也不能扭曲和篡改这样的原则。

周晓枫给出的散文的基础是:真实、真诚、真相、真理。这是散文的真。她所谓的虚构,是不扭曲和篡改这些原则的,她的虚构,在散文中,我以为,是一种实构,是真实的组接,不是面壁空想,它是受到限制的,前提的真和结果的真,不能背离,真是散文写作至高的善。

散文中虚构与真实的关系,李修文认为,在他的《致江东父老》的创作中,只有一种真实,那就是美学意义上的真实,而非散文意义和新闻意义上的真实。在李修文的认知里,他的散文等同于中国古代的文章,中国文章的传统是无所不包的。比如蒲松龄的小说,其实也可以说是散文。

在这个意义上,我们就明白了李修文的散文,其实是突破了人们一般认知的散文,他首先突破的是散文局部的虚构,突破了散文传统的真的认知。他在《我绝不服膺于散文的陈规陋习》中说:

> 我们今天所说的散文的真实性,基本上等同于新闻意义上的真实——你讲的是不是真事?但中国的文章传统不是这样的,张岱游西湖听到女鬼的哭声,明清笔记写到很多和鬼魂的遭逢。对于我来讲,唯一的真实就是无限真实的精神个体。
>
> 我绝不服膺于新闻意义上的真实。如果是这样的话,那张岱一定听不到女鬼的歌声,屈原笔下一定没有山鬼。
>
> 我觉得我们今天散文的概念,实在是囚禁得太厉害了!我们曾经有那么自由的文体。我有时候甚至狂妄地觉得,散文的那些陈规

陋习，如果我们不敢冒犯掉的话，如何在今天建立新一点的文章观？

　　李修文认为，小说、诗歌、辞赋无法表达的中间地带，正是散文用力的地方。散文在今天面临着巨大发展的可能，应该抢夺各个文体的元素来建立新的散文的主体性。

　　其实，散文的真实并不是新闻意义上的真实，散文也不是新闻，李修文是把现代意义上的散文拉回到古代的文章，为他的虚构找写作的理由。在古代，文章的边界是芜杂的，小说、散文没有清晰的边界，且古人没有现代的科学的意识和认识，那些张岱笔下的鬼怪，是他们当时认为的真实的存在。古代的笔记，是不分小说、传奇和杂记、小品、散文的。到后来，人们把虚构的文章，称为了传奇，称为了小说。到了现代，小说和散文的区隔，是以虚构和真实为边界的。对散文来说，虽不能百分之百真实，但散文是从文章里走出的，是离开虚构，独立的一种文体了，如果去掉真实，那就取消了散文的独立性。

　　而回到所谓的文章，那是回到了散文与小说杂处的时代。蒲松龄的小说，就是小说，而不是散文。而《聊斋志异》里，很多是杂记，是博物志，是散文；那些花妖狐狸、阴曹地府的文字，绝不是散文。它们的区别在于是虚构还是非虚构。

六、散文的人设：精神的真

　　我们说散文的"人设"，在读者心目中第一个标准就是真。这是散文写作的伦理，这也是散文的道德，即善的层面。在散文美学层面，散文的美就是真。

　　现在我们很清楚，散文所涉及的并不只是狭隘的真情实感。在当下，散文也应该朝向有难度的维度，它不只是线性思维的叙事抒情。

　　这难度，就是散文的精神性的要求，就如王开岭所言，散文最大的品质是它话语的诚实性——精神的诚实，叙述的诚实，体验的诚实！散文的独特，并非仅仅形式上它是一种随意性极强的文体，更在于它把对精神诚实的诉求升至信仰的高度。它的美，还流露在写作姿势和语言行走的端庄上。

注意这里面，王开岭用到的两个词：写作的姿势和语言行走的端庄。这里写作的姿势，就是精神的姿势；语言行走的端庄，我认定为诚实。

从血管里流出的都是血，从水管里流出的都是水。散文的背后，是散文人格，是精神的文体。林渊液曾表达过这样的意思，精神性是散文的主体性，它与叙事性、文化性、自然性等并不是并列的关系，而是高于其他属性的。当代散文中，具有优秀品质者，几乎都是现代性精神启蒙作品，或者在时代转弯时具有文化选择的先锋意义的作品。作为精神性表达，散文自带着一种趋光性，它的特征与散文人设的内在诉求刚好极为契合和匹配。其实散文相较小说、诗歌、戏剧，更像是一种私人化的文体，它是一个人思想运动的轨迹，是心灵史、精神史，也是观察史、体验史。

我们所谈的散文的真，首先是人格的真、精神的真、灵魂的真。散文的血肉和灵魂是与作者的灵魂、血肉、精神同构的。人与文，是一体两面。小说是我说，散文是说我；小说的"我"是虚构的，散文的"我"就是作者本人。散文的力量，是人格的力量。如果我们发现，散文里的我是假的，我们就会有一种被侮辱被欺骗的感觉。小说中的"我"可以是虚构的人物，散文中的"我"一般就是作者本人。即使散文家隐晦地表达自己的心灵与精神空间，但是读者仍会从文本中辨识到作者真实的蛛丝马迹。

散文的真实是作者灵魂的真实及真诚的人格。我们在散文文体里可以窥见作者的真实人格，而在小说中，读者对作者是猜测的、玄想的，小说是小说作者的云山雾罩的文本，作者隐藏在文本的后面。小说里的"我"，不是真我，是虚构的我，是化身；散文里的"我"，是真我，是作者本尊。

散文作为一种精神的文体、私人化的文体，它的核心是真，是作者的真境遇、真感受，从中可以窥探出作者的真实灵魂与个性。其实这里涉及了散文人格的问题。林渊液在其《散文经典化困境与文体再认识》中认为，散文人格指的是写作者的一种人格特征。写作者是有不同人格的：诗人人格、小说人格和散文人格。一位写作者与散文发生的深度关联，是由他的人格特征决定的，与身穿什么职业外衣没有丝毫关系。经典散文作家都有一种能见度很高的散文人格。而一个散文写作者，他是可以在散文文体中终生自足，还是需要溢出其他文体去进行表达，这恐怕因人而异。苇岸作为一个文学圣徒，他的写作在散文中获得了全部满足。而其他一些作家或同时或先后写小说，张承志写《心灵史》、史铁生写《我的丁一之旅》、筱敏写《幸存者手记》，但这并不改变他们属于散文人格的事实，只能说明，在生命的某些阶段，他们的经验需要通过更多文体样式来表达。

散文需要的正是文体与散文人格写作者的相互确认，同气相应，同气相求。谈了散文的人格，其实这是一个精神性的话题，散文的真，首先就是要保证精神不撒谎；散文的高处，就是人格的高处。散文的文体价值在于它的诚实，在于它的真，但在很长的历史时期，散文一直不敢面对自身，不敢面对世界，不诚实、装腔作势，其实就是精神的委顿、精神的消失，或者是同流合污走向虚假。

散文的尊严在于它的精神空间，散文贴近现实不假，但散文更贴近一个人的心灵；散文的表达自我，不只是眼中的、视觉的，不只是回忆，关键是表达出我是什么，剖开自己，呈现一个个不一样的有异于别人的那个存在。

我赞同塞壬说的：

> 散文写作，我力图保证去写我必须写、我愿意去写的东西，这一点很难。每一次的写作，我几乎元气大伤，像大病初愈。散文写作过程是一个把骨血往外掏的过程，是一个精神内耗极重的一个过程。

我们提倡真。散文的真，就是剔除假象，说真话，是需要勇气的，这恰恰是散文存在的底座。散文的真实不是现成的，是需要寻找的。阿列克谢耶维奇在获得诺贝尔文学奖的演说中说：

> 真实不是存在于一颗心灵、一个头脑中的，真实某种程度上破碎了。有很多种真实，而且各不相同，分散在世界各地。陀思妥耶

夫斯基认为，人类对自己的了解，远远多于文学中记录的。那么我在做的是什么？我收集日常生活中的感受、思考和话语。我收集我所处时代的生活。我对灵魂的历史感兴趣——日常生活中的灵魂，被宏大的历史叙述忽略或看不上的那些东西。我致力于缺失的历史。

这里面的真实的表述和灵魂的历史，启迪我们学会搜集日常生活的灵魂，学会寻找被宏大的历史叙述忽略或看不上的那些东西，致力于缺失的历史。

散文的定义很多，其实一个文体无非就是深刻描写人类的生活，拓宽我们认识的疆界。如索尔仁尼琴所说："艺术的本质便包含认证在内。"我说散文在于看见，看见身边的世界，看见灵魂的世界，但看见是很难的。看，是一种生物的本能，一种生理的意识；而看见，是一种审美，一种体察和洞见。

从某种意义上说，我们这个世界是一个失明的世界，这种失明是一种遮蔽。在雪天，我们看到的是盐，是柳絮，是燕山雪花大如席，是雨的精魂，是六角的花瓣。一个个的审美意象，昔我往矣，杨柳依依，今我来思，雨雪霏霏，这些从小黏在我们骨子里的东西遮蔽了我们，我们已远离了自然的雪，我们看不见我们的雪；春天更是如此，只要是我们写的春天，好像都是别人的春天，都是红杏枝头，都是好雨时节。我们可以这么说，那样的写作是同质的写作，是失明的写作，他们没有新质、异质和发现与看见。"如果你能看，就要看见，如果你能看见，就要仔细观察。"这是1998年诺贝尔文学奖得主、葡萄牙作家若泽·萨拉马戈抄录于《箴言书》里的句子，他把它放到了他的小说《失明症漫记》(1995)扉页。他的意思很明显，好的某作品，都在教人重新学会"看见"。

由于各种原因，我们被各种假象包围，即使身处其间的人，也由于被谎言所包围，很难认清自己及周围人的非人化状况，以为生活本来就该是这样。散文就在于戳穿生活的谎言，述说了"不可摧毁的个人尊严"。

我们的散文写作，大多数与生活是区隔的，在我们的意识中，生活与文学从来都是两码事，所以散文也不以认识人生为鹄。面对现实，我们的散文往往是轻盈地转身。它是一种调剂，一种慰藉，是借着外界影像来抒写胸中的情愫，而不是生命的写实，面对着灵魂的煎熬，精神的现实。很多的作家也是着力表现个人对周围环境的细腻感受，对生活的真相却漠不关心，就像索氏所说："绝口不谈主要的真实，而这种真实，即使没有文学，人们也早已洞若观火。"因而他们的作品，无论技巧多高，做工多好，最终也不过是"在浅水中游泳"。这些作品因其自身的肤浅和虚假，注定了毫无价值。

我认为在散文写作中，如果作者不标出自己是借散文的真实，来虚构事件、虚构人物，就是把读者认为的真实，偷偷地狸猫换太子。这是作伪、是对散文文体和读者的亵渎，是对修辞以诚的侮辱，这是以虚假来为自己谋私。这就超越了散文的伦理，是一种盗取。

我们知道，真实是有边界的。散文的真实，也是有边界的；散文的虚构是有条件的，不是无边的虚构，不是捕风捉影。在寓言小品里，你可以虚构，我们不要利用读者的良善，用无中生有的虚构来冒充真。散文允许想象，允许情感的错位和变形。

散文无法百分之百还原现场，但我们不能为虚构而虚构，我们必须明确我们散文写作的边界。一个散文写作者要真诚，散文和散文家的伦理就是真，就是要和与虚假作斗争，需要的就是精神的真、话语的真。"一句真话能比整个世界的分量还重。"

随笔和散文的门槛

一、随笔的门槛

随笔,在中国是一个古老的词汇,也有着丰富的写作的实践,但它的现代意涵却并不为从事随笔写作的人所知。特别是在网络时代,写作往往是一种信息的操作与表达,有多少精神性的过滤是可怀疑的。

随笔最大的品质是什么?我以为,就是精神的自由、叙述的自由、表达的自由,但这绝不是形式的随意,而是这种文体对精神自由的依赖乃至信仰。随笔的美,就表现在她写作姿态的自由和语言的自由上。

1983年,瑞士文学批评家让·斯塔罗宾斯基获得了该年度的"欧洲随笔奖",他为此做了一篇文章,题目为《可以定义随笔吗?》,提出"随笔是最自由的文体""随笔的条件和赌注是精神的自由"。

我以为:随笔的第一道门槛非精神自由莫属。

从汉语的词源来看,随笔的意思是随手、随便、想到哪里写到哪里;南宋洪迈的《容斋随笔》本意也是"随即笔录,因其先后,无复诠次";随笔本意是率意。

其实,自由在我们这个国度一直是缺失的选项。庄子的逍遥和嵇康或刘伶式的精神自在、独善其身是自由的表现吗?那不是自由,而是遁世,在所谓的丑恶和虚假面前掩面而走,绕道而行,表现出大智若愚、和光同尘。这不是自由,而是"犬儒"。自由落实到俗世只能是行动中的和人群中的自由。就如王怡所说,自由应该是在人群中去厘清个体权利和公共空间的畛域,在行动中去活出一种具有公共价值的个人道德生活。

随笔在人们的心目中，常被认为是一种赋闲的问题，谈天说地，花鸟虫鱼，知识堆砌，琐碎轻俏，如吃软饭的动物。说白了，那是我们的精神禁锢和不敢冒险，逃避自由之故。在我们这个古老国家的精神谱系里，知识者是异类，一直处于被打压、阉割、迫害，从祖龙的焚书到"文化大革命"的焚书，从祖龙的坑儒到腥风血雨的"反右"，知识分子的精神脊梁被打断了，精神格局急剧萎缩。因为禁锢，知识分子的意识和潜意识受到了毒化，当他们再拿起笔写东西时，他们的词语学会了妥协和所谓的避害趋利。这样的文字就阻止了自由思想。语言是思想的现实，所谓的"形为心役"，精神的奴役必然导致文字的卑下、污浊。其实语言的组织并不仅仅依赖外部的语法规则，它依靠的是精神内部的法则，任何一种语言的生命都取决于一个人精神内部的直感。

鲁迅先生在翻译日本人厨川白村的《出了象牙之塔》时，发现厨川白村对英语 essay 也没有相应的日语词汇，索性不译，只指出"essay"词源是法兰西的 essayr（试），试笔之意。对这个词的翻译，在当时的中国也没有相应的名字，译名很乱，有小品文、美文、随笔、散文等，鲁迅先生可能也遇到这个问题，于是又照着日文原样，保留下来。这样没有规定恰是一种宽泛的理解，一说就俗的意义恐怕就在这里。但鲁迅先生的这段翻译确是把握住了随笔的精髓：自由，任性而谈。鲁迅关于 essay 的翻译说：

> 如果是冬天，便坐在暖炉旁边的安乐椅子上；倘在夏天，则披浴衣，啜苦茗，随随便便，和好友任心闲话。将这些话照样地移在纸上的东西，就是 essay。兴之所至，也说些不至于头痛为度的道理罢。也有冷嘲，也有警句罢。既有 humor（滑稽），也有 pathos（感愤）。所谈的题目，天下的大事不待言，还有市井的琐事、书籍的批评、相识者的消息，以及自己过去的追怀，想到什么就纵谈什么，而托于即兴之笔者，是这一类的文章。

鲁迅这一段译语对现代随笔自由天性的发展起到至关重要的作用。鲁迅在《三闲集·怎么写》中说："散文的体裁，其实是大可以随便的，有破绽也无妨。做作的写信和日记，恐怕也还不免有破绽，而一有破绽，便破灭到不可收拾了。与其防破绽，不如忘破绽。"我们从中可窥见鲁迅对随笔创作的自由的肯定，用"大可以随便的"来斩断人们身上的各式各样的枷锁。不管是肉体上的还是精神上的，让人们痛则大叫，怒则大骂，乐则大笑，这就是自由的极致。但因为多数人因精神空间的狭窄，已经习惯了戴着镣铐的舞步，真让他"大可以随便的"随性而舞，他可能手足无措，真正的随笔大家确实是从心灵到技巧"大可以随便的"。他们不是循规蹈矩的，他们蔑视章法技巧，他们就是章法技巧。苏轼所说的文章的"随物赋形"，是贴近随笔的品质的。

但是反观现代，由于精神的萎缩，现代的自由理念只是在知识者的子宫划过，从未着床，即使着床，也被打压惊吓得流产。缺少自由信念和普世价值支撑的中国知识分子，于是在随笔文字里表现的就只能是缺席、装聋作哑、指桑骂槐。就如老托尔斯泰所不屑的那样，"只是一些散发着懒散气息的作品，其目的是取悦同类的懒散……它什么也没有告诉人们，因为它漠视人们的幸福"。于是随笔就成了没有精神自由的灵魂的作弊偷懒，于是成了优雅的小品、散步的美文，于是难免单薄，于是难免无尊严。

洪堡特针对西方的诗歌和 essay（随笔、散文）说："诗歌只能够在生活的个别时刻和精神的个别状态之下萌生，散文则时时处处陪伴着人，在人的精神活动的所有表现形式中出现。散文与每个思想，每一感觉相维系。在一种语言里，散文利用自身的准确性、明晰性、灵活性、生动性以及和谐悦耳的语言，一方面能够从每一个角度出发充分自由地发展起来，另一方面则获得了一种精微的感觉，从而能够在每一个别场合决定自由发展的适当程度。有了这样一种散文，精神就能够得到同样自由、从容和健康的发展。"

我们参照欧美的随笔类文字，他们的精神空间，是无远弗届。我想无论文字也好，做人也好，最本质的东西，一定是个体的自由。他们在暴政面前拍案而起，他们对人权尊严的维护到了苛刻的地步，他们为正义呐喊，为自由而歌。他们的灵魂是自由的，他们的文字是那么饱满的精神的酣畅、自由与辽远，如你看恰达耶夫的《哲学书简》、梭罗的《瓦尔登湖》、托尔斯泰的《我不能沉默》、茨威格的《异端的权利》、加缪的《西西弗神话》、索尔仁尼琴的《古拉格群岛》等。

但是在这片土地上，从来没有过自由的精神空间，人们对自己文字写出来的不确定感到后怕，对深文周纳充满恐惧。一次次的文字狱，使人们开始学乖，开始丧失精神的诚实和语言的诚实。于是，思想的尊严被交出，自由被交出，在无关痛痒的文字里寻找逃避的空间，是非被搁置，正义被悬置，奴性开始繁殖，那一次次焚书的目的达到了，统治者筑建的铁屋子，使一代代人自由的精神窒息在里面，于是我们的随笔文字没有了欧美随笔的丰饶与个性，于是没有了，于是则"用瞒和骗，造出奇妙的逃路来，而自以为正路"，于是就虚伪、顺应、愚昧和装傻。有独立自由的精神空间，在中国是一件奢侈的事啊！在这世间做一个自由的、独立的思想者，你是一个孤独的少数，你要小心，因为你的周遭大多是跪着思维的人，会把你当成一个异类和怪物，他们同化你、教导你、世俗你、拯救你，直到你与他们混为一体。

随笔的第二道门槛就是，少些风月、多些用世，少些逍遥、多些骨头。从中国随笔的来源起，其 DNA 里流淌的是性灵之辞，多是笔记、书评、花草虫鱼、花边八卦，从这些文字里总是能看出作者人格的小。即使掺杂一些杂文的火气，也是一种谩骂和小家子的挖苦讥讽，少的是宽容，少的是人性的深。我们的随笔很少触及一些人世的真问题，那些饥荒与死亡，那些人类的苦难，那些独裁者的罪恶，那些底层的绝望和无奈，那曾风行在这里的愚昧的个人崇拜、极权；在这些问题前，我们的随笔是缺席，是勾销了。那些人类的苦难与不幸在我们的随笔里得不到说明，写作者内心的罪感是被写作者放逐了。对当下的让步与屈从，是随笔的耻辱。

在娱乐的时代，随笔何为？是继续在书斋里凌空蹈虚、娱乐至死，还是对当下发声？把公民社会构建、思想启蒙、公义与民生纳入随笔的心灵和视野，离世间的烟火气近些，再近些，有你一份社会担当，随笔需要生活的现场，随笔更需要对生活有一种人道的抱慰，但是由于写作者的胸襟和内存，随笔总是走入"赋闲"的轨道，这是传统文人和传统随笔的老套子、老调子，是互相模拟的心理定式。所以随笔有一个向现代性转向的问题，随笔在典雅、赋闲里沉溺太久，应该接一下地气。可是在一些随笔家笔下，要求的是文字的把玩，是情趣、是飘逸、是幽默，我不一味反对这些，而是希望这些东西在随笔的队伍里的比例再少些。

我知道《二十四诗品》的《典雅》是这类人的写照："玉壶买春，赏雨茅屋。坐中佳士，左右修竹。白云初晴，幽鸟相逐。眠琴绿荫，上有飞瀑。落花无言，人淡如菊。书之岁华，其曰可读。"这样的画面也曾是我多年前欣赏的，也常把"落花无言，人淡如菊"看作人的至高境界，但后来想，这样风雅，其实是可疑的。印象里的王冕既"种豆三亩，粟倍之，梅千树，桃杏居其半，芋一区，薤、韭各百本；引水为池，种鱼千余头"，筑茅庐三间，题为"梅花屋"，这也够风雅的，但他在元大都，大小官员们蜂拥而来求他的书画，送来的画布堆积如山，他泼墨挥毫，千花万蕊，俄顷即成，也与那些官人勾肩搭背。

随笔要多些沉潜，不做看客，不撒谎，不回避峻急的问题，不自欺。记得有一句被人引烂的话："奥斯威辛之后写诗是野蛮的。"就是说，在犹太人大屠杀之后以"审美旁观"的姿态对待人类的苦难与罪恶是野蛮的。在当代的中国，如果连当下中国一些重大的时代话题都回避，缺少社会担当，回避难度，惧怕深度，这不是随笔的本意，也不是艺术的本体。随笔需要精神的历险，也需要对现实的批判，写了当下也是写了历史，回避了当下，也是回避了历史。里尔克写有一首诗《严重的时刻》，可为我们思考随笔的当下和现代性提供思考的维度：

　　此刻有谁在世上某处哭，
　　无缘无故在世上哭，
　　在哭我。

　　此刻有谁夜间在某处笑，
　　无缘无故在夜间笑，
　　在笑我。

　　此刻有谁在世上某处走，
　　无缘无故在世上走，
　　走向我。

　　此刻有谁在世上某处死，

> 无缘无故在世上死，
> 望着我。

你的随笔文字只要不固执与赋闲，不固执地以所谓的审美态度同时代保持距离，里尔克的诗句必然震动你。震动你的是什么呢？是诗里写出的现实。现实中发生了什么？是你自己也参与其中却被你有意遮蔽了。隐而不彰的当下，不是隐而不彰的"他者"，我们身在其中，我们不能随便扔掉这现实里的"哭""笑""走""死"而一走了之。随笔要有忧心，要有悲悯，要有入世的关怀，不做审美距离中的看客，拒绝审美的沉醉和冷漠；随笔与美有关，随笔也与真有关。这是随笔的诗学最重要的问题。距离真相近点再近点，是随笔的高度，也是随笔的勇气，这比炫耀才华更难。

我以为，随笔的第三个门槛，就是智性的天空。让·斯塔罗宾斯基把随笔概括为：现代随笔是最自由的文体，也是最有可能表达批评之美的文体。他说："从一种选择其对象、创造其语言和方法的自由出发，随笔最好是善于把科学和诗结合起来。它应该同时是对他者语言的理解和它自己的语言的创造，是对传达的意义的倾听和存在于现实深处的意外联系的建立。随笔阅读世界，也让世界阅读自己，它要求同时进行大胆的阐释和冒险。它越是意识到话语的影响力，就越有影响……它因此而有着诸多不可能的苛求，几乎不能完全满足。还是让我们把这些苛求提出来吧，让我们在精神上有一个指导的命令：随笔应该不断地注意作品和事件对我们的问题所给予的准确回答。它不论何时都不应该不对语言的明晰和美忠诚。最后，此其时矣，随笔应该解开缆绳，试着自己成为一件作品，获得自己的、谦逊的权威。"

现代随笔，最重要的是唤起我们理性的到场。它的智慧，不仅让你在轻松或者幽默或者激愤中有感官的淋漓，而且它要唤起读者的理性，唤起对话的冲动，让人思索。

科学和诗的结合，存在于现实深处的意外联系，大胆的阐释。随笔应该不断地注意作品和事件对我们的问题所给予的准确回答。我以为，这些是随笔的现代品质最重要的意涵，这是智性的追求和感知的深化，把审美和审智结合起来，因此，孙绍振先生提出"审智"一说。从美学上说，把情感和感觉的研究归结为"审美"是不够严谨的。比较深刻的文学作品，不光是情感和感觉的，而是都有着自己独特的理念。大艺术家都是思想家。不论是屈原还是陶渊明，不论是古希腊悲剧还是安徒生的童话，都渗透着作家生命的甚至是政治的理念。应该把与情感联系在一起的理念结合起来。智慧理性的追求，在20世纪50年代以后的西方现代派文学中形成了潮流，加缪甚至宣称，他的小说就是他哲学的图解。对这种倾向，孙绍振先生把它叫作"审智"。

在随笔里，智性的文字不是晦涩的、学历式的、纯粹的智性抽象。随笔的文字不许是活泼的、有温度的、感性的，这样的文字是肉做的，你思想的轨迹是附着在感受过程里的，感受的血液要有智性被审视的因子。孙绍振先生说，它往往要从纷纭的感觉世界作原生性的命名，衍生出多层次的纷纭的内涵，作感觉的颠覆，在逻辑上作无理而有理的转化，激活读者为习惯所钝化了的感受和思绪；在几近遗忘了的感觉的深层，揭示出人类文化历史的和精神流程。

我们可以追溯一下随笔在西方的源头，进行一下所谓的词源的考古。

随笔，在法文中是一个名词（unessai），原义为实验、试验、检验、试用、考验、分析、尝试等，转义为短评、评论、论文、随笔、漫笔、小品文；蒙田把他的著作取名为 Essais，意义是什么呢？蒙田在"试验"什么？他在什么场地上"试验"？斯塔罗宾斯基指出："对于蒙田来说，试验的场地首先是抵抗他的世界：这是世界提供给他、供他掌握的客观事物，这是在他身上发挥作用的命运。"他试验着、称量着他的世界，物质的、精神的，蒙田的试验和称量是"一种徒手的平衡，一种加工，一种触摸"。蒙田的手永远不闲着，"用手思想"是他的格言，永远要把"沉思"生活和"塑造"生活结合起来。注意"用手思想"这个词汇，这是从感觉的掘进，直到理性；精神、感觉和身体的紧密结合乃是随笔的本质内涵。随笔所遵循的基本原则，或者它的"宪章"，乃是蒙田的两句话："我探询，我无知。"探寻是建立在感性之上的，是思，是理性的路径。让·斯塔罗宾斯基指出："唯有自由的人或摆脱了束缚的人，才能够探索和无知。奴役的制度禁止探索和无知，或者至少迫使这种状态转入地下。这种制度企图到处都建立起一种无懈可击、确信无疑的话语的统治，这与随笔无缘。"

海德格尔对凡·高的《农鞋》的解读，我以为是现代随笔的典范："如果我们只是一般地想象一双鞋，或者简单地瞪视那仅仅摆在画面上、空空如也、无人使用的一双鞋，我们就决不会发现在其真理处，器具的器具性存在究竟是什么……但是——从这双穿旧的农鞋里边黑魆魆的沿口，可以窥见劳动步履的艰辛。在这双农鞋粗陋不堪、窒息生命的沉重里，凝结着那遗落在阴风猖獗、广漠无垠、单调永恒的旷野田垄上的步履的坚韧与滞缓。鞋皮上沾满了湿润又肥沃的泥土。夜幕低垂，荒野小径的孤独寂寥，在这鞋底下悄然流逝，这双鞋呵！激荡着大地沉默地呼唤，炫耀着成熟谷场无言的馈赠，以及冬天田野休耕之寂寥中不加解释的自我拒绝。这双鞋啊！它浸透了农人渴求温饱，无怨无艾的惆怅，和战胜困苦时的欢忻；同时，也隐含了分娩时阵痛时的颤抖和死亡威胁下的恐惧。"现代随笔，是诗与思的合一。小说靠近的是人物的塑造，故事的跌宕；诗歌靠近的是意象与节奏；现代随笔要自觉担当起审智的义务。我说：随笔的第一要素应该是审智。有人会说：那审美不是随笔的特征吗？我说：思想的深邃就是美。能发现事物的秘密和灵魂的秘密，就是美，这决定着随笔的深度，一篇随笔的高度往往与作者的思考高度有关，与写作技巧无关，是不是敢放弃世俗的羁绊，有没有对精神诉求的担当、对永恒命题的执拗追求，中国的随笔写作者，聪明人多，但没有西方作家身上的那种终极的关怀和终极的追求，他们有时往往一生就关注一件事。

一个随笔写作者应当是一个思想家，有思想的随笔文字才是独立的有"干货"的，那样才能撼动人，而思想是和心灵关联的，有多少人就有多少种随笔，写作到了一定境界，技巧退去，最后比的就是一个人精神的高度、思想的高度，还有胸襟。如果一个人的文字再漂亮，起承转合、谋篇布局无法挑剔，却还是没有摇撼人的好东西，那原因就是这个人的格局问题、胸襟问题、思想问题了。

随笔是从生活中来的，在网络时代，谁都可以进入，关键是你能给随笔带来什么、赋予什么？我们要尊重常识，要合乎人情，但切记，没有思想参与的文字，是松垮的没精神的死文字。

二、 散文的门槛

散文有门槛吗？本来我想把这篇札记的名字叫作"散文的高度"。

随着网络载体的涌现，人人都是写手的时代来临，人人都可以展示自己的才华，发出自己的声音，但散文是流行的和随便的吗？我不反对风花雪月、吃喝拉撒、使酒骂座、哭爹叫娘，痛则骂、乐则叫，但我想，散文不仅仅是生理的反应，更应有一种精神在，一种高度在。

散文是有门槛的，也许是一道门槛，两道门槛，三道门槛。

我一直认为，散文不只是一种记录，不只是书斋化，不只是小我的自娱自乐，它是有精神高度的。散文写作者精神的软化或者精神的缺席，使目前的很多散文在水准下滑行：知识的堆砌，情感的矫饰，语言过度的诗话虚化；鸡零狗碎的日常描摹，枯燥乏味的豆腐账；沉浸在故乡和童年柔软的多脂肪的腹部酣眠回味；或者听从欲望的吩咐，与商业和权利勾肩搭背，成为现实奴役的仆人，忍气吞声，低三下四。

我想，如果散文失去了精神的守望或者精神的仰望，那是对散文高度的拒绝和放逐，是一种无尊严的生存。

散文的第一道门槛，我以为就是精神的高度。只有这样，散文才不安于小，才不被人看轻，不被人视为一种赋闲的文体：是茶余饭后的谈资，是心绪的把玩，是小说家散文家累了闲了小试身手的跑马场；似乎那些小说家、诗人随便一写，就能在散文领域顿成佳构。散文变成了没有难度的文体，散文文体成了一种文学的下脚料和口香糖。

如果一种文体没有了尊严，没有了精神的注入，那么这种文体，是没有质量的轻写作。记得福克纳曾在诺贝尔文学奖获奖演说词中这样说某些没有精神追求的文字："他所描绘的不是爱情而是肉欲，他所记述的失败里不会有人失去任何有价值的东西，他所描绘的胜利中也没有希望，更没有同情和怜悯。他的悲哀，缺乏普遍的基础，留不下丝毫痕迹。他所描述的不是人类的心灵，而是人类的内分泌物。"福克纳是对的，对我们当下的散文创作来说，很多人的文字，是垃圾一般的存在，"内分泌物"的成分比比皆是，精神退场，尊严消遁。

别林斯基说过："现实这个字眼意味着一切——可见的世界和精神的世界，事实的世界和概念的世界。认识中的理性和现象中的理性——总之，显露在自己面前的精神，是现实性；另一方面，一切局部的、偶然的、非理性的东西，作为现实性的反面，作为它的否定，作为若有，而不是实有，都是幻影性。"现实是由"可见的世界"和看不见的"精神的世界"共同构成的。在别林斯基这里，精神的世界才具有现实性，而"事实的世界"只是"幻影"，即吃喝拉撒睡。我以为好的散文不只是"可见的世界"，而是在可见的世界之上有一个"精神的世界"。

散文因何而写？我以为是一个精神世界呈现的问题，在可见的世界下面，沉潜着一个精神的光源，这精神是责任，也是一种终生的追求。每次动笔，如果你追问一下自己，是比谁写得好，还是比谁写得烂，我为这些已经浩瀚的文字能注入一些什么价值，那你的笔就会慎重许多，文字就会添了力度。因为在这样的文字深处有精神的立场在，它不会因为现实的变幻而坍塌。

其实在散文写作中，有常见的伪命题常缠绕在大家的心头，比如，所谓的真情实感和虚构，这是一直困扰散文界而未能很好清理的梦魇。散文是和虚实相生的艺术，真情的表达必须借助想象，以虚来表达实。所谓的虚构是为了更大的真实，是据实而构，不是小说式的无中生有。孙绍振先生曾说真情实感论带着狭隘直观的特点。首先，真情和实感，并不是现成地存在于作家心中，只要有勇气就能轻易地表述出来的。情感是一种黑暗的感觉，常常可以意会不可言传，不是有了意念就一定有相应的话语，而是有多少现成的话语才能表达多少意念，如当代西方话语理论所指出的，不是人说话，而是话说人，就是有意识地让缥缈的意绪投胎为话语，也是需要原创才华的。其次，从心理学上来说，真情与实感是矛盾的。感觉—知觉是最不稳定的，最不"科学"的，一旦受到情感冲击，就会发生"变异"；越是真情，感觉越是变异，也就是说，越是不"实"。最后，即使真情得以顺利表达，充其量也不脱抒情的、诗化的、审美的散文的窠臼，其实就是古典浪漫主义诗论所说的"强烈感情的自然流泻"，既远远落伍于当代散文实践，又与世界文学潮流和世界文学智性潮流隔绝。

刘亮程的散文的成功处不是真情实感，是虚实相生，是想象和虚构的胜利。但写作者是真诚的，他的真诚借助虚化更加地可触。

没有精神的高度，所谓的真情实感限制了散文，使散文的格局显得偏狭，很多的人为文开始情感作弊，撒谎，胡编乱造；有的则是情不胜文，一点感情，屡水作假，少了诚实，散文不是精神的载体，而是伪善，是"炫情"和"炫疼"。

王安忆在《情感的生命》里说到散文情感挥霍的问题，这是一个警醒："……字义的挥霍浪费，消耗了我们原本就有限的文字储存以及不断的积累，许多好字失去了意义，变成通俗的概念，许多好意义则无字可表达。由于小说和诗歌的生产及不上散文，其挥霍的程度也及不上散文。散文在挥霍文字的同时，其实也在挥霍文字所赖于表达的情感。在煽情和滥情的空气底下，其实是情感的日益枯竭。"

"挥霍"这个词是很重的，不肖子、败家子才用得上这个词，躺在所谓的真情实感上，感情是有度的。王安忆说张爱玲："张爱玲原本是最有可能示范我们情感的重量和体积，可她没有；相反，还事与愿违地散播了琐碎的空气。"所以，拿真情实感做散文创作的基础和门槛是危险的，也是一个歧途。周作人说："我平常很怀疑心里的情是否可以用'言'全表了出来，更不相信随随便便地就表得出来。什么嗟叹啦，咏歌啦，手舞足蹈啦的把戏，多少可以发表自己的情意，但是到了成为艺术再给人家去看的时候，恐怕就要发生好些的变动与间隔，所留存的也就是很微末了。死生之悲哀，爱恋之喜悦，人生最初的悲欢甘苦，绝对地不能以言语形容，更无论文字，至少在我是这样感想的，世间或有天才自然也可以例外，那么我们凡人所可以用文字表现者只是某一种情意，固然不很粗浅也不很深切的部分，换句话来说，实在是可有可无不关紧要的东西，表现出来聊以自宽慰消遣罢了。"

散文不是不可以写感情，但要有个度，都拥堵在这条道上，难免成了灾难。

散文写作的问题，往往不是知识的事，是精神的事，是艺术转化的事。如何使自己的情感、生活、见解变得有质量、有重量、有体积，散文不是琐碎的生活记录，也非某种语言的实验，不在虚无中逍遥，逃到历史的深处，也不在生活的重负下气喘吁吁。

没有精神的高度，散文难免慵散；如果精神离场，那么文字难免无精打采；如果精神弃权，那么散文的天空是低的。

第二道门槛，我以为就是散文写作的现在时。散文多因袭，在大家的印象里，散文好像是超稳定的结构，且有着辉煌的历史和悠久的成熟的写作传统，不说诸子散文，《左传》《史记》，唐宋的韩愈、苏轼，晚明小品，即使在鲁迅的时代，散文的光环，是最耀眼的。回过头来看"五四"时期，那时的诗歌和小说大多不堪卒读，但是散文呢？朱自清说这一时期的散文创作："确是绚烂极了：有种种的样式，种种的流派，表现着，批评着，解释着人生的各面，迁流曼衍，日新月异；有中国名士风，有外国绅士风，有隐士，有叛徒，在思想上是如此。或描写，或讽刺，或委曲，或缜密，或劲健，或绮丽，或洗练，或流动，或含蓄，在表现上是如此。"那时的散文家，用自己的话语实践把散文自由的精神发挥到了极致。

现在时，我以为可以从内容和形式上来界定，但起作用的是现代精神的烛照。这是一种有现代精神载体的物理空间和精神空间。但是很多散文家太懒惰、太取巧、太精明，太爱惜自己的气力，不像小说和诗歌那么的自我蜕变和先锋。

记得尼采说："不蜕皮的蛇会死！"

现在时，我以为关乎散文的本质和功能。散文的本质是自由，一个现代人必须把散文自由的诉求当成散文的大纛而举起，这样才能不使散文坠入遗老遗少的那种把玩、那种颓废。

散文的灵魂是自由，变是散文唯一不变的写作伦理，但自由是有责任的，自由在某些人那里，可能是一种恐惧和无所适从。这意味着天下之大，只有你为自己的文字负责，你为你的散文的艺术负责。散文是动的，一固定就僵化，就散发死亡的腐朽气。优秀的散文家无疑是散文写作的命名者，秩序的重建者、立法者，也是冒险者、实验者，散文的没有边界才是边界。比如，余秋雨之于杨朔的反拨，他把文化的因子和理性与诗性及激情结合起来，使散文开出一片新天地。刘亮程之于乡土散文的写作，他虚构了只有一个人的村庄，这村庄不存在绝对客观的实在，一切都由经验和记忆定性。"这个世界是人想出来的，我们有时活在自己想的事情里，有时活在别人想的事情里。"而在他的新作《在新疆》中，他依然还是坚定地遵循着他的梦学原则，把人与庄稼家畜的关系置于核心，时而以人、时而以植物、时而以家畜的视角，有着农民的天真，有着哲人的深邃，有时如童话，他的散文打着明显的刘氏标签：独此一家，别无分号。

散文现在时，就是散文作者当下的真实，生或死就在自己的掌握中。塞壬在《为自己写》中说："这样的文字散发着生存场景的气味，这就是我们常说的在场和向下。在这样的情况下，我无情可抒并对诗意反动，我既没有闲情逸致去文化和哲学，也不会去明道或载道，那样的散文连我的生理问题都解决不了，更不消说精神的承担，它们是那样的弱！我的散文必然会有一种破碎的、混乱的、尖锐的气质。以原生的、向下的、非判断的特殊方式叙述和表现人、事物、事件固有的硬度，表现人对入侵物所做的反应；它是充满骨血的，有温度的，它是感知痛感的，它是肉躯正面迎接的，不能回避，不能闪躲；它是必须要说出的，由自发到自觉；它应该有一种明亮的、向上的力量，形而下的表达，形而上的意义。是个体经验，看见并说出，并不是简单地抄袭现实，而是深入事物的本质，逼近内心，正视人自身的弱点，表现人坚挺的立场，人的精神锐利凸显。呈现真相的同时，更重要的是要表达人如何成为了人。这个人，是全世界都能读懂的人，没有界限，没有任何障碍。"

现在时，要求散文写作者关注当代中国的现实生态，自然的和精神的，揭示当代某些人信仰的悬置、良知的缺失、道德的沦丧，要参与重大的精神命题，介入生活，不做生活的"自了汉"，要改造习以为常的阅读和所谓的范本在自己心里的图式，改造自己的知识贮存。

现在时，就是未来时，谁解决不了现实的（艺术的精神的和物理的当下的）这个最关联我们的命题，否则都是一厢情愿的虚妄。所谓的历史散文的脚如果不踏在现实似的土地上，把脚当作接地气的管道，这样的散文只是复述历史的片段，转换叙说的方式，这样的文字也是非常可怜的，因为它缺少现代的关怀，没有写出当下人的精神遭遇。

夏榆，在我看来，是现时最好的散文家之一。他说："写作对我个人而言，更多地像是某种清洗行为。我试图通过写作清洗生活和境遇加给我内心和精神中黑暗，以回复我作为人的本性的光亮；通过写作我清洗虚假的知识和伪饰的逻辑带给我的非真实感。让自己行于真，坐于实是我给自己的生活要求。"夏榆写他在矿井的经历，那种底层的真实和劳作，像被撕裂的一道伤口，让我们看到精神的脓血和物质对人的奴役，人的命运的无力感、漂泊感，资本的趾高气扬，无权者的屈辱。这是中国的现在时，这是民生问题，也是一个散文家的良知和心灵事件，是为底层发声，也是必须有的当代知识者的话语勇气。正像夏榆说："是把它们看成是'自由的试金石''繁华的检测体''文明的显示剂'。……我书写当代生活的现场，从个人的境遇和经验出发，从个体的人类身上，我看到时代的光影和时间的刻痕。"

是的，现在时，就是"书写当代生活的现场"。散文书写的现代时就是要求散文家在时代的定位，你要发出怎样的声音？你的位置应该是靠前还是后撤？梁鸿在两年前为故乡"梁庄"写《中国在梁庄》，记录生活在故乡的人的哀痛。2013 年出版的《出梁庄记》是她用两年的时间，记录在外谋生的梁庄人。在梁鸿看来，原本，他们是到城市"寻找《圣经》中的'奶与蜜流淌之地'"，但是，很多人收获的却是哀痛。在《出梁庄记》一书"后记"中，梁鸿写道："每个生存共同体、每个民族……都有这样的哀痛。""哀痛不是为了倾诉和哭泣，而是为了对抗遗忘他们是这片土地上的陌生人。"这是诺贝尔文学奖得主维·苏·奈保尔（V. S. Naipaul）的一句话。梁鸿将这句话作为书中一章的题记。我以为，这是最振聋发聩的一句话，梁鸿每当离开老乡们的打工场地和出租屋，她的心中都夹杂着一种略带卑劣的如释重负感，无法掩饰的轻松。"任务终于完成了，然后，既无限羞愧又心安理得地开始城市的生活。这种多重的矛盾是我必须面对的问题，必须解决的心理障碍。还有羞耻，你无法不感到羞耻。一个特别清晰的事实是，我们每个人都是这一羞耻的塑造者和承受者。它不只是制度、政治的问题，它是每个人心灵黑洞的赤裸裸呈现，它是同一场景的阴暗面。"

这是底层写作吗？这不是高高在上的所谓的向下的悲悯和关怀，这是沉到了底层，是近些再近些。散文的现在时，不是走马观花的田野调查，而是直抵真相、说出真相，是需要担当和勇气的，这比坐在向阳的窗下谈天要安全；这样的写作是不优雅的，也许是不能充分展示才华的，而这是不撒谎的文字，是有体温的文字，是不逃避的文字。散文也可以用世，散文也可以忧世，让后来人了解当代人的生存困境和精神困境，这比只追求所谓的"美文"，要有价值得多。美也可以是现在时的沉潜，是对当下的发现与精确的描述和定位，是你意想不到的深刻与惊讶。散文的闲适之外，可以是呼喊，是愤怒，是渴望，散文的现在时不妨多注入一些钙质，使散文的骨头硬一些，身板直一些。靠近正义、良善、尊严、诚实、担当、难度、饱满，远离轻巧、把玩、柔弱、矫情、因袭、逃避、撒谎。

散文的现在时需要散文家的才华，更需要散文家的勇气。勒克莱齐奥说："笔和墨有时候比石头还重要，可以对抗暴力。"

第三道门槛，我称之为散文之道。我信奉文以载道，但我说的载道，不是所谓的代圣人立言，我要的是文以载道，道不废文。作为一个真正的散文家，要有一种道成肉身的担当。

中国文化向来把道作为事物的起源和终极，道生一，一生二，二生万物。有无相生，一阴一阳谓之道。中国人的道，是从自然中，自然也是中国人心灵的投射和安放的处所，道法自然。写文章就是为天地立心。但是现代人已经和自然分离，自然是人掠夺侮辱奴役的对象，处处体现的是对立。德国哲学家谢林就哀怨地指出："现代世界开始于人把自身从自然中分裂出来的时候。因为他不再拥有一个家园，无论如何他摆脱不了被遗弃的感觉。"北宋慧南禅师有示众法语道："后来子孙不肖，祖父田园，不耕不种，一时荒废，向外驰求。纵有些少知解，尽是浮财不实。做客不如归家，多虚不如少实。"

我以为，作为现代人，在散文写作中，不是怀旧，也非挽歌，是在这个我们被遗弃在的世界里，寻找那亘古不变的道。其实我们已经没有物理上的故乡可去，海德格尔曾将现代人的命运描述为"无家可归"。余虹在《艺术与归家——尼采·海德格尔·福柯》中写道："这里的'家'意味着什么呢？它指通常所谓的'家乡''故土''婚姻共同体''血缘共同体'和'居所'吗？'家'的确是人的'栖居之所'，但却远非上述意义上的居所，它在根本上指人生存的'世界'。"

这个"世界"，接近：道！文章千古事，得失寸心知，这个千古事，就是道的体现。在散文写作中，要有一种为千古写作、为永恒写作的志向。我们在散文中进行的是一种重建，要道成肉身，你的文章就是：为天地立心，为生民立命，为往圣继绝学。

古人的写作，"述往事，思来者""欲以究天人之际，通古今之变，成一家之言"。

他们追求"用"与"无用"，生前事与身后名。

曹丕的《典论》："盖文章经国之大业，不朽之盛事。年寿有时而尽，荣乐止乎其身，二者必至之常期，未若文章之无穷。是以古之作者，寄身于翰墨，见意于篇籍，不假良史之辞，不托飞驰之势，而声名自传于后。"在有限的人生中，追求富贵荣华或者及时行乐都是短暂的，只有文章可以垂名于千古，不受时间的限制，可以永恒。

人法地，地法天，天法道，道法自然。自然就是一种永恒的呈现。

（曾发表于《百家评论》2013 年 5 期）

星元散文：及物与精神呼吸

我把星元的散文写作称作：及物写作。

在《教学点》开篇，星元写道："确切地说，是馆里小学驻北邱庄教学点。尽管这个名称不存在于任何一块指示牌上，也不存在于任何官方和非官方的文字记载中。但经验告诉我，印刻于实物之上的东西，往往是靠不住的，它们依附于那些看似能够传世的物件之上，却总是被风沙率先磨去，最终归于虚无。"

> 如果我的目光具有一种修复的功能，你就会看见，那些因时光的冲刷而堆积于墙面和地面相汇处的泥沙，重新回到了墙壁之上；窗户上的蜘蛛网被蜘蛛收回体内，而蜘蛛则会退回到母胎之中；我将以一个一年级小学生的身份夺门而入，心安理得地坐到教室后面的某个角落里。这时候，我的老师将会夹裹着秋风而来，他站在讲台之上的时候，地面上的尘埃和我们构成相反的状态：借着从窗户外流进来的阳光，我们能看见，尘埃在升腾和奔跑，而我们却已安静下来，笔直的身板和桌面构成了近乎完美的直角，与小板凳达成一种受力平衡的状态。

我从这段文字中，读出了星元写作的原型的意义，这也许不是他所省察的。散文的精神写作是贴着大地、贴着物质的写作，散文写作首先是及物写作。

及物是散文的底座，无坚实的底座，则任何的建筑都会是沙上建塔，地动山摇了，这个底座就是肉身，是皮囊；无肉身，无皮囊，就无精神的容纳，无精神的立足支点。这不是个技术活，是关于散文写作的伦理，是凌空蹈虚，潇潇洒洒。在玄想中进行不及物的狂欢，只是沉迷于精致的文字，在所谓的探索中，与物质世界和个体的精神世界疏离，看不到人间的苦痛，以为的自适，进行文字嬉戏，这种沉迷与语言迷宫的散文实是一种迷途。

这样的散文背离了生活的真实、精神的真实，因为真实才是散文的第一块基石，如果真实性垮塌了，那么谁会相信你的散文写作；读者对散文的真实性产生了怀疑，那无疑是写作者的文字梦魇。

散文是最贴近生活的世俗性的文体，散文也是最自由的贴近精神的文体，这个自由精神的呈现，是需要一个坚实的壳子的，这个壳子，就是精神的甲壳，是及物性写作的物质底座。

散文的及物性，是感官的全方位的接纳，无论声音、颜色、形状、气味，还是动作、细节、表情、眼耳鼻舌身意，及物的世界非常丰富。

我喜欢星元散文里的细节，这细节是打着自己烙印的精神的甲壳，是他精神的建筑材料。在《六畜凋敝》里：

> 写好的春联，照例是要被我拿去晾晒的。在此之前，按照父亲的吩咐，我已把阳台扫净。父亲每写完一张纸，就将毛笔斜放于砚台上，双手托着春联，郑重地交到我的手上。春联以条幅居多，那些条幅从父亲的双手抵达我的双手，我感觉就好像一条随风摇摆的哈达，哈达被风一拂，一种圣洁的使命，就开始在尘世间辗转流传。我用双手小心翼翼地托着它，直至托到阳台之上，屈腿却不弯身，将条幅平直放下，用小石块压住四角，防止风吹。红纸之上，余墨未干，这不关我的事，即便是我的事，阳光也会为我代劳，风也会为我代劳。但阳光和风似乎并不可靠，墨干之后，我常能看到那些余墨浓重的横提竖折、勾点撇捺里，总是会留下几小块墨疙瘩。

在这篇散文里，乡间的六畜凋敝从写春联开始，这里进行的是现场的还原，是写作者的在场，眼睛和触觉，更有恭顺的心灵。

> 但是在贴春联的时候父亲却犯难了，父亲原本一直是有说有笑的，把里里外外、上上下下都贴了一个遍，直到他看到盛放春联的簸箕里还余下一道条幅。父亲弯下腰，于沉默中带着几丝惊慌和疑

惑，展开了条幅，条幅之上，四个大字跳入眼帘：六畜兴旺。

父亲手一抖，一时懵住了。良久，他抬起头，于茫然中举目四望，就像故事里那个贴春联的女人一样，他不知该将这四个自己亲手写下的大字贴在哪个位置。

整篇文章是建立在这个细节基础上的，整个对乡间道德的沉沦也是建立在这个细节之上的，无此及物性的写作，就不会有代入感、现场感，也不会有震撼感、真实感。

星元的及物性写作，是精神的呼吸与抵达，在物质的细节基石上，进行精神的旅程。我们看星元帮爷爷铡草，他是从铡刀的形状开始着墨，从写实到写意：

更多的时候，我是要帮着祖父铡草的。铡刀就摆在牛棚的一个角落里，底座是木头的，中空，中间镶着厚实的大铡刀片，刀片额头处有个圆孔，有销钉贯穿其中。铡刀静静地卧在那里，刀锋隐藏在木头的肚子里，看不到，但那刀背却是露在外面的。刀背比夜色还要黑，似乎这无边无际的夜色，全是从它腹中扩散出去的。夜色再浓重，也只是我们身上的轻纱，我们不必在意它的存在。我们只铡我们的草料。铡草的时候，祖父说的还是铡刀，他说的是别人的铡刀，他说开封府的青天包龙图有三口铡刀，铡的都是贪官污吏的命。贪官污吏离我太远了，不解恨，我就把他们置换成我们这儿的地痞流氓，祖父铡累了，我就换他铡，一刀下去，一大捆地痞流氓人头落地，嘿，真解恨。

现实中的农村，现在很少用铡草的铡刀了，但包龙图的三口铡刀却一直在我们民族的星空中闪耀。

在《为名所困》中，我们看到名字带给人的种种荣耀和困扰，名是什么？作为符号，名字是冰冷的，它需要一个活生生的人加以支撑，但发生在名字上的种种遭际，却让我们看到，名，岂可小视哉？他的名字从明子到米豆，再到医院的7号，再到梦境墓碑上的名字。这篇文章，就是一篇人生荒诞纪事。

我最喜欢星元到医院的那节,有如小说叙事的那种节奏感和幽默:

> 一上午,我借用一张硬纸壳做的号码牌接受疼痛的摆布。口腔科的门诊室成了我领取命令的处所,而医生的手则成了指示方位去向的功能牌。医生手一摆,7号,去办卡;医生手一摆,7号,去交费;医生手一摆,7号,去拍片;医生手一摆,7号,去拿药;医生手一摆,7号,去手术室……至于我的名字是什么,医生没必要问,我也没必要说,反正,这个上午,我就是数字7,只有这个数字与我休戚相关,至于其他看起来和我更为密切的事物,反而成了累赘。我走进了简易的手术室,像一件破碎的机器,等待着检修。那一刻,我意识到,所谓健康就是整齐划一,身体任何的节外生枝,我都不想再拥有,医生的任何举措,我都不想再去质疑。

陆机在《文赋》中说:"遵四时以叹逝,瞻万物而思纷。悲落叶于劲秋,喜柔条于芳春。心懔懔以怀霜,志眇眇而临云。"中国古代,无论诗词还是散文,大都是及物写作,从关心身边的事物、眼前的事物再到心灵事物。散文的精神的呼吸和抵达,都是一次及物的旅程。没有及物的散文写作,大多低效,难逃被抛弃的厄运。

及物是一种介入,是和现实世界的联系,把大而空放逐,回到即使琐碎的日常,回到丰富的柴米油盐,回到匹夫匹妇,回到常识。如果散文写作丧失了现实感、真实感,那么再高远的精神也是悬空的,不接地气的,摇摇晃晃的。从这方面来说,我特别看重幸运的写实的能力和本领。

再谈另一个方面,关于精神呼吸。一个散文,光有物质的外壳只是完成了一个基础。散文的高度和难度,是从散文的精神含量来说的。王开岭曾在《当代散文的精神惰性》文章中谈到过:散文的物理空间十分广大,天上地下。我们更应该关注的是其精神空间,实际文本所呈现的精神含量和丰富性是否足够。

所喜的是,星元的散文,一直是在精神的维度掘进的,他的眼睛是悲悯的、向下的,或者是平视的、反思的,把自己摆进去,像蛇自噬。我们从《散落乡间的诗人》可以看到:

疯先生、郎中，还是关校长，他们都是被命运遮蔽的，名不出乡里而散落乡间的诗人，他们视之如命的诗歌，又能会在多久的时间意义和多宽阔的空间意义上留存呢？星元说，遮蔽的岂止是这些呢，那些王家大院的私塾先生张一鸣，李家沟的算命先生赵半仙，石龙庄的落第秀才韩赵魏，三清观的邋遢道人李德云，谢家庄的没落族长谢世林，三里坡的唢呐艺人齐大磊，曲家馆的复员军人孙爱国，马下滩的近视银匠铁文敏，常乐村的糊涂会计常三礼。

除了他们，一定还有更多我从未知晓的名字散落在乡间，他们的职业各不相同、千奇百怪。除了以上列举的，我还可以说出更多乡间诗人的职业。他们有货郎、猎人、戏子、衙役，有裁缝、画师、和尚，甚至还有护林员、酿酒师、剃头匠、泥瓦匠……他们的职业几乎涵盖了我们乡所有的职业。他们忙时为生计，投身吃喝拉撒之苦；闲时就写诗，纵享风花雪月之乐。

在职业类别上划分，我们乡或许没有一个真正的诗人。但从"生活即是诗歌"这样的论断上判定，谁的家乡能有我乡的诗人多呢？

读到这部分，我的心情黯然，眼睛潮润，多少乡间的各类诗人被生活的黑洞吞噬了，无声无息。反观我们写作者自身，谁敢打保票，不会被历史的黑洞吸纳，像这些散落在乡间的诗人一样啊。这是命运的审视，也是精神的呼吸，在形而下的物象上，开扇窗子，让及物的写作达到澄明的精神之境。这可不是先验的对物的扭曲，也不是削足适履，而是作者从及物的写作中，随思想血肉的加入而升腾到的精神的思之力。这样的散文，逼近真实之境，而精神的掘进也更加炙人，也许精神的思之力更能唤醒那些沉睡的或者麻木的灵魂。

星元的散文，是从真相入手，让事物的各个面向显露，这一方面呈现真相，尔后则经过体悟，经过省思，最后抵达精神的高度。在星元的散文文字里，他的思，或者说他的精神，有时又呈现的是精神的汁液浸透着那些细节，那些细部，是纠缠的，甚至是及物与精神的纠结。他在《教学点》中，写出乡村的痛、生活的痛。在这之上，更写出精神的呼吸的痛：造化接着弄人。

前年春天,黄加一跟着他的亲戚去省城的建筑工地上打工,在摩天大厦的脚手架上,立足未稳的他就像是那架他用我的课本折成的纸飞机一样,摇摇晃晃地从高处飘了下来。

黄加一,我的同学、哥们和曾经的仇人。当我以文字的方式再一次回顾他的时候,我的心里不仅仅是怜悯和悲痛。没来由的,我忽然想再恨他一次。

我恨他。我恨他让我们村的土地,又结出了一个毒瘤似的疙瘩。

我恨他。我恨他残忍地让两个孩子,成了孤儿。

我恨他。我恨他让我的"妻子"卢丽丽,成了寡妇。

按照文章字数的要求,文章要结束了,我来个感性的结尾,引用星元的散文《身后之事》的一段作为结束语:

黄昏,我们扯着嗓子,抱着大爷爷的骨灰盒,出发了。
无非是地瓜在扯它的秧,
无非是核桃在结它的果,
无非是桃花红它的红,
无非是梨花白它的白,
无非是草还在长,
无非是尘还在落,
无非是随着一位过世的亲人,
最后一次穿过春天。
无非是代替他把尘世里他所有爱过的,
又细细地爱了一遍。

我曾多次用诗歌的形式来书写亲人们的生老病死。这既不是最轻巧的一次,也不是最沉重的一次。但是,这却是最动情的一次。

(曾发表于《山东文学》2018年8期)

问天下头颅有几?
——宋长征散文解读

  我在乡下的时空穿梭,写作像每天不可或缺的饮食,而记忆会因为某个小小的事物瞬间复活。(《秫秸以及秫秸桄子的延伸》)

  我并非把自己看成一个异类,种田、理发、写作,三点一线,没有丝毫冲突。只是有时想起从前,难免也会黯然神伤,下海捕鱼,上山采石,在水泥厂粉尘弥漫的车间劳作,感觉胸口像堵住了一块大石。薄薄的苦瓜片蘸上蜂蜜,有入口即化的感觉,让人嗓子眼一哽,有文学深处苦难的意蕴。(《夏至:至味与清欢》)

  理发剃头,在过去的日子,属于所谓"下九流"行当。就像柴米油盐酱醋茶,家家离不了,剃头理发虽职业平凡,但操持天下头等大事,做人间顶上功夫,我很欣赏石达开为剃头匠题写的那副楹联:

  磨砺以须,问天下头颅有几?
  及锋而试,看老夫手段如何!

  所谓英雄不问出处,燕雀焉知鸿鹄之志哉?这里霸气侧漏,展读之下,豪迈之气顿显,哪里是剃头,是刢斜天下,胸藏甲兵,也如高僧灌顶。今天移来,用它正好来形容同是乡村理发师的宋长征与他的散文,不也宜乎?

  宋长征乡土散文系列《乡村简史》《乡间炊事考》《慢时光,牵牛而过》,是多卷本的浩繁的散文创作,从器物、风俗、时令、动植物、农耕方式以及物的方式，进入乡村深处中、进入历史。无论是《猪简史》《柴薪记》《高粱通史》《人间脂膏》《土陶本纪》《农具诗》，还是《想起陶》《鸡上树的那些日子》《柴门风雪》《篱笆青青》《村庄在上》《菜园子是最小的一块地》《趟过小河是故乡》，这种对乡土中国复原复制的写作方式，在散文史上是十分罕见的，不说后无来者，但可说前无古人。宋长征喜欢法国作家克莱尔的一句话："乡土和孤异是我们通向普遍世界的唯一道路。"这乡土就如他的徽章，他像梭罗打深井的作业方式，《清明上河图》式的中原地带乡土中国的微观全景展示，显示了他散文创作的宏大写作志向与抱负。

宋长征就是一个乡村理发师，也即剃头匠，这个身份识别比柳青和刘亮程更特殊，我们知道。柳青为了展示乡村生活，写作《创业史》，从1953年到1967年，柳青在长安县王曲区皇甫村半山坡那座旧庙中宫寺一住就是十四年。一头扎进乡土，这不是一般的采风和体验生活，不做旁观者和局外人，而是身份的转变，从知识分子蜕变成一个农民。

而刘亮程则是一个乡村农民的逆袭，在城里打工落户，习诗不成习文，一炮而红，在城里的斜阳栏杆里回望乡村。那时的乡村就有了一种迷离与玫瑰色，他跳出农村，在城市街头做一名乡村的哲学家，如进城的一穗会思考的玉米。

而宋长征，就是一个地道的农民，一个乡村的剃头匠理发师，不用还原，不用身份转换，就是一个鲁西南乡野的地道的当地人、本地人。从鲁迅、废名、沈从文，"五四"以来的乡土文学，大都采取的是启蒙路线，是知识分子居高临下的写作，他们不是农民，他们的受众也不是农民，乡土文字在他们手中，就是载道之具。他们的视点和视觉是外部的，即使是从乡村走出的写作者，也多是知识分子的回忆与虚化的书写。

那样的一种乡土的抒写，是一种知识分子视点，而宋长征的视点就是农民的视点，他的乡村人物与故事，那些风俗习尚，那些气味，只有生于斯、长于斯的人才能写出，光靠想象和虚构是无法完成的。

宋长征是一个农民观察者、思考者、写作者，他不用外来者的眼光，他的散文是一种乡村视点。这是一个农民的乡村志，是鲁西南农村，广义地说是中原农村的乡村志。

一、物的迷恋及其叙描

宋长征乡土散文的启蒙是刘亮程,这从他早期散文可以看出。当代乡土散文的高峰在刘亮程那里,但刘亮程走的路子,是对乡土进行的虚化、玄想、诗意诗话的处理,他的散文是虚构的、梦幻的。刘亮程的童年是不幸的,缺少欢乐,而他成年在城里谋生,遭到的也多是歧视,于是按照心灵补偿,他虚构了一个自己:乡村闲人。"我塑造了一个自己,照着他的样子生活,想事情。我将他带到童年,让他从的小时候开始,看见我的童年梦。写作之初,我并不完全知道这场写作的意义。我只清楚,回忆和做梦一样,纯属虚构。"(《向梦学习》)

刘亮程开拓了散文的表现,他的乡村不是复原的乡村,而是重塑的乡村、梦呓式的乡村。刘亮程认为:"我早期的诗和散文,一直在努力地写出梦境。作文如做梦,在犹如做梦的写作状态中,文字的意味向虚幻、恍惚和不可捉摸的真实飘移,我时而入梦,时而醒来说梦。梦和黑夜的氛围缠绕不散。我沉迷于这样的幻想。写作亦如暗夜中打捞,沉入遗忘的事物被唤醒。""梦里的劳动不磨损农具。梦里的奔跑不费鞋。梦里的死不被醒来承认。梦里我回去。再大的梦也不占世上的地方。梦里我喊,谁听见。梦里我过着不知道是谁的日子。梦里我想你。我是不是真的醒来过。"(《向梦学习》)

刘亮程说,写作就是对生活中那些根本没有过的事物的真切回忆。

从刘亮程的自述可看出,他的文字是对传统散文的解构,他不遵从原初散文的规定性,即以真为出发点,而他的诗意以梦为出发点。

而我们看宋长征的散文,他是立足于及物的文字书写,他的这种启示来源于里尔克。里尔克曾作为罗丹的秘书跟随罗丹,里尔克的《豹》就是其受罗丹的启发而写出的杰作。里尔克在《罗丹论》中说:"罗丹的雕塑不是摆姿势而是生命,而且只有生命。"

宋长征也是在乡土乡村中看见了无所不在的存在之物,立象尽意。王弼在《周易略例·明象》中说:"夫象者,出意者也。言者,明象者也。尽意莫若象，尽象莫若言。言生于象，故可寻言以观象；象生于意，故可寻象以观意。意以象尽，象以言著。"诗歌中的意象、意境，散文中的托物言志，都可在这里寻到踪迹。其实，宋长征接通的也是中国散文的古法，贴着物、贴着人，格物致知是儒家的功夫，物物而不物于物是道家的正解。王守仁的心外无物说不妨看作散文及物化写作的大纛，心与物同体，物不能离开心而存在，心也不能离开物存在。离却灵明的心，便没有天地鬼神万物；离却天地鬼神万物，也没有灵明的心。从一方面说，灵明的心是天地万物的主宰；从另一方面说，心无体，以天地万物感应之是非为体。客观的事物没有被心知觉，就处于虚寂的状态。如深山中的花，未被人看见，则与心同归于寂；既被人看见，则此花颜色一时明白起来。

这是散文的哲学，也是为人的哲学，再辅以道家人生而御物而不御于物，这样才可开出一类散文的新天地。

宋长征说，"我写物有两种状态的演变。一是形而上的，让物具备了生命与气息，大略就是诗意存在，并通过较为空灵的描述，让物落在现实层面。二是考据性质的书写，这需要大量地阅读《事物纪原》《考工记》《齐民要术》《农书》《天工开物》等古籍。我在阅读中发现，真正使人类世界得以存在的恰恰是物所带给我们的指引，他们或许本不存在，因人类的创造而具备了自己的生命与气质，并得以在漫长的人类发展史上继续生长。由原始而机械，由刻板而丰富生动。"

宋长征的散文，是乡间的博物志，也是地方志，无论饮食，无论农具，无论节气，无论猪牛羊，还是一株树、一段河流，这是物的细节的呈现和复原。也许，他的村庄，只是一个指甲那么大，或者是一方邮票那样的面积，但它的全息性，一样涵盖了中国乡村已经逝去的物质事件和灵魂事件。我们过去农村乡土的日常是那么按部就班，听从节气，听从历史，听从自然。这是生命的痕迹，生、老、病、死、婚、丧、嫁、娶，还有邻里、乡亲、五服兄弟、姑表、姨表、高祖、曾祖、祖父、祖母、父亲、母亲、叔大爷、妗子、姥爷、姥娘。这是乡村血脉的流向，我们从宋长征的散文里统统可以读到。

宋长征的散文虽及物而空灵的描写，还是要走出刘亮程的胎记的，而他对古代农书的迷恋则是一种对古老传统的汇通。"耕读传家"，曾经是中国传统农业社会中，小康农家所努力追求的一种理想生活图景，宋长征现在的生活，就是亦耕亦读。除掉农活，他的理发剃头，也是一种耕作方式，方寸之地，出力流汗。

"耕为本务，读可荣身"，我觉得，这种耕读文化，比诗书传家更符合乡土的本质。"负樵读书"（朱买臣）、"带经而锄"（倪宽）、"书窗灯课"（都穆）曾是多么动人的历史景观："半榻暮云推枕卧，一犁春雨挟书耕。""万卷藏书宜子弟，一蓑春雨自农桑。"

在现代乡村，也许农耕的方式有了翻天覆地的变化，但耕与读的方式，却是传统乡土社会留给我们的温馨财富，这也是宋长征生活和其散文对当下的最好启迪。

二、诗意的底座在哪里？

宋长征乡土散文是一种诗性的散文，把乡土散文往雅处写，并且把触角伸到历史深处，对乡村生活做诗意的处理，无论是废名、杨朔，还是刘亮程，走的都是这路子。

在宋长征的笔下，我们看到的是乡间的、自足的、美好的，邻里和谐，人与自然、大地、动物、植物各美其美的图景。我想，这是一种纸上的乌托邦，是他向往的那种境界；在这里没有伤害，乡土的人们虽然卑微，但质朴阳光、俯首大地、心存善良。这就有点像我喜欢的诗人雅姆，诗人树才说雅姆"是一位把土地当作命根子的自然诗人，他的一生都贴近土地，离不开土地，他的全部诗情都用来歌唱土地上的众生之善，万物之美"。宋长征是在乡土长大的，他爱他的土地，这是他文化和精神的最初和最后的来源与栖息。在他的笔下，自觉不自觉地，有一种神话的意味在，他笔下的乡土带了很多的精神性，从来散文既离生活近，更离精神近，即所谓的诗意近。

这就不能不谈一下杨朔。杨朔散文最大的历史功绩是把散文的艺术价值从狭隘的社会功利价值的压倒优势下解放出来，促进了散文对审美的追求。他在《东风第一枝》的《小跋》中说："我在写每篇文章时，总是拿它当诗一样写。"杨朔散文清空玲珑,犹如绝句一般。清空以灵动取胜,而与板重相背;清空,是一种诗性,而诗化恰是杨朔散文的内在动力源头与审美意识。他在散文集《海市·小序》中说:"好的散文就是一首诗。""我向来爱诗,特别是那久经岁月磨炼的诗意。"

诗的世界是一种和现实庸俗对立的东西,它往往是一种理想的生活境界。人面临着客观现实世界,人却不能仅仅作为一种动物性而存在。德国哲学家海德格尔反复吟哦荷尔德林的名句"人诗意地栖居于这片大地"。诗化,就是把现实生活艺术化,它是从理想化、超验的世界来重新设定现实的世界,这是诗意化的本质。杨朔散文"当诗一样写"的意境的创造,重在捕捉生活的美丽,这本身不是一个错误,散文作家有保留着表现美丽生活的选择自由。但他的失误在于他所表现的生活之美,却有众多的"伪饰性",这既是历史的悲剧、时代的悲剧,也是作为历史承受者单个人杨朔的悲剧。当民族在 20 世纪 50 年代末的"大跃进"中陷入苦难之时,杨朔表现的却是一种明丽玲珑与清空,这不能不引人深思。

宋长征是 20 世纪 70 年代出生的人,他所经历的童年应该不是诗意的,他对乡土的诗意处理,也是中国传统文人的性情和文本中的"悯农"和"田园"。李锐曾深刻地剖析过这一现象:"在中国文学史上,关于农村和农民的描述真是多得难以计数。几乎在所有中国大诗人的笔下,除了'感怀'而外,写得最多的便是'悯农'诗和'田园'诗了。……那些千百年来广为流传的诗句,和那个也是千百年而不变的乡土的历史,牢牢地铸就了中国人几乎是不可改变的深层心理结构。……当着'乡土'二字在现代文明的冲击下,变成了'落后'与'保守'的同义语的时候,那些深藏于心的'悯农'或是'田园'也在不期然之中,变成为中国文人身上的'慢性乡土病'。"

李锐说:"现在已经不会有谁再去写什么'悯农'或是'田园'的诗句,但那个潜在的感情方式,却更为曲折又更为无孔不入地渗透到当代作家的字里行间。""时至今日,我们仍可看到这个'悯农'-'田园'的旧模式,在形形色色的方式中以形形色色的方式流露出来。"李锐的提醒无疑是清醒的,但对乡土写作无疑是一种标尺。

写乡土的诗意可以,但对乡土的丑陋丑恶不回避不逃避,才是大道。散文走情趣和诗意,走典雅,走飘逸与闲适,不是不可以,但要有度。

很多知识分子对乡土的诗意化，其实是一种乌托邦化，是寻找一种灵魂的归宿，虽然很多人挣扎到了外面，但外面不负责修补伤痕累累的灵魂和皮囊，所谓的知识分子的出走与返回，就是一种必然和宿命。但宋长征虽没有走出乡土，他在故乡，也一样在夜深人静的时候，有一种故乡孤旅的漂泊感：故乡安置你的肉体，那灵魂的安葬地在哪？

那就在他抒写的文字和乌托邦的场景里。他崇尚的自然，和父老在土里刨食、知足常乐，不是一个层面；父老的安贫乐道、清苦、卑微、压低欲望、听天由命和内心丰富的他，也不在一个维度。

现在的乡村还是支撑灵魂乌托邦的地方吗？对想吐的诗意，是一种情怀，还是一种幻觉？人生或者乡土诗意华丽袍子的背后是什么？

司空图的《二十四诗品》有一品《典雅》："玉壶买春，赏雨茅屋。坐中佳士，左右修竹。白云初晴，幽鸟相逐。眠琴绿荫，上有飞瀑。落花无言，人淡如菊。书之岁华，其曰可读。"这样的画面于多年前的我是十分欣赏的，常把"落花无言，人淡如菊"看作人的至高境界，也看作散文的至高境界，但后来想，这样风雅的人与文，其实是可疑的。倪云林史载是财主，日常生活里雅致的绝尘超世，素喜梧桐树，每天着人连树干用清水冲洗，厕所用香料制成，以鹅毛铺底，以免有不雅之思。但世事荒谬，当倪云林拒绝了张士诚弟弟的索画，正当他好端端地熏着香喝着酒，游湖的途中，被张家人从船中拖出，狠狠揍一顿而羞辱。当他气息奄奄地回到家中，人们问他，挨打的时候为什么一声不吭？答曰：一说便俗。

白石老人早年当木匠，发现画画钱好赚，就改行做了画师。他擅长替人画像，又逼真又创新。像土财主家的老太太，就猛上金粉朱砂，画得满纸金光，富贵逼人。他给盐商画山水，盐商喜欢富贵气，他就拼命地上颜料，光石绿就用了两斤，堆出来那真是金碧辉煌，换了白银三百二十两。在友人笔下，白石老人平生不喜与官宦来往，看到有官在，往往走避之。但他自己坦率地在自传中写道，不仅与官人们交情甚好，甚至还两度到这些朋友家做西席，教他们的如夫人学画。

知道了这些，你就会对那些典雅抱有冷眼的会心了。我有时想，所谓的典雅诗意，离假近而离苦乐兼有的世间远，人都是如菊花那样的淡下去，那这样的人生是一种逃避与孱弱，那些看似萧散的神态，其实内里有各种隐痛而未知吧，那样的文字是一种障眼法。

所喜的是，宋长征的散文既有诗意的写意："我小时候，村庄里的鹅更具雁的形象，高昂着鹅头，嘎嘎走过狭窄的小胡同，目标是老河滩，目标是小树林，目标是我黑白意象里的童年。想想就让人觉得好笑，人在前，鹅在后，右手举过头顶，左手侧背在身后，腰身弓起，嘴里发出鹅的叫声，嘎嘎嘎，扑通，一起跳进小河里，溅起一行松尾芭蕉的俳句。"（《一纸鹅书》）

也碰触乡间的暗疾："二三十年，是一段不短的时间，可以让一个中年人步入蹒跚的晚景，也能让一个十几岁的女孩变成泼辣的乡间妇人。来到陌生之地的她们，不是没有尝试过逃跑，以死相拼。而更多的则是屈从，在屈从之后扎下根来，乃至与本地人一般无二，继而变得泼辣与豪爽。或许，这也算是一种融入吧，在与宿命的拼争中败下阵来，活着成了唯一的理由。"（《田螺姑娘》）

现在的乡村，一方面是高歌猛进，楼房耸起；一方面是故乡沉沦，年轻人走了，土地荒芜了，村子里多是暮年的老人和留守的孩童。这些暮年和儿童是否能抵抗住故乡的沦陷，我是持怀疑态度的，也许正是宋长征在乡村早早地感受到了故乡的沉沦，他用手中的笔复原、复制过去的光阴。

散文在典雅的同时，是应该有愤怒的，我说愤怒是一种姿态，愤怒是一种态度。当弱者受到伤害的时候，我们要站在弱者一边，中国的民族性规定了中国人的处世哲学。所以在散文的写作中，我们从古到今，也就很少看到散文的愤怒。不可否认的是，我们常常把宽容和忍耐当成美德，对身边害人的陋习也往往视而不见，但这只能助纣为虐，贻害无穷。有人说，没有愤怒的人生，是一种残缺。我想，散文诗意的底座是真。

其实在这个问题上，大先生是最清醒的，正如20世纪30年代，当周作人、林语堂们提倡性灵小品，以宽容的态度对待人世，去除自我的偏狭愤激，稀释自我的感情浓度，获得平和，以"雅、拙、朴、温、重厚、通达、中庸"为趣味时，鲁迅却说现在是"泰山崩，黄河溢"。这种选择是"抱在黄河决口之后，淹得仅仅露出水面的树梢头"。世界的残酷依然在身边上演，这种选择的闲适也是充满危殆的。鲁迅说选择者恰恰是忘记了自己抱住的仅是一枝树梢头，但对于"泰山崩，黄河溢""目不见，耳不闻"，这使得自救者连这种危险性都没有省察，转而认为是获得洒脱。这无疑是一种自欺和盲视，但身边的洪水哪天也会把树梢淹没。鲁迅先生曾这样说过："象牙塔里的文艺，将来决不会出现于中国。因为环境不相同，这里连摆'象牙之塔'的处所也已经没有了；不久可以出现的，恐怕至多只有几个'蜗牛庐'。"也正因此，当周作人提倡晚明小品时，鲁迅说枕上厕上，车里舟中，也真是一种极好的消遣。但鲁迅认为现代知识分子必须正视、不要忘记历史的整体性，晚明的性灵只是一个小小的历史插曲，对人的残酷虐待是历史的整体特征。鲁迅在《病中杂谈》中说了张献忠式的剥皮，孙可望式的剥皮，明初，永乐皇帝剥那忠于建文帝的景清的皮，也就是用这方法的。大明一朝，以剥皮始，以剥皮终，可谓始终不变；至今在绍兴戏文里和乡下人的嘴上，还偶然可以听到"剥皮揎草"的话，那皇泽之长也就可想而知了。

在这强大而震惊的历史面前，也可以说在古代的一次次的奥斯威辛面前，一切和谐优美的诗都是可疑的。把残酷划为有趣，不为世界所动的幽默也是可疑的。所谓的诗意栖居，是在纸上的，这是为文者应思考的事。那就是鲁迅所说："真也无怪有些慈悲心肠人不愿意看野史，听故事；有些事情，真也不像人世，要令人毛骨悚然，心里受伤，永不痊愈的。残酷的事实尽有，最好莫如不闻，这才可以保全性灵，也是'是以君子远庖厨也'的意思。"

作家的责任是什么？苏珊·桑塔格在《同时：随笔与演说》中说，一个作家说什么并不重要，重要的是那个作家是什么。作家的责任是什么？苏珊·桑塔格说，"作家的首要职责不是发表意见，而是讲出真相……以及拒绝成为谎言和假话的同谋。……作家的职责是使人们不轻易听信于精神抢掠者。作家的职责是让我们看到世界本来的样子，充满各种不同的要求、部分和经验。作家的职责是描绘各种现实：各种恶臭的现实、各种狂喜的现实。文学提供的智慧之本质（文学成就之多元性）乃是帮助我们明白无论发生什么事情，都永远有一些别的事情在继续着。"

散文诗意的底座是真。散文的真是道德的真，不说假话，要说真话；散文的真是事件的真，是阅历的真，历史的真，不造假象，要说真相；

散文的真是感情的真，说真情；散文的真是人格的真，阅历的真，是心理的真，生命的真。对散文来说，真不是一个理论的问题，不是一个可以探讨的问题，真就是一个散文的规定性，真就是散文的写作态度表达问题，也是一个行为问题，就是你怎样去实践的问题。

宋长征的散文，在诗意之上，有乡土的真的图景和力道，这也是它未来发力着力的地方，我们期待着。

我喜欢宋长征在写苦瓜时表达的一种来自生活的哲理和意蕴，他从苦瓜和尚石涛谈起，然后谈到自己的写作：

> 深知苦瓜意蕴的石涛应该算是鼻祖，一个苦瓜和尚的别号几乎道出一生的清苦与悲怆。石涛苦，源于家族的败亡，生于帝王胄裔，却不得不从幼年开始踏上颠沛流离之路，虽则后来心存侥幸，在康熙南巡时曾两次接驾，山呼万岁，并主动进京结交达官显贵，也还是功败垂成。幸好还有一只画笔，幸好还有苦瓜做伴。《苦瓜和尚画语录》："太古无法，太朴不散。太朴一散，而法立矣。法于何立？立于一画。一画者，众有之本，万象之根。……夫画者，从于心者也。"这是苦瓜给予的启示，所谓的艺术表达不过是遵循的"从于心者"，心在，灵魂在，精神在，意蕴便在，除此无他。
>
> 我写作亦无成法，常于一点起笔，蔓延，伸展，辅以记忆的线索，注入血肉情感，或长或短，能表词达意即可。苦瓜谦虚，或者说苦瓜本身所具有的卑微酿就了清苦，这本身就是一种生活价值的体现。"诸方乞食苦瓜僧，戒行全无趋小乘。五十孤行成独往，一身禅病冷于冰。"这是石涛的自白，借由苦瓜之口，说出内心的凄苦与清醒。（《夏至：至味与清欢》）

苦瓜是乡间的常见之物，它清苦，却败火。人们喜欢甜腻，拒绝苦涩，但苦涩是人生和为文的底色。宋长征虽生于乡土长于乡土，但他的精神触角，却是视通万里、心游万仞；在他的笔下，你看到的是经过现代文明洗礼的精神的高度和层级，然后以这种眼光重新审视脚下的土地，重新用自己的笔写下这乡土的时候，它是一片灿烂饱满的新景观。宋长征说：

在给人理发的那一刻，仿佛剪刀长在了手上，每一个发型都是我用心完成的作品；在写下文字的那一刻，笔就连通了心神，每一篇文字都与我生活的这片土地、村庄血脉相通。

是的，在宋长征营造的好多已经消失的场景中，在他复原的历史记忆中，我们可以把它作为一种文字的乌托邦，这里有年画的祥和、童话和乡村故事的亲切，但也让我们触摸到了悲凉、无奈。我们的乡亲父老是一群在泥土上生、泥土上死、随遇而安的小人物，但他们的歌哭、他们的婚丧嫁娶、他们的酒、他们的游戏、他们的节日，是我们可以考古的历史化石。从这个角度来说，宋长征的乡土散文，毋宁是一种乡土历史、乡土中国的灵魂叙事。

（曾发表于《百家评论》2018年4期）

散文的道德评判与审美冲突

一、真实是散文写作伦理的基石

散文的真实,是一种道德评价与要求,苏珊·桑塔格在《同时:随笔与演说》中说:

> 作家的首要职责不是发表意见,而是讲出真相……以及拒绝成为谎言和假话的同谋。文学是一座细微差别和相反意见的屋子,而不是简化的声音的屋子。作家的职责是使人们不轻易听信于精神抢掠者。作家的职责是让我们看到世界本来的样子,充满各种不同的要求、部分和经验。作家的职责是描绘各种现实:各种恶臭的现实、各种狂喜的现实。文学提供的智慧之本质(文学成就之多元性)乃是帮助我们明白无论发生什么事情,都永远有一些别的事情在继续着。

在散文写作中,真实不易,由于各种限制,各种利益的纠葛,即使"文化大革命"后巴金先生提倡"讲真话",也引来巨大的反弹。有的人说:"真话不等于真理",对在散文中讲真话提出非议。

在文章中,所谓的讲真理,甚至代表宇宙发真理,放之四海而皆准的真理我们见多了,反而是讲真话却不多见。由此看来,真对散文的生命多么重要,散文离开真已经很久。

散文的真是道德的真,不说假话,要说真话;散文的真是事件的真,是阅历的真，历史的真，不造假象，要说真相；散文的真是感情的真，说真情，是人格的真，阅历的真，是心理的真，生命的真。

当代散文创作中，多的是泛滥的抒情，小情调的感伤，心灵鸡汤的哲理软文，而少有冷峻的真相，少有真实面对当下生命的真相、世界的真相、灵魂的真相，真相一直被悬置。恢复事物本来的面目，还原历史的真实，一直是一些人惧怕而内心孱弱不敢面对的存在。在一个被意识形态话语有意无意遮蔽的虚假表象世界里苟且生活，在经济的绑架下丧失对真相的探求，对历史的追问，很多的人对现实失明，对痛苦和灾难漠视，这样的散文写作伦理就是扭曲的，没有真的基石，也就没有散文之塔的建立。

在散文界，再讨论真，我心有不安，感到我们是对那些一直坚持直面人生，直面生活底层和人性黑暗面的作家的冒犯，是对那些一直坚持真的文字的愧疚。但是，为什么真在散文创作中成为缺席的元素？如何才能到达散文的真？

回到事物本身，回到人本身，回到语言本身，让散文的读者有真相的知情权，让事物回到它本来的面目，不涂抹，不伪饰。特别是对历史散文的写作，若没有对真相的渴求，那样的文字无法拿到生命的身份证和未来的通行证。我非常喜欢这一句话："我只担心一件事，我怕我配不上自己所受的苦难。"这是陀思妥耶夫斯基说的，我想把这句话移到我们民族是非常恰切的，我们有一篇散文配得上南京大屠杀吗？有一篇谴责民族败类的散文留存在我们记忆中吗？还有大饥荒和"文化大革命"，在这些历史的关头，散文是缺席的，散文家是有愧的。没有真的散文，便没有肉身，也无灵魂；没有真的在场，不用肉身和心灵的见证来关照社会和人生，不是抒发自己的独具的个人情感和感受，不是对生与死、短暂与无限的焦虑与思考，不是对生存价值与精神再生的关注与思索，不是语言对不可说事物的把握，更不是对个人存在与自然、与宇宙生命的应和，而是拼命地贩卖各种知识，玩弄小智小慧，这同样是深陷于内心"瞒和骗"或者意识形态奴性的泥淖里，这样的文字注定是短命和没前途的。

散文是个纪实性很强的文体，真是散文的第一块不可动摇的基石，如果失去了真，那么散文的大厦会墙倒屋塌，只能是废墟一片，供人们凭吊。散文的特性决定它更多地表现的是社会和人生的细部，是对社会和人生的写真贴，是对世界和内心的最实际的描写、最质朴的叙述、最由衷的咏叹。真正的散文是不带面具的，真正的散文是贴面舞而不是假面的化装舞会。对散文来说，真不是一个理论的问题，不是一个可以探讨的问题，真就是一个散文的规定性，真就是散文的写作态度问题、表达问题，也是一个行为问题，就是你怎样去实践的问题。

但在很长一段时间里面，散文写作的真是失落的，变成媚政、媚俗、媚财的工具。散文一旦有媚态，当然只能耸肩、翘臀、媚眼，就没有了骨头。散文是以真为底线的，如果不守住真的底线，那所谓的求美就是散文的歧途。真就是要回到历史的现场，回到现实的现场。现在很多人写所谓的文化散文和历史散文，往往是资料的堆砌，而不是用自己的精神去襟抱那些资料，不是用同情的理解还原历史现场。写历史散文我说最可贵的是还原，还原历史现场，悬置目前别人对历史事件的叙述和评判。寻找历史的真实细节和历史缝隙，只有找到了所谓的细节和缝隙，才可以给我们制造一个孔洞，使我们的精神进入历史的现场。

是什么阻隔了我们走向真呢？我说两个词——恐惧和怯懦。社会和人生布满很多孔洞，恐惧和怯懦是人天生就有的，就如走夜路往往觉得后面有人跟着，有的人吹口哨，就是自己给自己壮胆。我觉得有时散文的闲适文字，表面是清高，是飘逸，是人淡如菊，其实内心更多的是胆怯、是怯懦、是躲避。萨特在《存在主义是一种人道主义》中有一句名言："是懦夫把自己变成懦夫，是英雄把自己变成英雄；而且这种可能性是永远存在的，即懦夫可以振作起来，不再成为懦夫，而英雄也可以不再成为英雄。要紧的是整个承担责任。"有些散文家，依靠注释权力话语体系吃饭，依靠现成的一些范文、范式吃饭，缺乏承担责任的胸怀和能力。他们识时务、会做人、善谋略、懂分寸、远祸全身、趋利避害、油滑、机智、调侃、伪善、乖巧、冷嘲、夸耀学问、故弄玄虚；多数人已沦为官的帮凶和商的帮闲，把散文变成了毫无"生命痛感"的"知识写作"和"技术写作"，麻痹人对生存真相的认知，无视灵魂的存在状态，拒绝对人本真的存在处境发言，看不到对现实问题的真实态度。

一个严肃的散文家，必将在阐释内心的精神图像的写作中，建立起自己的身体在场和心灵在场的方式，以真的蒸腾着个人血气的话语方式，带给世界和人类对自身的生命真相探求。索尔仁尼琴说:"一句真话能比整个世界的分量还重。"在散文写作中,我们可以说,一个真实的细节、一个真实的心灵的激动,比整个虚假的世间要重,真是文学的贵金属!

二、散文的审美冲突

　　虚构属于审美的层面,需要辩证看的是,散文虽然是一种纪实性很强的文体,但是在世俗的物质的基础上,还有一个审美的世界、精神的世界。这个世界,是虚构带来的,是属于灵的、是属于艺的境界。

　　不错,散文是最贴近生活的,如果我们要看汉代的历史、唐代的历史,最好是读当时的历史散文,这里面有最生动的细节、最血肉的生活、最贴身的话语。散文是一个物质的世界,但散文的背后,要有作者的审美的超越,要有诗性的东西、自我的东西。

　　散文精神性的东西、探索人性的东西,使散文成了一个精神的器皿。人不能只满足一个物质的外壳,伟大的散文家在物质的世界外还有一个精神的世界。

　　散文可以复制世界,可以解释世界,但更可以创造世界。在散文生活的常识的身体上,还流淌着青春、智慧、神思,还有出格、价值、正义和浪漫。沉重的生活之上还有星空、蛙鼓、草木、涂鸦和童话。好的散文要有精神的因子、审美的因子,这就难免要进入人们所说的虚构的世界,其实从散文的创作实际看,虚构原先也并不是问题。在《史记》中,垓下之围霸王别姬时的慷慨悲歌,让我们见识了命运的悲剧和生离死别的悲壮:"力拔山兮气盖世,时不利兮骓不逝。骓不逝兮可奈何,虞兮虞兮奈若何?"清周亮工《尺牍新抄》曾有疑惑:"垓下是何等时?虞姬死而弟子散,匹马逃生,身迷大泽,亦何暇更作歌诗?既有作,亦谁闻之,而谁记之欤?吾谓此数语者,无论事之有无,应是太史公笔补造化代为传神。"是的,此处太史公笔补造化,就是虚构的精神事件!是营造垓下的悲剧。再如,项羽和刘邦相持荥阳,"项王瞋目叱之,楼烦目不敢视,手不敢发,遂还走入壁,不敢复出";东城之战时,"项王瞋目而叱之，赤泉侯人马俱惊，避易数里"；等等，《史记》虚构之处不可枚数。

散文过于写实，就离新闻近，这点在杨朔散文中可看出来。他要求把散文审美一点，把散文当诗歌一样写。这是文学写作者的一个特权：虚构。虚构就是说谎。在生活中，谎言要遭到人的鄙夷和痛斥，而在文学中，虚构享有道德的豁免权，只有文学可以说谎；但说谎是有度的，不破坏真相，不遮蔽真相，不为虚假和伪证开脱。虚构应该是真的辅助翅膀，虚构是真到美的介质，是真的表达艺术方式。

南帆这样说，古老的文化演变预留了一个小小的道德缺口：如果某种叙述产生了特殊的重要内涵，叙述的真实原则可以放宽乃至放弃。

我们可以这样说，散文是可以虚构的，其理由是美感。文学承诺生产"美"换取"真"，文学虚构的最初意义是抗拒平庸的日常。亚里士多德的《诗学》曾经高度评价文学的"哲学意味"，他是在哲学的意味上期待文学的虚构："诗人的职责不在于描述已发生的事，而在于描述可能发生的事，即按照可然律或必然律可能发生的事。"散文既可以描写已经发生的，也可以描写将要发生的，可能发生的，或永远不会发生的。

散文的真实和虚构是一平衡木和跷跷板：美不伤真，真不害美，美真相谐，美真共美。我们在真的问题上，应该警惕意境和美文概念对散文创作的伤害。阿多诺说过一句话："奥斯威辛之后写诗是可耻的。"奥斯威辛集中营杀了那么多的人，这时候你还能写诗，这就说明你心里面被冷漠占领了，没有了悲悯、没有了爱，所以写诗是可怜的、是悲哀的。而我们中国的散文家在散文中创造了一个词叫意境，按照一般的文学理论，意境就是画面加哲理，在生活里面就是你创造一个所谓场景。散文中追求的意境往往就是伪造的现场，抽空了散文最贴近人的心灵，抽空了最贴近生存本真这个维度。美文是把散文放轻了，是把痛苦转化为歌唱，而散文是应该有立场和洞见在内里的。把玩是一种趣味，一些所谓的非审美的东西可能更贴近散文的本体，而美文最接近伪，最接近冷漠，最容易和某些流行的东西达成和解。美文不是没有存在的价值，但在这个时代，呼唤真，面对现场和苦痛，以真的文字来陪伴人，这是散文的一个高度。

也正是有鉴于此，我们探讨散文不单单是美文，而应该把真实，把现实的荒诞、苦难和缺陷这些属于真的维度引入。苦难必须有见证，如雅斯贝尔斯在《悲剧知识》中所言："世界诚然是充满了无辜的毁灭。暗藏的恶作孽看不见，摸不着，没有人听见，世上也没有哪个法院了解这些（比如在城堡的地牢里一个人孤独地被折磨至死）。人们作为烈士死去，却又不成为烈士，只要无人作证，永远不为人所知。"在这里我们可以看到美文的荒诞，美文是为文字和趣味存在的，美文不为苦难做证，美文是把苦难、把悲剧转化为了喜剧，所以散文不应该躺在美文的陈旧的话语制度上，而应有自己的面目、自己的使命和精神。这种使命和精神，是一种精神伦理叙事，它关怀的是人的精神领域、是人的精神关怀、是事关精神的细节，而不仅仅把散文看成美文。

拒绝合唱：散文的同质化与异质化

一、同质化现象及病灶

当代散文从20世纪90年代余秋雨文化散文引爆文坛，近30年来一直是在创新与复制、繁荣与贫乏中交错前行。文化散文、学者散文、新艺术散文、新乡土散文、先锋散文、在场主义散文轮番登台，花样繁多；但散文的体式，属于散文的真正独立价值取向和表现手段，却一直没有得到确立，散文文体的面目仍是驳杂混沌，大体则有，具体却无。在当下，散文好似成了没有难度、没有尊严、赶集式的写作，"凡有井水处，皆可写散文"。而网络的兴起，对这种现象更是推波助澜、架床叠屋。

网络时代的文字，多的是游戏、戏谑、轻松书写，这种互相模拟、互相塑造的文字，如流水线一样的批量生产；这样的文字，多是香艳小清新的自恋和微醺。所谓的炫酷，也是没有厚度的、偶有小温、没有精神空间、物理空间也非常逼仄的新赋闲文体，是一种模仿巴黎左岸迈着猫步的知识分子，把玩、聚餐、下午茶，娇气、柔弱、松弛、矫情……所谓的猫步，按刘小枫的解释：得自猫有时候的闲步姿态——通常是闲得百无聊赖的时候。如果见到老鼠，需要跑得飞快，就不可能摆"猫步"。与主人或猫类一起玩耍，也不能迈"猫步"；要是旁边有条凶神恶煞的狗，就更得收敛起"猫步"。总而言之，"猫步"要么是猫装样子，要么闲得无聊，才摆出的步法，而且晓得有眼睛在观看自己。因此，网络时代的散文是吸引眼球的存在。

散文在当下，数量上看似繁荣，里子就如房地产泡沫，热闹喧嚣里充斥着太多同质化，如步伐一统、口号一致、辨识度不足、模样一样。文化散文成了一些人注水猪肉一样的文化游记和文化撒娇，稍好一点的也像懒汉一样，躺在史料厚厚的脂肪堆里，把陈芝麻烂谷子、秦始皇老祖母的裹脚布翻腾出来臭大街。已经快三十年了，这种散文还没有丝毫退潮的意思，作者的同质化、题材的同质化、刊物引导的同质化，使文化散文犹如沙丁鱼一样缺氧扎堆。

随着刘亮程、谢宗玉新乡土散文一出，到处都是扛着铁锹在村庄田野溜达的满口诗意的二流子和满纸的药香、草香的半瓶醋一样的只会背汤头歌诀的赤脚医生。写乡土，多是心灵的栖息，乡愁的安放；而城市的道德败坏、人伦的溃败及灯红酒绿则作为乡村的比照，还是从20世纪30年代开始的，模拟国外批判现实主义作家二元对立模式的书写，即乡村淳朴、安恬，城市堕落、喧嚣。新乡土散文的末流直入单薄与空洞。

其实这样的乡土文字的处理，就像《百家讲坛》最年轻的主讲人魏新说的，故乡是一个大大的红包，其实早已被领完了，魏新说：

> 世界在变，城市里习惯了日新月异，为何希望故乡一成不变？人心在变，城市里习惯了追逐名利，为何要求故乡甘守清贫？
>
> 很多人的故乡情结，就如同一名生活糜烂的男人，幻想自己多年前的初恋情人，还在守身如玉等着自己，还不能有皱纹，不能有白发，一双美丽的大眼睛，辫子粗又长。
>
> 对不起，这样的故乡已被领完。

是的，魏新是从故乡的变来入手的。对很多人来说，故乡就是一种依靠，也是一种收藏，它永远站在我们记忆的深处，召唤我们灵魂柔软的部分，让我们在夜深人静的时候反顾来路，反顾我们血脉的上游。

但我们不能要求故乡只留存淳朴风貌，而忘却小巷土路的坑洼，没有排水设施的泥泞，用柴火煤炭烧水做饭时的烟熏火燎、呛人口鼻，用电的不便、接水的不便、上厕所的不便。城市化乃是大势所趋。很多人是逃离了乡村的牛粪和泥泞的。

现在所谓的思乡，有一种深情，也有一种矫情。虽然城市里没有牛粪，但城市里也没有可以仰望星空的精神屋顶，对城里人来说，失去牛粪也许不是失去营养，但失去星光，人类的夜晚该是多么的黯然。说白了，故乡伦理给我们的是一种精神的守护、是一种恩养。

在我们人生的路上，我们应该有故乡，也应该有变化的故乡。

随着改革的掘进，这三十年，亦可归入文化散文的闲适。散文更是大行其道，当初的流行有其内在合理性，多年阶级斗争，恨斗私字一闪念，个人空间被绑架被挤掉，故而，开放伊始，这种闲适类卷土重来就有其必然性。一粒沙里看世界，半瓣花上说人情，无可厚非，但是闲适散文也有精神含量的问题，很多散文只是装装名士、写写花草虫鱼，缺少人文情怀，也无古士大夫的消散心态，闲适的背后多的是无奈与不甘；只是照猫画虎的抄抄书，其实这种东西，鲁迅早就批判过；古人的闲适是一种哲学和人生态度，现在的闲适是一装扮，一种假名士。

还有众多的亲情散文，更是作者同质化的灾区，乱哄哄一窝蜂，很少写出亲情里的不堪与幽暗，多的只是腐朽的孝道，浅近的感喟；更可怕的是青春美文，那种鸡汤，充斥于各类副刊和流行杂志，如乌鸦遮天蔽日。

写边地边疆、写雪域高原，必然是灵魂的净土、心灵的皈依；写大海必然是宽阔与浩瀚，其实写爱情不一定就牵扯玫瑰。于坚曾说："我为什么不歌唱玫瑰？"他认为，玫瑰可以生长于英国诗人彭斯的诗歌中，却与他于坚的存在无关，"在我的日常话语中几乎不使用玫瑰一词，至少我从我母亲、我的外祖母们的方言里听不到玫瑰一词。"

而在篇章结构上，很多散文结构单向，还是以小见大，还是托物言志，还是卒章显其志的欲扬先抑，或者是一个大的看似精致的比喻结构，复杂的是一个象征的隐喻结构，这样的结构是一种僵尸模式，早已失去了生命力，这样的结构在一些散文里比比皆是。

很多写作者还是满足于看到一种东西、一个场面、一个情感，寻找一种哲理升华，好像除掉诗化和美化的抒情外，散文再无空间，再无招数。散文是以真为写作伦理的，但我们很多的散文写作，却总是与虚构的经验相关，凌空蹈虚，成了一种纸上游戏，好像永远不触及灵魂、不触及痛感、不触及生活本身。其实我们散文，最缺少的是对日常生活的记忆能力和记录能力，缺少看见具体生活甚至所谓无意义生活的散文书记员；我们呼唤在散文界做一个老老实实朴素的书记员，让具体的事物、当下的生活在散文中不被遮蔽。做一个忠实的素描人、工笔人，让春天就是春天，花朵就是花朵，冬天就是冬天，寒冷就是寒冷；让河流就是河流，星空就是星空，不是什么虚幻的远方；让溪水就是溪水，不是什么琥珀；让灯塔就是灯塔，不是什么主义。生命就是肉身、就是皮囊，就是肉的集合。散文更是老老实实的反修辞、象征的原生态，让我们回到散文的原点，清理一些有毒的东西。

什么时候，一个散文作家能诚实拥有对日常的无意义生活的记忆能力和记录能力，学习古人格物的功夫，那样散文才可能有希望。在一切都形而上的时代里，举手投足都变成了夸张却又不被我们自知的大而空。一个散文家要知道，世界上最重要的，绝不是什么高深的思想和宏伟的历史进程，凡人和细节、真实与在场，才具真正的光辉。

通过以上扫描，我的判断是：当代散文大多陷入了同质化的怪圈。我所说的散文的同质化：主题趋同，题材扎堆，结构固化，文体单一，思维定式。散文文体最像水。老子说水有七德："居善地，心善渊，与善仁，言善信，政善治，事善能，动善时。"孔子也是一个见大水必观焉者，孔子曰："水，似德，似义，似道，似勇，似法，似正，似察，似善化，其万折也必东，似志。"散文文体似水，但很多人写的散文成了死水，写成了闻一多的"死水"，一潭绝望的死水。散文文体的最大魅力在于它像水的随物赋形，一旦凝固了，那也就离死不远了，流动的水是不会腐朽臭坏的。

在散文创作中，我们要的是散文味，不是散文腔。我曾多次批判散文是美文的观点。不知从什么时候起，很多人都觉得散文即"美文"，其结构必巧、语言必美，这种近于迷信的观念使"文胜于质"的美文弊端至今仍时时存在，很多写作者努力把散文写得更像"散文"。随便翻开一篇文章，就是这种文采飞扬的诗化状态。散文还是回到日常，少些拔高，不要挖空心思、绞尽脑汁挖掘诗意；散文有破绽也无妨，多些毛边，多些质感，诗意近乎伪。杨朔把散文当诗一样写，走入死胡同就是例证。如果大饥荒年代真是杨朔描写的那样，我要大家穿越去1959—1961年，你绝对不愿意去。

散文同质化的病灶，我以为是：散文观念的趋同、阅读的趋同、思维的趋同，生活越来越趋同。

二、 阅读的精神谱系与文章图式

散文在中国本是一个雅的存在,是扬名立万、著书立说、述往事思来者的载体,它的传统与文字的久远,可以在殷墟的龟甲中找到例证。《尚书》《易经》《论语》《庄子》《左传》这些伟大的作品构成了我们散文的上游,也为散文立法,规定了我们民族的历史观、哲学观,是我们民族生活的底座,成为我们的精神的源头。

所有的这些上游,是我们必须承继的道统与文统,应该进入我们的血液。对每个散文写手来说,个人的经历与品位,决定着个人的阅读谱系,或古或今,或中或西。记得夏榆说,在他的阅读谱系里,包括那些他尊敬的作家(或诗人),他们写作散文,比如帕斯捷尔纳克、布罗茨基、索尔仁尼琴,比如苏珊·桑塔格、塞缪尔·贝克特、马尔克斯、福克纳、加缪,再比如库切、帕慕克、米兰·昆德拉、波拉尼奥。这些名字令夏榆怀有尊敬之心,这是他的阅读心灵史。

针对着散文的同质化,那种题材的单一、审美固化,那种轻易形成的风格,那种流于精巧的规范。王开岭说,究其源,仍是生产者的问题,因其知识储备不够,精神资源贫乏,文学理念滞后。王开岭还有个形象的比喻:散文就像浓缩的气球皮,它本身的设计空间非常之大,但平时又是浓缩的,能否把它做大,做得饱满,关键在于吹气球的人,看他的肺活量、底气和精神蕴藏是否充沛了。如果肺活量小,那气球体型肯定是干瘪的。说到底,乃生产者自身素质和思考力不够所致,是他的过于懒惰、惧怕难度、选择逃避和放弃承担造成的。

王开岭的经验也是从阅读入手,知道一个人的阅读谱系,就可判断这个人的文字的品格。如何突破同质化?怎样才能把散文做大?怎样才能配得上它的自由与辽阔?王开岭说,西方散文从来就是没有边界、不被锁定的,所以它一直像雾一样弥漫,像光一样辐射,无处不在,无所不能……在表述上,它更自由、流畅、从容与丰满,这一点,随便打开两册中西散文读本即可证实:彼此的散文理念差异有多大!像恰达耶夫

《哲学书简》、马丁·路德·金《我有一个梦想》，类似的还有萨特的《被占领下的巴黎》、加缪的《西西弗神话》、茨威格的《一个欧洲人的回忆》和《异端的权利》、梭罗的《瓦尔登湖》、布罗茨基的《小于一》等，虽表面上是回忆录或哲学体的随想，但这更富含"散文"的自由精神和弥漫气息，其文学品质和生命诚实性也远大于中国人自诩为"美文"的东西。

散文写什么、如何写，这是任何一个散文写作者写作之初就要首先面对的，但散文究竟是什么？我们一方面强调阅读精神谱系，另一方面还要知道散文的传统太强大，散文的因袭太多。我们看现在的散文与20世纪二三十年代的散文区别并不大，但是现在的诗歌和小说与徐志摩、艾青、鲁迅、沈从文简直是别有洞天、脱胎换骨，唯独散文老神在，超常稳定，一副稳坐钓鱼台的老渔夫模样。

散文面临如何叙事、如何结构，以及对传统散文解构的问题。我们应该有一种新的叙事方式与现代生活与心灵相匹配。我们在散文的文体选择上，应该补上散文文章学的课。鲁迅的散文体式多样，鲁迅先生自1918年创作散文诗《自言自语》至1936年的弥留之作《死》和《女吊》，散文创作贯穿其一生。鲁迅的散文有诗的样式，有短剧的样式，有序言的样式，有书信日记的样式。钱理群先生说："说起文学家的鲁迅，人们首先想起的是小说家的鲁迅，杂文家的鲁迅，而较少注意散文家的鲁迅。"但正是鲁迅，为新文学散文史留下了最初的、十分丰满而优美的篇章。

钱理群先生曾把鲁迅的散文分为四类，即《朝花夕拾》里的散文，《野草》里的散文，收入鲁迅杂文集里的散文，以及鲁迅的演讲词。郁达夫曾对鲁迅和周作人的散文风格做了比较："鲁迅的文体简练得像一把匕首，能以寸铁杀人，一刀见血。重要之点，抓住之后，只消三言两语就可以把主题道破……与此相反，周作人的文体，又来得舒徐自在，信笔所至，初看似乎散漫支离，过于烦琐，但仔细一读，却觉得他的漫谈，句句含有分量：一篇之中，少一句就不对；一句之中，易一字也不可……两人文章里的幽默味，也各有不同的色彩：鲁迅的辛辣干脆，全近讽刺；周作人的是湛然和蔼，出诸反语。"其在《中国新文学大系·散文二集导言》中说："中国现代散文的成绩，以鲁迅和周作人两人的最丰富最伟大。"鲁迅散文随笔的个性是通过《野草》《朝花夕拾》和《为了忘却的记念》《记念刘和珍君》《为白莽做孩儿塔序》所确立的。特别是《野草》，其文体奇崛，意象超拔，有诗性的、记述的，更有片段的和剧作的形式，那语言更是极富张力；而《朝花夕拾》更像是一个黄昏的说书者在谈论身边的人与事。《野草》是诗思的、哲学的，《朝花夕拾》是入世的、温馨的。鲁迅的文体是风格统一而不仅限于风格。一个有追求的作家都是文体家，其文体是个性，是别人辨识他的身份证。

再就是周作人，大家可以看这位散文是美文的散文大家，鲁迅说，周作人是中国新文学史上最大的散文家。他这话说在1936年5月"兄弟失和"之后。周作人是中国现代文学史上第一位全心全意经营散文的人。周作人喜谈自己是杂家，身上有非正统的儒家传统，对医学史与妖术史、风土志等别有心解，除了伪道学与八股文外，益智的与有趣的杂书都曾吸引过他。引起周作人兴趣的主要是古希腊传统、日本文学、民俗学理论、性心理与儿童艺术等。周作人的散文不做煽情语，不甜媚。我们读他的散文，咀嚼的苦味是恬淡、是深得章太炎先生引导的六朝人要义的。

而在新时期，散文写得深得古人韵致，又从容安然、行云流水的非汪曾祺莫属。季红真曾有论述汪曾祺散文文体的文章，说他散文随笔血脉的源头上承的是古人和西方。汪曾祺的散文随笔文体的上游是那么斑斓："《世说新语》记人事，《水经注》写风景，精彩生动，世无其匹。唐宋以文章取士。……唐宋八家，在结构上、语言上，试验了各种可能性。宋人笔记，简洁潇洒，读起来比典册高文更为亲切，《容斋随笔》可为代表。明清考八股，但要传世，还得靠古文，归有光、张岱各有特点。'桐城派'并非都是谬种，他们总结了写散文的一些经验，不可忽视。龚定庵造语奇崛，影响颇大。"

如画家的搜尽奇山打腹稿，在散文上不薄古人，又亲近西方哲学，东海西海，为我所用，汪曾祺说："'五四'以后有不多的翻译过来的外国散文随笔，法国的蒙田、挪威的别伦·别尔生……影响最大的大概算是泰戈尔。但我对泰戈尔和纪伯伦不喜欢。一个人把自己扮成圣人总是叫人讨厌的。我倒喜欢弗吉尼亚·伍尔芙，喜欢那种如云如水，东一句、西一句的，既叫人不好捉摸，又不脱离人世生活的意识流的散文随笔。生活本身是散散漫漫的，文章也该是散散漫漫的。"汪曾祺先生如水，是流动的，那上面飘荡的是诗意和随性，确实是意识流，他的散文随笔是诗的底子，他如东坡的"行云流水"，对西班牙作家阿索林顶礼膜拜，"阿索林是我终生膜拜的作家"，认为他的"一些充满人生智慧的短文，其实是诗"。

汪曾祺在少年时代即接受了儒家经典的熏陶；小学时期，祖父就为他讲解《论语》，并且教他写作小论文"义"，这是用以阐释《论语》、掌握八股文的入门练习，而他亲近的还是庄子。"我对庄子感极大的兴趣的，主要是其文章，至于他的思想，我到现在还不甚了了。"他说，"我以为'文气'是比'结构'更精微，更内在的一个概念。"汪曾祺先生散文文体姿态多变，虽然其毕生创作的散文数量不多，但涉猎的文体则繁复多姿。我们看他的文集的名字就是一种文体享受，如《晚翠文谈》《汪曾祺小品》《旅食集》《榆树村杂记》《塔上随笔》《老学闲抄》。文论、小品、游记、笔记、读书札记，文体有中有西，杂食动物。《逝水》是自传，集中了各种文体；《烟赋》是关于烟草历史的铺陈，兼有各种考证，所引资料从古至今；《关于葡萄》近于西方的科学小品，兼有古代笔记的特点，而文字精美近乎诗。其他如《四方食事》《菏泽游记》等，都明显地具有文体传承的踪迹。在他笔下的人物身上，常常有着特殊的精神气质，继承了《世说新语》的一路："六朝重人物品藻，略略数语，皆具风神。"他记述西南联大诸位教授的文字，尤其生动传神，如闻一多的强烈坚毅、金岳霖的有趣、唐兰的率真……并且由此生发展出一个群体的精神品格："西南联大就是这样一所大学，这样的一种学风：宽容，坦荡，率真。"这里面灌注的是一种精神，在国破家亡时分，绝不能让民族文化断了香火："……在百物飞腾，人心浮躁之际，他们还能平平静静地做学问，并能在高吟浅唱、曲声笛韵中自得其乐，对复兴民族大业不失信心，不颓唐，不沮丧，他们是浊世中的清流，漩涡中的砥柱。……安贫乐道，恬淡冲和，是中国知识分子的传统。"是的，文体是载体，而精神是在文体之上的价值。

在汪先生的散文中，游记占了相当的篇幅。他的游记内容丰富，记山水、记风物、记民俗、记人物、记传说，考辨古迹，联想历史，抒发感受。其对于风景的描写简约而凝练，语言极其讲究且富于变化。例如，他写伊犁的斑鸠："有鸠声处，必多雨，且多大树。鸣鸠都藏于深树间。伊犁多雨。"语句的简短，近于古文。他大量的随笔涉及范围极广，谈知识、述掌故、穷物理、辨名物,"格物致知"是基本路数。在儒家诗教中,在"兴、观、群、怨""事君事父"之外,还有"多识鸟兽草木之名";并且与西方科学的观察方法相遇,影响了他的散文写作,《人间草木》与《夏天的昆虫》,都是直接的体现。至于文化产物,他更是下了大功夫,具有知识考古的意义,大到信仰的形成如《八仙》,小到一种小菜的制作如《韭菜花》,都仔细考证,民食与民间的信仰是他关注的内容。汪曾祺先生见多识广,不舍涓细,随时随地观察积累。而看杂书的习惯更是成就他随笔写作的原因,其中宋人笔记是一大块。他的文章中涉及的各类笔记书目数过半百,加上书画理论,其渊博过人。他经常"闲笔着色""涉笔成情",比如,以野菜之新鲜比喻民间艺术,"敦煌变文、《云谣集杂曲子》,打枣杆、桂枝儿、吴歌,乃至《白雪遗音》等等,是野菜。因为他新鲜"(《四方食事·野菜》)。或者借题发挥,比如,以口味来讲文化,呼吁口味要宽些,"对食物如此。对文化也该如此"(《口味》)。短小的小品,则是他散文中体例最杂的一类;有的借鉴西方小品文的形式,以明白晓畅的语言讲学术问题,兼及一般的道理。比如,通过考证"步障",讲实物与常理的关系,引用沈从文对温庭筠"小山重叠金明灭"中"小山"系贵族妇女头上的小梳子,来强调治文史者要多看文物,互相印证,才不至于望文生义想当然。而晚明小品也影响着他的写作,《齐白石的童心》不到五百字,以他一幅画的题跋为例,讲温情与童心之美,并且说:"题跋似明人小品,极有风致。"即使一些应景的短文,对仗与平仄的运用也似明清小品的文体。他为出版社拟的广告词"……娓娓而谈,态度亲切,不矜持作态。文求雅洁,少雕饰,如行云流水。春初新韭,秋末晚菘,滋味近似",接近骈文的章法与语言。

在汪曾祺散文中,还有大量文论。多是以艺术的鉴赏为中心,涉及中国艺术的各个门类,书法、绘画、戏剧、雕塑……无所不包。汪曾祺在散文文体方面的建树,从理论到实践,沟通了中国文章学的渊源,也形成了中国散文的重要传统。

我们在散文写作中,文体方面关注的太少,笔下往往是几种可怜的样式,就如毛笔字,只知楷书,不知篆书、隶书、章草、魏碑、魏晋风神、大唐法度、赵宋意蕴。这样的毛笔字就会局促狭小,精神不开张。

三、散文的出路：异质化

所谓散文创作的异质化，主要是指散文精神的异质或者异端，只有这样才能突破同质化的藩篱，矫枉必须过正。说到底，散文的精神，就是人的精神质地，取决于人的内在纹理和品格，尤其在当下，这和一个人的知识储备、学历才华、力气都无关，这才是散文的根本，按王开岭的话就是：一个写作信仰问题，是对作家生命关怀力的考验，对其精神诉求和承担能力的考验！

所以我觉得，冲破同质化不是写什么和如何写这么简单的，而是在散文写作的原点重估：你为何写？非得写吗？不写会死吗？这才是散文写作的根本：不散文、毋宁死，不倾吐、毋宁死。这就是一个信仰的问题。是立场的问题，是姿态的问题，散文是一种对自我的雕刻和塑造。我以为这才是散文的底座，无此底座，散文必然会地动山摇。

对于一个散文作家来说，精神的自治、人格的自治、生命文体的自治比什么都重要，只有人格的独立自治才有精神的空间；有了精神的空间，才有独与天地精神往来的自由的文体和文字。散文写作的同质化重复性多的原因，就是没有个人的独立与主体意识的孱弱。大部分散文作者，是聪明人、明白人，知道如何趋利避害，在行文时，寻找安全的叙述策略，向庸俗靠拢，不敢采取民间的价值立场，不敢暴露自己的审美个性，与名利勾肩搭背，借一些虚名上位改换门庭，把散文写作变成了一种生存策略、一种自己煲的鸡汤。

散文写作最关键的是异质化，而不是同质化。如果现在仍按审美抒情的路走，是没有多少价值的。互联网时代，乃至微信时代的到来改变了人们交流的方式，改变了人们的生活方式，自然也改变了思想和书写方式。事实上它使人的精神更自由，心灵更开放。自由的精神和开放的心灵使人从集体的规约中解放出来，从国家意识形态话语的规制中解放出来，它影响人的生活，影响到社会，自然也影响到文学。作家要关注世界，关注存在，关注万物，关注人本身，关注并且将其艺术地呈现。

这些原则也应是散文的原则，这些维度也应是散文的维度。散文之所以进入同质化的狭小的道场，我认为是散文观念的问题：基于内心的懦弱，或者内心的素养不够，一些有毒的东西的堵塞，使你不敢、不能面对内心的真实。

一次，被问到是否有对散文文体进行破坏或重建的想法时，周晓枫说："为什么那么多写作者习惯通过文字不断矫饰，把自己美化到失真的高度，或者永远在塑造并巩固自己的无辜者形象？"答案就在问话本身。我们很多人认为这才是散文，这种荒谬制约了散文的发展与延伸。

我非常喜欢广东东莞的散文家塞壬，她的产量很少，但质地纯粹，每一篇都有回声。她有一篇谈散文创作的短小文字《写字的人怦然心动》，其实说出的是散文独异路径的问题，是异质化存在的问题。

鲁迅说中国少有单身鏖战的英雄，少有抚哭叛徒的吊客，所谓的抱团取暖，这在散文是十分有害的。塞壬说："我只是一个在黑夜沉迷于内心的写字的人。这样的字写出来之后，被归类成了散文。从2004年到现在，我庆幸，我没有受到任何干扰，完全不理会外面的那些热闹，我自始至终还只是那个写字的人。""一个人专于写字，固执地选择用文字表达，一定是出于某种无法逃避的理由，但凡可以不写，那定然不会写这种劳神子的东西，去酒吧喝酒，去纵欲都是可以用来选择的。所以谈到写字的人的真诚，我就说是个伪问题，没有人会对自己的日记撒谎。如果有一天我不再写字，很有可能是我找到了其他的表达方式，但也许是，我不再那么渴望表达，我对这个世界，对自己已无话可说。"

按照塞壬的观点就是：散文是非表达不可的倾诉，否则不要写。散文的异质化，我觉得还是先要解决如何体验生活、书写生活的问题，我们应该回到生活、回到肉身。克里玛曾言："当作家……认为历史比人更伟大、革命理想比人类更重要的时候，卡夫卡描绘和捍卫了人类空间中最个人和内部的东西。"这样的评价对散文的启示最大，那些凌空蹈虚、假大空玄、精雕细刻、没有人性气息而又天马行空的所谓想象，把散文推向了绝境。那么，拿什么来拯救散文的同质化？只有一个法子：回到自身，回到个人体验。比如，周晓枫的散文，她的散文对当下整个散文文坛而言，其异质性是那么明显。她的散文文体的先锋、语言的波谲云诡、新鲜的人生体验，是别人没有的，她说："最鲜活、最丰富、最不可替代的直接经验和素材，无不来自身体的亲历。"

但现代社会正在使我们的散文变得麻木。索尔仁尼琴有一句名言："一句真话能比整个世界的分量还重。"对散文来说，来自最鲜活、最丰富、最不可替代的直接经验和素材比虚幻的美文分量更重。

散文的价值和意义，很大程度取决于它的精神性，取决于怎么看。散文不像小说、戏剧，有很多情节和矛盾冲突。散文一定要靠精神来支撑。如果没有精神支撑，散文只能构思出一些浅显的东西。海因里希·伯尔有句话："敏锐的眼睛就是作家的手艺工具，他要敏锐得足以能看到自己以及还没有进入视野的东西。"我认为，这种敏锐度的眼睛就是精神穿透力。散文的难度，表现为精神的高度，但散文萎靡的病灶为精神的萎靡和思想的溃败。

散文是讲精神的高度和思想的深度的，也许网络的浮躁使很多的写作者过于匆忙，底蕴不厚、根基不牢，审美的眼界狭窄，导致很多的文字只是生活表面的滑行、历史记忆浮表的捕捉，无法获得散文文本的力度。

散文应该是精神的裸奔，是最少伪饰与依傍的；散文没有小说的利器（故事、结构、技法），也没有诗歌的节奏与意象；散文是最直接的表现，那话语多是直达人心。我想散文目前需要的是一种精神的先锋，是一种只有你俯视苍茫的那种精神高度，与众不同的独特的感受与洞见。散文应颠覆过去的陈旧的文本规范，寻找新的话语方式。散文缺少卡夫卡那样的精神变形记。我们设想，如果卡夫卡没有对异化的锥心刺骨的痛感、没有那种无依无靠的飘零感与孤独感、没有洞察人性的畸变与霉变、没有那种利益下的亲情的不可靠，那么他不会愤激地写出人的甲虫躯体、那种饥饿艺术家的绝望与愤懑。

人们看到更多的是散文的物理空间之大，却少有人去关注其精神空间。实际文本所呈现的精神含量和丰富性是不够的，尤其在描述深刻的心灵事件、人性的深度挖掘、关注当代中国人的现实生态、揭示普遍信仰危机、承担良知和批判功能方面。

散文很多时候不是表达的问题，而是勇气的问题、精神和灵魂不撒谎的问题。

四、散文是自由的文体

散文的自由更多的是精神上的自由，它有着最自由的文体。散文的特质是非虚构，但它的文体又具有和虚构一样的创造性。散文是一种"反限定"和"反规范"的文体。夏榆说：

> 我以为，散文其实是不可限制的。它有着最自由的文体，也有着最自由的精神。它的面貌如何取决于书写者的个人气质和精神风貌，取决于书写者的自由精神和独立品质。回望21世纪以来发生的散文事件，我想应该繁多复杂。在我看来，最重要的散文事件，就是散文这种文体在有抱负也有才华和能量的作家那里变得气象恢宏、思想磅礴、文体绚烂，散文不再是文人雅士赏玩的小品，它成为一切优秀的书写者强劲表达的载体，它直接诉诸世间生活和人的存在，对此作出思辨性及艺术的表达。我觉得这个时期的散文要从某种被规制的状态中获得解放，从而获得丰沛强劲的生命力。

散文的灵魂，无论传统纸媒还是现代新媒体，是应该一致的，这灵魂即是散文的命定，是自由，往往不在限制与藩篱中徘徊。

网络对散文创作是一次革命。正如竹简挣脱了甲骨，又如纸质替代了竹帛，网络自由无疑是对散文创造力的一种天然唤醒。周作人说："小品文是文学发达的极致，他的兴盛必须在王纲解纽的时代。"所谓王纲解纽，即是束缚尽脱；它是思想的解放，个性的张扬，表达的自由。凡散文辉煌的时段，都是思想自由，限制退位时期。历史上诸子时代、魏晋及明末，都是散文的最好的时期，这恰恰是统治者权力最弱化的时期。

我们现在常说"民国范"，怀念的是民国的那种出版结社的自由。20世纪二三十年代是现代散文的高峰，朱自清先生在为散文集《背影》写的序言中说："就散文论散文，这三四年的发展，确是绚烂极了：有种种的样式、种种的流派，表现着，批评着，解释着人生的各面，迁流曼衍，日新月异；有中国名士风，有外国绅士风，有隐士，有叛徒，在思想上是如此。或描写，或讽刺，或委曲，或缜密，或劲健，或绮丽，或洗练，或流动，或含蓄，在表现上是如此。"这样的判断就是民国散文范的最好的例证，是自由之花的累累的果实。

网络是一种自由的状态，少了牵掣，多了放旷。探索即是自由，思想的自由，文字的自由。网络文学的复杂，多元共存的审美格局，是和自由分不开的，从某种程度上说，正是无数网上、网下的作家在不断反叛传统的过程中进行艰辛探索的结果，也正是他们经历了无数次的怀疑、忽略甚至被否定的结果。他们顽强地坚守着散文之所以是散文的表达需要，冲破一个又一个"短小精悍""形散神不散""欲扬先抑""卒章显志""意境"这些被视为艺术铁律的传统规范，在探求种种新的审美价值与形式表达的过程中，成功地将艺术引向更为自由、更为深邃的从审美到审智的空间。戏剧家尤奈斯库说："所谓先锋派，就是自由。"

我想反过来，自由就是先锋。自由就是我行我素，回到散文的烂漫。但我认为，这种自由不是无边的，是一种主体性的思想的自由、思维的快乐，是无限贴近真相与真理，贴近自己和世界的一种方式，也是一种反抗。这种自由，是一种形式上的突破，是一种怀疑后的表达。

米兰·昆德拉曾说，小说的天质是反专制主义的："小说作为建立在人类事物的相对和模糊性之上的世界的样板，与专制的天地是不相容的。这一不相容性比起一个不同政见者与一个官僚、一个人权斗士与一个行刑者之间的区别还要深，因为它不仅是政治或道德的，而且也是本体论的。这就是说，建立在唯一真理之上的世界，与小说的模糊与相对的世界两者由完全不同的说话方式构成。专制的真理排除相对性、怀疑、疑问，因而它永远不能与我所称为小说的精神相苟同。"

这其实也用于散文。散文的自由，是向一切的专制开火，向不合理的所谓的范式挑战。其实所谓的范式就是专制，散文文体是最模糊的，因为模糊，才有了广阔与博大。这里虽然泥沙俱下，但孩子与血水，蚌病成珠，还是值得的。散文最反对的是规范，是范文笔调，无论是桐城派还是杨朔，乃至余秋雨。学他们者生，似他们者死。当然，专制主义多多，不管来自何方的妖孽，要扫除一切，天上地下，唯我（自由之谓）独尊。

五、 拒绝合唱

叔本华说，要么是孤独，要么就是庸俗。这话说出来虽然让人不舒服，但对散文来说，要么是同质化的庸俗，要么是异质化的孤独。孤独是精神卓越之士的注定命运。

孤独是一种精神的掘进，不是不食人间烟火的那种抱团取暖，我强调的是具有强大的精神体积和美学重量的拒绝合唱！

叔本华说，人们欠缺忍受孤独的能力——在孤独中人们无法忍受自己。内心的厌烦和空虚驱使他们热衷于与人交往和到外地旅行、观光。他们的精神思想欠缺一种弹力，无法自己活动起来；因此，他们就试图通过喝酒提升精神，不少人就是由此途径变成了酒鬼。

出于同样的原因，这些人需要得到来自外在的、持续不断的刺激——或者，更准确地说，通过与其同一类的人的接触，他们才能获取最强烈的刺激。一旦缺少了这种刺激，他们的精神思想就会在重负之下沉沦，最终陷进一种悲惨的浑噩之中。

叔本华有一个比喻，是把平庸之辈比之于那些俄罗斯兽角乐器。每只兽角只能发出一个单音，把所需的兽角恰当地凑在一起才能吹奏音乐。大众的精神和气质单调、乏味，恰似那些只能发出单音的兽角乐器。

人们单调的个性使他们无法忍受自己，"愚蠢的人饱受其愚蠢所带来的疲累之苦"。人们只有在凑到一块、联合起来的时候，才能有所作为。这种情形与把俄罗斯兽角乐器凑起来才能演奏出音乐是一样的道理。但是，一个有丰富思想头脑的人，却可以跟一个能单独演奏音乐的乐手相比；或者，我们可以把他比喻为一架钢琴。钢琴本身好比一个小型乐队。同样，这样的一个人就是一个微型世界。其他人需要得到相互补充，但这种人的单个的头脑意识本身就已经是一个统一体。就像钢琴一样，他并不是一个交响乐队中的一分子，他更适合独自一人演奏。如果他真的需要跟别人合作演奏，那他就只能作为得到别的乐器伴奏的主音，就像乐队中的钢琴一样。或者，他就像钢琴那样定下声乐的调子。

在这个时代，散文的拒绝合唱，我以为这是一个长期淬炼的过程，这不仅需要散文家的持续忍耐力和对生活心灵的发现力，而且需要有语言鲜活的感受能力，更需要人格的力量。对于当下的散文家而言，写出一篇漂亮和优秀的散文已经不是难题了，难度在于一篇散文放在数以万计的散文中的时候就往往被"淹没"了。回顾当代中国散文的进程留下来的散文家也没有几个了。所以当散文与历史和文学谱系放在一起的时候，每一个写作者都应该为自己文本的"生命力"感到不寒而栗。

要忍得住孤独，就要写得慢一点，在一个快速拆迁和不断加速度前进的"动车时代"，作家是踩下刹车的那个人。但是我看到的则是作家过于快速、急躁和随意的写作方式。显然在一个看似自由的年代，诗意却被强大的日常生活消弭掉，安静的空间和舒适的行走已经被现代工具强大的势能所取代。我们看到很多的散文家成了旅游见闻者、红包写作者、流行吹鼓手、新闻报道者、娱乐花边偷窥者、"痛苦"表演者、国际化的"土鳖"分子、翻译体的贩卖者、自我抚慰者和犬儒主义者。话说回来，我们的散文学会了抱怨，也学会了撒娇，学会了演戏，学会了波普，但是就是没有学会"散文家"的"良知"。我向那些仍然彷徨、仍然分裂、仍然理想的有工匠精神的散文家致敬！在一个不断加速前进的时代，心存真诚和敬畏地做一个不断"后退"的先锋主义者显得更加艰难。我们不能回到过去，也不能超越当下，由此只能面对生活和现实老老实实地写作。

塞壬说："单一的字，它有方向感，它有准确的指向，甚至是内指和外指，用好字，着迷于汉字的细微指向，是一个写散文的人最沉醉的事情吧。它需要这个人慢，贴熨，它需要他安静，还有什么比用准确的字实现了表达更让人快乐的？对汉字的感受力，和对生活的感受力应该不是一回事。我还想说，对汉字的感受力跟语言和修辞也不太像是一回事，前者要的是心灵，后者是技术。我今天想说，强调语言，更细分些，我更苛求单个的汉字。"

散文像单个的字，有时需要苛求慎重、需要打磨，因为不同的汉字软硬、长短、明暗是不一样的，世间没有两片相同的树叶，也没有雷同的汉字。

一个散文家的孤独是面对时间的写作。时光无涯、人生短促，散文家是面对存在表达，面对的是岛屿的一隅、山峰的一巅，散文写作者的胸襟和眼光需要阔大，需要人类的悲悯。但作为个体来说，散文家没有必要向群体看齐，没有必要关心写作的潮流和风向，甚至不必关心现实的政治导向，尤其不能充当某些利益集团的工具和应声虫，不能下作成权力的奴仆。审美需要距离，散文也是，跟制约你、限制你自由和妨碍你独立的东西保持距离，这是一个文体的尊严，因风骨而对抗各种利诱和内心的卑弱，所谓的不看脸色和眼色，不揣度，不靠近，在世俗中来，但不到世俗中去。

写作是个体的事业，从来就不是同声合唱。写得慢一点，拒绝合唱，这才是散文的征途。

(曾发表于《名作欣赏》2017 第 2 期)

废名散文：一意孤行

人们向来说废名的文章和佛家贴得很近，为何他的文章呈现这样一种风貌？"废名之貌奇古，其额如螳螂，声音苍哑，初见者每不知其云何"（周作人语），是什么原因致使他那样捉笔著文？这是我长久思考的，也许通过他与佛的纠葛来探索他创作的秘密，不失为一有效的方法。本文就想从此处下笔，然后再延宕开去。废名与佛的纠葛，我想这也是一种缘，废名的老家黄梅是在禅宗史上大名鼎鼎的禅宗五祖弘忍的故里，那里有五祖寺，废名在1939年曾写过一篇散文《五祖寺》，后来他的传记体的小说《莫须有先生坐飞机之后》也有一章"五祖寺"。五祖弘忍传法与惠能一直是禅宗上著名的公案。惠能本是一个在灶下舂米打柴的目不识丁的和尚，当五祖要传衣钵时，让大家作一偈语，本来大师兄神秀已作好一偈准备继承五祖的衣钵："身是菩提树，心如明镜台，时时勤拂拭，莫使惹尘埃。"神秀把人的身心比作菩提树和明镜台（菩提即觉悟和智慧的意思），把外部宏观世界的烦恼、干扰比作经常蒙落的"尘埃"，意思是说想成就佛道，获得彻底的觉悟，就必须经常地克服来自外界的诱惑干扰，行病况去恶，苦修渐进，即从传统的"戒、定、慧"入手，慢慢修持，逐渐成佛。后人将神秀的这种思想称为"渐悟"。但是弘忍大师看见神秀写的偈之后，并不十分满意。惠能也作了两首偈："菩提本无树，明镜亦非台，本来无一物，何处有尘埃？心是菩提树，身是明镜台，明镜本清静，何处染尘埃？"弘忍看完偈语，知道樵夫惠能已经领悟到了禅法的要旨，于是夜间弘忍于屋内亲授惠能《金刚经》要旨，并告诫说："自古传法，气若悬丝。若留此间，必有人害汝，汝即离去。"于是惠能连夜出逃。弘忍于第二天才告诉弟子，衣钵已去。惠能躲过大师兄神秀暗算后，出走到韶州曹溪，隐姓埋名达十五年之久，后来成为创立了主张"顿悟"的南禅宗。

废名早年就生活在佛禅的氛围中,"五祖寺是我小时候所想去的地方,在大人从四祖、五祖带了喇叭,木鱼给我们的时候,幼稚的心灵,四祖寺、五祖寺真是心向往之,五祖寺又更是那么的有名,天气晴朗站在城上可以望得见那个庙那个山了"。后来他在北大与同乡熊十力先生时常争论佛法(熊十力先生在北大讲授"佛家名相通释"课程),周作人在《怀废名》一文中曾写过这样的逸事,就像《世说新语》上的六朝人物:"废名平常颇佩服其同乡熊十力翁,常与谈论儒道异同等事,等到他着手读佛书以后,却与专门学佛的熊翁意见不合,而且多有不满之意。有余君与熊翁同住在二道桥,曾告诉我说,一日废名与熊翁论僧肇,大声争论,忽而静止,则二人已扭打在一处,旋见废名气哄哄地走出来。但至次日,乃见废名又来,与熊翁在讨论别的问题矣。余君云系亲见,故当无错误。废名自云喜静坐深思,不知何时乃忽得特殊的经验,趺坐少顷,便两手自动,做种种姿态,有如体操,不能自已,仿佛自成一套,演毕乃复能活动。鄙人少信,颇疑是一个自己催眠,而废名则不以为然。其中学同窗有为僧者,甚加赞叹,以为道行之果,自己坐禅修道若干年,尚未能至,而废名偶尔得之,可为幸矣。"

废名一向被看作"苦雨斋四弟子"之一(周作人四弟子者,人们常说是俞平伯、废名、沈启无和江绍原),从知堂先生在抗战时期写的废名的形象里,我们可以看到,废名在其老师周作人眼里,是一种率真的、不记外部利钝、尊重自己内心的人物,从这里面透出的信息我们可以读出而不能忽视的是废名对禅宗的修行,禅宗的不立文字对他散文的潜在的影响。废名的散文理念里有一个非常特别的概念"隔",散文讲求"隔",隔与不隔是王国维在《人间词话》里提出的一对相反的审美概念。隔,隔膜,所谓隔,是指在诗歌创作过程中,其情、景、辞,或是艺术构思,境界物化等,有关节,不妥帖,不圆润,给读者造成隔膜。所谓不隔,与隔相反,诗歌创作完美浑成,诗意浓郁,形象鲜明生动,含意深厚耐人寻味。隔与不隔,既可以对一诗人而论,又可就具体的诗作或手法而言。《人间词话》举例说:"问隔与不隔之别,曰:陶谢之诗不隔,延年则稍隔矣。东坡之诗不隔,山谷则稍隔点。"(陶,陶渊明;谢,谢灵运;东坡,苏轼;延年,颜延之;山谷,黄庭坚)。又举宋欧阳修《少年游》咏春草词,认为上半阕写得好,"语语都在目前,便是不隔"。下半阕"谢家池塘、江淹浦畔",堆垛典故,而且与原典的意蕴差别很大,造不成意境,表达不出感情,徒增读者障碍,故"则隔矣"。

废名说:"近人有以'隔'与'不隔'定诗之佳与不佳,此言论大约很有道理,若在散文恐不如此,散文之极致大约便是'隔',这是一个自然的结果,学不到的,到此已不是一般文章的意义,人又乌从而有心去学乎?"(《关于派别》)废名的散文是排斥抒情的,行文是跳荡的,人们说他的散文"涩",我想这是从"隔"的层面来定义的,不流畅,故意制造阅读的障碍,或者是阅读者跟不上作者的思维,这是接近禅的思维。禅的思维是一种随机的思维,它不执着于某个事物,这对惯常的人来说是"隔"的。在废名的散文理念里,和"隔"相近的是他推崇六朝散文家诗人庾信,他说六朝散文是乱写,这乱写不是一个贬义,是没有机心,随意挥洒。废名在《三竿两竿》中表达了这个意思。废名说:"中国文章,以六朝人文章最不可及。我尝同朋友们戏言,如果要我打赌的话,乃所愿学则学六朝文。我知道这种文章是学不了的,只是表示我爱好六朝文,我确信不疑六朝文的好处。六朝文不可学,六朝文的生命还在不断的生长着,诗有晚唐,词至南宋,俱系六朝文的命脉也。在我们现代的新散文里,还有'六朝文'。"废名所说的新散文里的六朝文是指他的老师周作人。周作人对抗桐城八股,表面是提倡晚明小品,其实周作人内在取法的是六朝,六朝文是拒绝载道的,走向形式美。周氏兄弟对六朝文的欣赏来源于章太炎先生,陈平原说:"章氏论文,讲求思想独立,析理绵密,故重学识而不问骈散。"(《千年文脉的接续》)鲁迅独尊嵇康,周作人偏好颜之推,均背离传统文人对于六朝的想象,与太炎师的选择不无关系。周氏兄弟不治经学、子学,对太炎先生之欣赏议礼之文与追求玄妙哲理,不太能够领略。鲁迅赞美的是嵇康之"思想新颖",周作人则欣赏颜之推的"性情温厚",只是在重学识而不问骈散这一点上,兄弟俩没有分歧:辨名实,汰华词,意蕴闳深,笔力遒劲,深得乃师文章精髓。1944年周作人在所撰《我的杂学》中曾表示"骈文也颇爱好",但不敢贪多,"《六朝文》及黎氏笺注常在座右而已"。可接下来的这段话,似乎颠覆了以上自白:"伍绍棠跋《南北朝文钞》云,'南北朝人所著书多以骈俪行之,亦均质雅可诵。'此语真实,唯诸书中我所喜者为《洛阳伽蓝记》《颜氏家训》,此他虽皆篇章之珠泽,文采之郑林,如

《文心雕龙》与《水经注》，终苦其太专门，不宜于闲看也。"

废名是周作人的四大弟子，深得周作人的嫡传，他取法的是庾信一路，"庾信平生最萧瑟，暮年诗赋动江关"。他的《枯树赋》《竹杖赋》《伤心赋》《小园赋》等，均为传诵名作，而《哀江南赋》则是其最具代表性的赋作。废名在《三竿两竿》中说自己师承庾信：

> 庾信文章，我是常常翻开着的，今年夏天捧了《小园赋》读，读到"一寸二寸之鱼，三竿两竿之竹"，怎么忽然有点眼花，注意起这几个数目字来，心想，一个是二寸，一个是两竿，两不等于二，二不等于两吗？于是我自己好笑，我想我写文章决不会写这么容易的好句子，总是在意义上那么的颠斤簸两。因此我对于'一寸二寸之鱼，三竿两竿之竹'很有感情了。我又记起一件事，苦茶庵长老曾为闲步兄写砚，写庾信《行雨山铭》四句，"树人床头，花来镜里，草绿衫同，花红面似。"那天我在苦茶庵，当下听着长老法言道，"可见他们写文章是乱写的，四句里头两个花字。"真的，真的六朝文是乱写的，所谓生香真色人难学也。

好一个乱写，这乱是人所始料不及，是新，是奇，是不合乎章法的创造。在《中国文章》里，废名又一次表达对庾信的敬意："读庾信文章，觉得中国文字真可以写好些美丽的东西，'草无忘忧之意，花无长乐之心''霜随柳白，月逐坟圆'，都令我喜悦。'月逐坟圆'这一句，我直觉地感觉中国难得有第二人这么写……中国诗人善写景物，关于'坟'没有什么好的诗句，求之六朝岂易得，去矣千秋不足论也。"废名对"坟"的文字的敏感也是一般人所不能达到的境界。他喜欢李商隐的两句诗："我是梦中传彩笔，欲书花叶寄朝云。"这是一种朦胧，也是对梦这种心理真实的依傍，也可以说是对自己在别人看来虚妄的坚持。他有一篇散文《陶渊明爱树》，一反陶靖节人淡如菊的模样，变得像老农在树荫下乘凉一样可爱和质朴：

> 《山海经》云，夸父不量力，欲追日影，逮之于禺谷，渴欲得饮，饮于河渭，河渭不足，北饮大泽，未至，道渴而死，弃其杖，

化为邓林。这个故事很是幽默。夸父杖化为邓林，故事又很美。陶诗又何其庄严幽美耶，抑何质朴可爱。陶渊明之为儒家，于此诗可以见之。其爱好庄周，于此诗亦可以见之。"余迹寄邓林，功竟在身后"，是作此诗者画龙点睛。语云，前人栽树，后人乘阴，便是陶诗的意义，是陶渊明仍为孔丘之徒也。最令我感动的，陶公仍是诗人。他乃自己喜欢树荫，故不觉而为此诗也。"连林人不觉，独树众乃奇，提壶挂寒柯，远望时复为"，他总还是孤独的诗人。

这是废名读书读出的妙处，树是人的影子，从这里我们看到了儒家的陶渊明，其实我们也看出了废名并没有忘世的一面，这样的文字是"所谓生香真色人难学也"。这生香真色既是指的文，更是指的人。废名平时的做派都有一股六朝气。"余识废名在民十以前，于今将二十年，其间可记事颇多，但细思之又空空洞洞一片，无从下笔处。废名之貌奇古，其额如螳螂，声音苍哑，初见者每不知其云何。所写文章甚妙，只是不易读耳。……废名在北大读莎士比亚，读哈代，转过来读本国的杜甫、李商隐、《诗经》、《论语》、《老子》、《庄子》，渐及佛经，在这一时期我觉得他的思想最是圆满，只可惜不曾更多所著述，这以后似乎更转入神秘不可解的一路去了。"（《怀废名》）在局外人看来，废名是十足的疯子，但废名是一种体认，做人与作文的体认。他的文字向来被人认为是晦涩的，其实晦涩就是他追求的"隔"和"乱"了，是对人们向来形成的阅读习惯的挑战和背离，是走向自己的内心。废名的散文是不易速读的，要品味咀嚼，才能知道他的隽永。

周作人在《中国新文学的源流》中说废名的作品"和竟陵派相似"，这也是通向废名文字深处的一个路径。竟陵派的代表人物钟惺，他的为人和废名暗合之处不少。《明史·文苑传》记载，钟惺"为人严冷，不喜接俗客，由此得谢人事"，谭元春也说钟惺"情深靖如一泓定水，披其帷，如含冰霜"，钟惺性格孤僻内向、深沉冷静，这和废名相像。钱谦益《列朝诗集小传》谓钟惺"好学问，通禅理，讲经世出世之法"。钟惺二十岁即开始诵佛经，并为佛事奔走疏募。四十九岁著《楞严如说》十卷，"以文士之笔代僧家语"。废名对佛学深有研究，与熊十力相互辩难，著有《阿赖耶识论》。废名提倡散文的"隔"，也看成是禅宗的"截断话头"。废名在《中国文章》中还说:"中国后来如果不是受了一点儿佛教影响,文艺里的空气恐怕更陈腐,文章里恐怕要损失好些好看的字面。"的确,废名的文章的调遣文字有佛经的影子,而他的心态更是有一种佛的寂寞。孙郁在《往者难追》中说:"读废名的文字,好似见一躲进深山的智者在自言自语,毫无市井里的温意。他的行吟清冷之中赂带肃杀,常见机智出奇之思,读了不禁暗自长叹。他喜欢独居于外,隐于山林之中。1927年之冬,先生居于西山一个破落户之家,曾草有短文数篇。他在山上整整待了五年,除与'苦雨斋'主人有所交往外,大多闭门独思。作者写乡间花草、墓地、人影、菱荡枣树之类,笔触凄寂,行文舒缓,玄学气与诗画气杂然相汇,其韵味不仅周作人所没有,后来的乡土诗人,亦少有与其媲美者。废名著述,专于宁静,在无声无息里探赜玄理,佛门的香火气,飘然而至。""五四"之后,文人多喜新学,关注时局,或以学术建设为己任,或以社会改良自塑人生。而废名却躲到世外苦思冥想,且写出《桥》《莫须有先生传》,不可不谓特异的人物。孙郁说的是废名的小说,其实废名的小说向来被人们看成散文化的文字,他的小说有很多自己的影子。

废名有一篇著名的散文《树与柴火》,篇幅不长,叙录如下:

> 我家有两个小孩子,他们都喜欢"拣柴"。每当大风天,他们两个,一个姊姊,一个弟弟,真是像火一般的喜悦,要母亲拿篮子给他们到外面树林里去拾枯枝。一会儿都是满篮的柴回来了,这时乃是成绩报告的喜悦,指着自己的篮子问母亲道:"母亲,我拣的多不多?"
>
> 如果问我:"小孩子顶喜欢做什么事情?"据我观察之所得,我便答道:"小孩子顶喜欢拣柴。"我这样说时,我是十分的满足,因为我真道出我家小孩子的欢喜,没有附会和曲解的地方。天下的答案谁能像我的正确呢!
>
> 我做小孩子时也喜欢拣柴。我记得我那时喜欢看女子们在树林里扫落叶拿回去做柴烧。我觉得春天没有冬日的树林那么的繁华,我仿佛一枚一枚的叶子都是一个一个的生命了。冬日的落叶,乃是生之跳舞。在春天里,我固然喜欢看树叶子,但在冬天里我才真是

树叶子的情人似的。我又喜欢看乡下人在日落之时挑了一担"松毛"回家。松毛者,松叶之落地而枯黄者也,弄柴人早出晚归,大力者举一担松毛而肩之,庞大如两只巨兽,旁观者我之喜悦,真应该说此时落日不是落日而是朝阳了。为什么这样喜悦?现在我有时在路上遇见挑松毛的人,很觉得奇异,这有什么可喜悦的?人生之不相了解一至如此。

  然而我看见我的女孩子喜欢跟着乡下的女伴一路去采松毛,我便总怀着一个招待客人的心情,伺候她出门,望着她归家了。

  现在我想,人类有记忆,记忆之美,应莫如柴火。春华秋实都到哪里去了?所以我们看着火,应该是看春花,看夏叶,昨夜星辰,今朝露水,都是火之生平了。终于又是虚空,因为火烧了则无有也。庄周则曰:"火传也,不知其尽也。"

废名这篇文章和他的很多散文一样,浸漫着佛学的精神。虚空的文字使人想起了色空的轮回,而"看春花,看夏叶,昨夜星辰,今朝露水"和"一切有为法,如梦幻泡影,如露亦如电,应作如是观"是多么的相似乃尔!废名散文很少有纯粹记叙性的作品,大多属说理议论的随笔体式。这些文章,虽是谈诗论文,虽是写古人,虽是序跋书札,但大都文字跳宕、幽峭独僻。

  废名为人有奇气,他是否是鲁迅所说的"敢于抚哭叛徒的吊客,敢于单身鏖战的勇士"?他曾赠周作人一联:"微言欣其知之为海,道心恻于人不胜天。"这触动了周氏心底的波澜,认为"废名的赞美虽是过量,但他实在是知道我的意思之一人"。当废名获悉周作人在北平做了汉奸之后,仍以"君子居之,何陋之有"送之,废名还为周作人开脱,真有点爱屋及乌,把老师的一切看得如此完美,不免糊涂。1946 年,废名从故乡返回北平的途中,还专程前往南京老家虎桥监狱探望周作人。中华人民共和国成立后,原先与周氏有过从甚密的人忙于脱自己犹恐不及,而废名却仍然与他保持往来。在周作人一家难以维持生计时,他还往周家送米送煤。这是佛的慈悲还是狂狷?

  废名的散文,是根植于佛学的,他文字的简净,可以看出佛经的痕迹,他从庄子、庾信、李商隐处得来许多,这一方面是思索行文的方式,再就是语言的营造。

  废名的散文很少写当时，即使写，也是很淡，他用自己的心来统治一切；废名的散文的思维或是语言不是线性的，他是缠绕的，把现实和心灵和历史与感悟都煮到一起，以大脑为鼎镬，以血肉为薪炭，冶炼出独异的生香真色；废名的文字是一意孤行的文字，这文字少，这样的人也少。

旷代的忧伤与小众名单

一、旷代的忧伤

时间淘洗,什么留下?无边的散文如过江之鲫,泥沙俱下,四十年,一个节点,从1978年到2018年。

散文家林渊液在《散文经典化困境与文体再认识》一文中,谈到散文的经典化困境:"有着经典化诉求的散文写作,几乎可以肯定的,必须拥有前瞻性和叛逆性。"林渊液他们有个阅读社日的沙龙,要选择一个散文篇目,林渊液说:

散文阅读的分享篇目,我选择的是耿立、刘军、玄武等三位作家、评论家推荐的"旷代的忧伤"改革开放以来四十年四十篇散文篇目,包括汪曾祺、巴金、孙犁、张承志、史铁生、杨显惠、林贤治、王小波、冯秋子、韩少功等识见与才具兼得的大家之作,也包括周晓枫、祝勇、张锐锋、余秋雨、龙应台、柏杨等在文体推演中成为专业圈焦点,或因时代原因以至接受美学演变而进入大众视野的作家作品。我基本上认同这种坚持与妥协,只补充了一位作家的作品,筱敏的《羊的社会与宿命》,凑成了四十一篇。

这四十年四十篇散文清单如下:

1. 巴金《怀念萧珊》;2. 郑义《教皇的素棺和人类的五只水晶

棺》；3. 高尔泰《寻找家园》；4. 杨小凯《牛鬼蛇神录》；5. 杨显惠《定西孤儿院纪事》；6. 林贤治《旷代的忧伤》；7. 钟鸣《人界·畜界》；8. 朱学勤《愧对顾准》；9. 王开岭《精神明亮的人》；10. 龙应台《目送》；11. 余杰《火与冰》；12. 北岛《父亲》；13. 张锐锋《别人的宫殿》；14. 余秋雨《风雨天一阁》；15. 贾平凹《商州初录》；16. 王小波《一头特立独行的猪》；17. 塞壬《悲迓》；18. 毕星星《我不如不识字的母亲》；19. 廖亦武《沉沦的圣殿》；20. 夏榆《暗夜的诵读》；21. 车前子《明月前身》；22. 冯秋子《我跳舞因为我悲伤》；23. 于坚《火车记》；24. 杨绛《干校六记》；25. 刘亮程《一个人的村庄》；26. 柏杨《丑陋的中国人》；27. 汪曾祺《葡萄月令》；28. 史铁生《我与地坛》；29. 张承志《清洁的精神》；30. 周涛《巩乃斯的马》；31. 阿城《威尼斯闲话》；32. 周晓枫《你的身体是个仙境》；33. 野夫《江上的母亲》；34. 孙犁《乡里旧闻》；35. 王鼎钧《关山夺路》；36. 刘小枫《记恋冬妮娅》；37. 祝勇《再见马关》；38. 蒋蓝《布告的字型演变史》；39. 刘烨园《自己的夜晚》；40. 韩少功《夜行者梦语》。

推荐散文名单是在2018年年底，小众文学网站创办人玄武，约请河南大学散文评论家刘军（笔名"楚些"）和我共同推荐"旷代的忧伤：改革开放以来四十年四十篇散文"。这是一份有独特审美评价的散文名单，不中庸，以文本价值和社会价值来作为评判标准。在评选过程中，我们三人多次交流争论，最后以投票推出。我曾这样说这次的评选：

> 这个四十年四十篇（部）散文，是我心中的，我的阅读的印记和痕迹。这里面是我的散文的志趣和审美标准，但，也有随众或者流俗的因子，中国人向来是强调风骨，我也尽量把标准往人与文的一致性上靠，少些分裂，但又照顾散文的审美的演进，文本的演进，于是一些不因人废文的作品也进入；我的阅读向来芜杂，散文的边界也成了无界。我的散文的标准是精神性第一，然后是趣味。
>
> 选四十篇，为何不是三十九或者四十一，是因为这个年代的节点，其实这个单子，我私下认为再少个十篇八篇或者多个十篇八篇，

都不能改变这个有着水分的单子,我的妥协和标准的混乱在这个单子里十分明显。

按我的本意,我是想多选些异质化的文本,少些同质化的文字与似曾相识。也因一些别的原因,我舍弃了几篇独异的文字,但我觉得历史还会把他们打捞出来。

这里面有我的坚持,也有我的妥协。

从这段文字可以看出我的标准是精神性和趣味,强调风骨。

而评论家楚些则这样认为本次采编的四十年四十篇散文,基本立场为重识见而轻情采,除此之外,文本的文学史意义作为一种补充,也被纳入考察机制之中。四十篇作品主要面向新时期以来华语散文的佳作,因此收录了台湾及海外华人的作品,而名声在外的董桥与余光中,楚些则认为他们文本的筋骨尚属偏软的类型,未加收录。

评论家楚些也是以风骨为主来选择散文,"左思风力,建安风骨,中国社会转型的四十年,无风骨者,何以谈兴寄"。

这份清单在网站推出后,引起很大的反响,这也证明了这个名单的价值。玄武说:"人们不满于文学官方许多年对散文认识的无知、以职位而定文学排行榜的无耻、附和读者和误导读者的庸恶,已经很久了。"

这个改革开放以来四十年四十篇散文篇目,有着独特的民间意味,是三个推选者的审美判断的最大公约数,这里面有各自的坚持,也有各自的妥协,克服了个人的偏狭,如玄武所说:"四十年散文的评选结果,也列入了我最反对和不齿的二人,比如余秋雨。我个人仍然反对之,但同意名单,这首先是我对友情的态度,其次是做事必须得忍让,我认为忍让是对的。"

我认为,这个散文篇目以风骨为主,但也不要因人废文,比如,余秋雨,虽然他的人与文争议大,但必须承认,他的文化散文,是改变散文创作流向的大事件。他把散文从软的抒情式的小情调,引向了文化反思,增加了散文的智性,拓展了散文的表现空间。

但这份清单也有遗珠之恨,比如散文家筱敏,有读者在这份清单下跟帖说,"无论是从散文的精神指向,历史的反思,还是成熟而精致的文本意识,以及汉语言的审美特质等诸多方面",应该有筱敏的位置。

这份散文清单对当代散文来说，并不是盖棺论定。所谓的经典化，是一个动态的过程，不知经过多少年的时间淘洗，才最终固定下来。起码，我们对这些作品的评价，要有史的纵的维度，和历史上的那些作品、作家做比照，再是全球化的视野，同一时间维度的那些国外的作家、作品。而这里有个难度，外国没有像中国的散文这样的一种文体，但有近似的，叫 essay，也有非虚构类。

这份清单所包含的史的脉络、文本价值、精神含量，还是应该仔细辨析。留下一份时代的记录。

二、史的脉络

先看史的脉络。1978 年到 2018 年，这四十年的散文创作的基本路径，有个纵的梳理，这是整个名单的基础，这只是一个物理的时间线。《怀念萧珊》，巴金先生的这篇散文连载于 1979 年 2 月 2 日至 5 日香港《大公报》，这是巴金先生获得新生后，撰文怀念在特殊年代逝去的爱妻萧珊。这却是巴金的自责文字，在那个特殊年代，一个男人不能保护弱者，不能保护妻子，妻子临死时不在身边。在这篇文章中，巴金一次次忏悔，作为一个男人没有尽到做丈夫的责任；而写萧珊，一个女性，本是弱者的她，是哪里来的勇气不怕凌辱的抗争？奋不顾身替丈夫挨打，承受身心的折磨，这力量来自哪里？为丈夫不惜甘愿背负"臭婆娘"的罪名。

而祝勇的《再见马关》则是发表在 2015 年，这是一篇伤国式的文章，以李鸿章在春帆楼与伊藤博文签订《马关条约》为焦点，对历史进行反思。一个蕞尔岛国竟然打败了古老的泱泱大国，大国主权沦丧割地赔款，我们为晚清的国运叹，为日本的奸诈忿，为李鸿章的裱糊匠悲，《马关条约》的签订，使李鸿章"七十老翁，蒙汉奸之恶名，几有求生不得，求死不能之势"。李鸿章在马关被日本浪人打了一枪，正中面颊，血流如注，但李鸿章没死，他用这一枪把赔款三万万两白银换成了二万万两，并让日本放弃了辽东半岛，当他拿着染血的黄马褂回国呈给慈禧太后时，太后只是一笑，说："难为你了，还留着呢。"这是一篇复原历史现场的文字，以同情和理解来解读那段历史。

关于史的脉络，不只是1978年到2018年的四十年，还有很多篇散文还原民族的经历和节点事件。这一散文名单，虽是四十年散文创作实绩的演进展示，这是从纵的创作跨度而言，但在具体文本中，又有着深广的历史书写。比如，可以看到无论是王鼎钧的《关山夺路》、杨显惠的《定西孤儿院纪事》，还是杨绛的《干校六记》、杨小凯的《牛鬼蛇神录》散文集，这些散文，都是某段特定历史的文字碑石。这些文字，无论战火纷飞，还是饥荒遍野，无论人鬼颠倒，还是斯文扫地，都能作为见证和在场，被人阅读和铭记。

史传散文一直是中国散文的大宗，不虚美、不隐恶的实录，贴近现实、关注社会，有担当的史传精神，一直是散文家所追求的目标，但有些散文却借助所谓的文学性穿越、戏说。

王鼎钧的《关山夺路》写了20世纪40年代末的国民党军队的溃散。王鼎钧被誉为"一代中国人的眼睛"，《关山夺路》是其用血泪和生命写成的文字。王鼎钧是从血水里蹚过的，是从死人堆里爬出来的。抗日战争时，他是流亡学生，从山东兰陵一路流落到大后方；解放战争时期，他先是国民党宪兵，后做后勤人员，目睹了国民党军队在东北战场的溃败，后被解放军俘虏；被遣返后，又随国民党军队败退台湾。晚年，又移民美国。他说："我写《关山夺路》，使用了我等待了一辈子的自由。"

《关山夺路》不是自传，是一个时代的记录。王鼎钧说："我不是写自己，我没有那么重要，我是借自己的受想行识反映一代众生的存在。希望读者能了解、能关心那个时代，那是中国人最重要的集体经验。"

而杨小凯的《牛鬼蛇神录》则是一本特殊年代的以十分独异的视角写出的众多人物的肖像画；这书是杨小凯1992年写成的，英文版名字叫《囹圄中的精灵》。杨小凯作为一个囚徒，以别人没有的体验，忠实在场地还原那特殊年代的人、事，书中牵扯人物二十多个，有小偷、杀人犯、强奸犯、扒手、投机倒把之人、政治犯，这些人身份有的是作家、工程师、教师、干部，也有国民党的旧官吏，但这些人物在杨小凯笔下，一视同仁，形神毕现，惟妙惟肖。杨小凯对《牛鬼蛇神录》的前言中的夫子自道："即使我在世时，此书被人遗忘，但却自信'一定会身后成名'。"

《定西孤儿院纪事》通过对大饥荒中幸存在定西孤儿院的孤儿的叙述，将曾经存在、曾经发生在这土地上的饥饿与死亡的惨剧，用文字固定下来。这里有憾人的细节、有不忍逼视的故事、有令人唏嘘的生离死别，因为杨显惠，使那场灾难变不再是模糊和遗忘，直面而书，直面历史，这文字是有骨的。这一切，使那些肉麻和轻飘的文字遁形，历史的公正在此。这样的文字，注定会成为碑石，会永久作为经典而被记忆流传。

廖亦武《沉沦的圣殿》、野夫《江上的母亲》、孙犁《乡里旧闻》、刘小枫《记恋冬妮娅》这些散文，所透出的也是某些历史片段的人的生存状态。

中国人先来有写史的传统，但历史往往是被人打扮改写的。作为散文的历史书写，它既要写曾经发生的这些，这是历史事实，更要写人心的深处，写出当时人的思想状态情感状态，这样的散文才是好的文本。

"冬妮娅只知道单纯的缱绻相契的朝朝暮暮，以及由此呵护的质朴蕴藉的、不带有社会桂冠的家庭生活。保尔有什么权利说，这种生活目的如果不附丽于革命目的就卑鄙庸俗，并要求冬妮娅为此感到羞愧？在保尔忆苦追烦的革命自述中，难道没有流露出天地皆春而唯我独秋的怨恨？"刘小枫的《记恋冬妮娅》是一代人的温情记忆，也是一代人的精神切片，这一代人成长在精神养料极度匮乏的"文化大革命"时期，那《钢铁是怎样炼成的》的冬妮娅就成了人们初恋情人的担当。在小说中，冬妮娅是被谴责的对象，但谁能剥夺那个时期刘小枫们对冬妮娅的人格的痴迷和对女性的依恋？在那个特殊年代，温情是被压抑的，但刘小枫说："我很不安，因为我意识到自己爱上了冬妮娅身上缭绕着蔚蓝的贵族气质，爱上了她构筑在古典小说呵护的惺惺相惜的温存情愫之上的个体生活理想……保尔没有理由和权利粗鲁地轻薄冬妮娅仅要求相惜相携的平凡人生观。"刘小枫此文，是对人性的透视和体察，这是人的精神需要和肉体需要。

刘小枫的《这一代人的怕和爱》被认为是一代人的精神证词，我们可以看到那代人的精神世界，人们也把刘小枫、朱学勤等看成学者散文的代表。

三、文本价值

关于文本价值，我觉得，一是从文体的创新来说，二是内容的择取，有丰富的信息量来说。

一篇好的散文，应是有生命的，活着的文本，这是它的艺术魅力的所在，也是一直被阅读、被汲取，不可忽略，让人常读常新的文本价值所在。文本价值是说这文章有丰富的阐释的可能性，好像没有边际，不定于一尊，是开放的，在读者那里还是生长的，有生命的，让读者参与的。

散文文体，在文本创新方面，一直滞后于小说、诗歌和戏剧。散文从传统来，就像书法，有时需要在传统的根基上创新，比如杨绛《干校六记》，这是借鉴沈复的《浮生六记》的形式写完的一本薄薄小小又大大的书。1969年11月，钱钟书等文学研究所成员先后被下放到干校河南罗山。《干校六记》收录《下放记别》《凿井记劳》《学圃记闲》《"小趋"记情》《冒险记幸》《误传记妄》六篇散文，记述了杨绛与钱钟书等人被下放到河南息县、明港干校期间的生活。

杨绛先生的笔不动声色，用平淡的语句，写出动人的篇章，流露最真的情，且杨绛用一种冷幽默，写出干校和动乱年代的各种背离常情、荒唐荒谬的事件，即使写离别，杨绛的笔也是压着写。钱钟书是下放到先遣队，送别钱钟书的有杨绛和女儿、女婿；而杨绛下放时，就只有女儿一人送她，女婿得一因为不想捏造名单害人，含恨自杀。火车驶动后，车窗外已不见女儿的背影。杨绛说："我又合上眼，让眼泪流进鼻子，流入肚里。"

哀而不伤，怨而不怒。不动声色，却自有一番凄风苦雨的波澜。但钱钟书先生的一篇小引，却是有骨有刺，发人深省，和杨绛的冷静形成巨大的反差：

>在这次运动里，如同在历次运动里，不少不了有三类人。假如

要写回忆的话,当时在运动里受冤枉、挨批斗的同志们也许会来一篇《记屈》或《记愤》。至于一般群众呢,回忆时大约都得写《记愧》:或者惭愧自己是糊涂虫,没看清"假案""错案",一味随着大伙儿去糟蹋一些好人;或者(就像我本人)惭愧自己是懦怯鬼,觉得这里面有冤屈,却没有胆气出头抗议,至多只敢对运动不很积极参加。也有一种人,他们明知道这是一团乱蓬蓬的葛藤账,但依然充当旗手、鼓手、打手,去大判"葫芦案"。按道理说,这类人最应当"记愧"。不过,他们很可能既不记忆在心,也无愧怍于心。他们的忘记也许正由于他们感到惭愧,也许更由于他们不觉惭愧。惭愧常使人健忘,亏心和丢脸的事总是不愿记起的事,因此也很容易在记忆的筛眼里走漏得一干二净。惭愧也使人畏缩、迟疑,耽误了急剧的生存竞争;内疚抱愧的人会一时上退却,以至于一辈子落伍。所以,惭愧是该被淘汰而不是该被培养的感情;古来经典上相传的"七情"里就没有列上它。

这小引寥寥数语,写了运动时期少不了的三类人,也写了钱先生为自己的怯弱感到惭愧,而那些充当旗手、鼓手、打手们更应对其行动带来的损害感到惭愧,但这些人会惭愧吗?钱钟书是洞察人性的,惭愧的情感不但使人健忘也使人畏缩,古典的七情里是没有它的位置的,现在更没有它的位置。

钱钟书在书前小引里说:"记劳,记闲,记这,记那,那不过是这个大背景的小点缀,大故事的小穿插。"但我们从杨绛先生的那些自甘于小的讲述里,看出的是对苦难的另一种书写,有归有光的味道。

而我们讨论汪曾祺的散文,他的散文与他的小说区别不大,与他的绘画也区别不大,他的散文是笔记小品的风格,《葡萄月令》的价值就是小品画。你看他的开头:

一月,下大雪。
雪静静地下着。果园一片白。听不到一点声音。
葡萄睡在铺着白雪的窖里。

大道至简，汪曾祺先生此篇散文的开头是一种画意、一种水墨的境界，逸笔草草，写不出的比写出的还多，这就是大师，一接触这样的文字，你整个身心就会宁定安妥。一个小小的葡萄，汪曾祺一月一月写来，从容专注，那文字的俭省，真是有晚明归有光的风致，也如西方的冰山风格，以少胜多。这和中国水墨画技法相同，计白当黑，不要铺陈，不要八分之八，而只要八分之一。冰山风格还有的意涵就是"经验省略"，省略的是我们可以凭自身的生活经验填充与想象的部分，这种经验省略能极大地扩大读者参与的空间，让读者凭借自己的人生体验去补充、去完善。

余秋雨的散文，在讨论时，有的朋友不同意进入四十篇名单，我是坚持一定要放余秋雨的，我中意的是他的另一篇《一个王朝的背影》，无论怎么说，都不要忘记，是余秋雨把散文从短小的抒情的杨朔和知识小品文的秦牧的带入了一种文化散文的新境地。

孙绍振先生说：

> 在余秋雨出现以前，虽已经从"文化大革命"期间那种假、大、空里解放出来了，但是，到80年代，主流还是抒情散文，杨朔和刘白羽的诗化抒情模式仍然束缚着想象，大多数作家对滥情潮流虽然不满，但仅仅是不满而已。同时，世界散文、世界诗歌、世界戏剧、世界小说已走向了冷峻的审智，抑制抒情成为主流。而中国当代的散文正面临着发展的瓶颈。作家们遵循巴金所说的"讲真话"写散文，但是，"讲真话"只是一种社会的、政治的同立场，并不涉及艺术的追求。艺术是一种逼真的假定，脱离艺术特殊规范的"真话"可能变成粗俗的大实话，不但不见得就是真理，弄不好，真话其实是流行的话语，反而容易压抑了自由的话语。真话不是放在盘子里可以任意取得的，余秋雨一再宣言：散文的写作当作是文化人格的深度建构和升华。应该补充的是，这不但是一个人格建构的过程，而且是一个群体话语的突破和建构的过程。

孙绍振先生的话，是符合散文创作历史真相的。余秋雨之前，中国散文几乎走入了死胡同，很多声音取消散文文体，散文的存在都有了困难，这个时候，余秋雨的《文化苦旅》出来了。记得当时余秋雨散文在《收获》杂志连载时，我曾每篇都复印下来，反复诵读。余秋雨的作品总是贯穿着一种严肃的智性精神与深刻的文化批判的意念。世间的学者分两种，一种如王阳明、黄宗羲，身处忧患，伤古悲今，关心国计民生；另一种如周作人、林语堂，以学问自娱，青灯黄卷，闭户读书以到终老。一类为担当拯救，一类为浮世逍遥，无疑余秋雨属于第一类。日本大作家川端康成曾谓，"入佛界易，进魔界难"。余秋雨作为一个现代知识分子，他深入山水、深入历史文化，用智性拿起文化反思的武器，对民族及历史进行评说。所谓"苦旅"之苦，当不只指旅途的劳顿艰辛、何其臭的袜子，也有内在的忧郁与震颤在吧？艾青说："为什么我眼里常含泪水，因为我对这土地爱得深沉。"可谓知之甚深的"苦"的另一释义。

高尔泰的《寻找家园》，是一本代表当代汉语高度的散文，其文字之音韵美、节奏美、图画之美，有古文之醇。这是一本在流亡之途写就的书，一本书即是一生，作品宽博浑茫，这文字就是历史的碑石，是对历史真实的叙写，更是以一个美学家、哲学家和画家乃至心理的猎手对人性的揭示。时间过去了，我们可以通过这些历史的碎片，复原那些历史现场，看出历史的荒谬，也看出一些人的下作、卑鄙，也看出一些人的高贵、不屈，乃至殉道。

这文字干净，无杂质，又有冷峻地直击人心，"美是自由的象征"，自由精神是高尔泰的信奉，他的文字，在当代，得到了很好的回应，美是不死的。在序言中高尔泰写道：

> 想不到《寻找家园》前两卷能在大陆出版。想不到虽然经过审查删节，还能得到那么多陌生的知音。特别是，年轻一代的知音。"自由鸟永不老去""来自另一个世界的孩子"……都是莫大鼓励。最使我感动的是余世存的两句话："原来高尔泰就是我呀，或者说我们都是高尔泰。"奴隶没有祖国，我早已无分天涯。集体使我恐惧，我宁肯选择孤独。在流亡十几年之后，听到遥远故土新生代的这些话语，好像又复活了一个，已经失去的祖国。

高尔泰的散文，是当代散文的收获，是一座奇峰，用他评价徐晓的

《本生为人》里的话，就是："鲁迅无碍于韩愈，海子无碍于李白。文学的领域是孤峰的森林，里面没有巨人的肩膀，只有或大或小永远并存的孤峰，哪怕只是一首诗、一则寓言、一篇散文，作者佚名。只要真好，且与众不同，都可不朽，成为永远的孤峰。"

高尔泰寻找的家园，毋宁是有那个文字筑建的文字家园，它"沉重如山，灵动如水"。

刘烨园是有独特艺术个性的散文文体追求者，他的散文有着鲜明的异质性，他提倡新艺术散文，他说：

> 它（新艺术散文）不仅融汇了象征、隐喻、诗象、魔幻、意识流动等等手法，而且汲取了现代音乐、绘画、建筑、小说、诗歌甚至大自然的原始气息等诸多的艺术新启示。它打破了"形散神不散"的套数或者在重新给"形"和"神"下定义（比如说内在的情绪是不是"神"，当今无思想无主题的心态能不能付诸散文等等）；它不再仅仅是现实的阐述和"轻骑兵"，已经大量地进入了想象、虚构和组合；它不再"完整"、明晰，变得更主观、更自我、更灵魂、更内在，也更朦胧、更支离破碎；它更重意象和内韵，更多元、更立体、更质变、更有挣脱感，不再水墨画油画小号长笛二胡柳琴萨克斯管，不再可以一、二、三地归类为游记、哲理、抒情、描写、叙事、小品、长赋、笔记，甚至难以说清它到底该叫什么。

他的散文提倡新艺术散文的实践和实证；他的语言似独语，提倡诗像；他隐晦、桀骜，受鲁迅《野草》启发；他是一个苦思的散文家，不轻易下笔，对自己的语句反复雕琢；他的散文是自己的生命体验和生命关怀，他要求自己的作文一定要与现实血肉、生命感觉相关。刘烨园的《自己的夜晚》发表于1988年，这是他反叛杨朔、刘白羽、秦牧后的作品，就像在《自己的夜晚》中所说："我明白自己该干些什么了。"

夜，是刘烨园在散文中常使用的意象，他很多的散文题目里都有"夜"字，我们可以把夜看作一个既实在又虚幻的存在，是时间上的，更是自然空间和物理空间上的。"对于我，自己的夜晚也许仅仅是一种习惯。但我需要它，就像我绝不想人到中年万事休一样。"因为在这样的夜晚，刘烨园觉得精神的来去总是那么孤独。然而，人的力量也就在这里。

在文章中刘烨园想表达的是，自己的夜晚，就是自己的精神的领地，他永远不会和这样的夜告别。永远不会。

周晓枫、张锐锋是新散文的代表，他们不愿自己的散文重复旧的散文模式，而是向传统的散文发起挑战，进行跨文体的写作和探索。张锐锋认为："散文不仅是一种文体，更重要的是一种人类思维方式。它是哲学的、逻辑的、推断的、预言的、寓言的和想象的……我们只有借助想象，才能抵达对象的奥秘。"在张锐锋看来，新散文的意义在于：推翻了散文的预设、颠覆了散文的观念、改写了散文的定义、丰富了散文的形式、增加了散文的复杂度、运用和借鉴了其他文学体裁的表现方式、提升了散文的位阶。

而周晓枫更是"希望把戏剧元素、小说情节、诗歌语言和哲学思考都带入散文之中，尝试自觉性的跨界"。

从周晓枫《你的身体是个仙境》和张锐锋《别人的宫殿》这两本书都可看出，他们的散文在变现的手段方面，就是一种跨文本的写作，其实评价周晓枫最好的应该是张锐锋，他说：

> 许多评论家认为，周晓枫是一个修辞迷恋者，语言的狂热从本质上来自她对童话的狂热，同时她也拥有与之相称的机警、幽默和充溢着智性的非凡创作禀赋。"语词是内在鸣响"，康定斯基在《艺术的精神》一书中认为：艺术地使用语词，不仅可以导致内心鸣响的声音升高，还可以表现出这个词汇其他未知的精神特质。正是这种"语词的内在鸣响"和单纯的规避了经验中繁杂、暗淡和冗长沉闷的内容，并别除了纯洁的灵魂上附着的污垢，才缔造了周晓枫散文的童话气质和写作精髓。

张锐锋看出了周晓枫散文的机警，她的语言狂热，她的词语，就是内在的鸣响，这是她的内心，是她精神和灵魂的附着。周晓枫的散文是一种有难度的写作，她对修辞的迷恋，把她的散文语言的艺术推到一个很高的境界，词必己出；她的语言密度大，文字繁复，有汉赋的因子。

夏榆和塞壬则代表着散文的在场性写作，他们多是从社会底层入手，从现实性入手，和一般的散文多从回忆起手式不一样；他们的文章诚挚，细节饱满，有故事性，所叙人物命运跌宕，写底层的苦难，文字有着血泪的浸泡。夏榆的文章，多是写煤矿八百米深处的生活，那是黑暗中的生存；而塞壬的散文的社会底层，何尝不是一种地下八百米的生存。他们的写作，如果用一个颜色词，就是黑暗。

但黑暗不是一个贬义词，这黑暗毋宁是一种意象和象征。林贤治说："书写黑暗乃是最高意义上的写作。"夏榆自己也说："黑暗并不是在光线沉陷之后的颜色。黑暗是我们被蒙上双眼的时候所见的颜色。黑暗还是我们遭受苦痛和不幸时候的颜色。……黑暗使我看清楚自己，也看清楚世界。"无论是塞壬的《悲迓》还是夏榆的《暗夜的诵读》，都是这种黑暗写作的一个代码，生活中晦暗不明的区域，那些人和事，在这种书写中得到了显影。

周涛，也是四十年散文发展绕不开的人物，他和刘亮程，作为偏远边地的散文家，对当代散文写作都有推动作用。

周涛散文诗性，豪放雄浑，有浪漫之态，大开大合，崇尚自由，这和边塞的风景一样奇异。周涛的散文不小气阴柔，有男子汉的阳刚之态，无论是巩乃斯的力与美的马，还是辽阔高天的鹰和草原的雨，还有笔下的长城、蠕动的山脊、秋天的风景，当得起姚鼐所说："其得于阳与刚之美者，则其文如霆、如电、如长风之出谷，如崇山峻崖，如决大川，如奔骐骥。"

刘亮程的散文《一个人的村庄》，有的人说与其说刘亮程是乡村哲学家，不如说刘亮程是乡村梦想家，他的乡村，是长在梦里的。刘亮程后来有篇夫子自道式的文章《向梦学习》，说出了《一个人的村庄》的秘密：

> 《一个人的村庄》是一个人的无边白日梦，那个无所事事游逛在乡村的闲人，是我在梦里找到的一个人物。我很早注意到，在梦里我比梦外悠闲，我背着手，看着一些事情发生，我像个局外人。我塑造了一个自己，照着他的样子生活，想事情。我将他带到童年，让他从我的小时候开始，看见我的童年梦。写作之初，我并不完全知道这场写作的意义。我只清楚，回忆和做梦一样，纯属虚构。

这样的梦是对记忆的改写。刘亮程的乡土，就如后来的他的一部书的名字：虚土。在《一个人的村庄》里，你看不到苦难，他说："我的童年遇到了不幸。父亲在我八岁时死去，那是'文化大革命'后期，母亲带着五个孩子艰苦度日，我是家里的老二，我大哥那时十二岁，最小的妹妹不满一岁。这样的童年谁愿意回忆。可是，《一个人的村庄》里看不到这些苦难。"

所以说《一个人的村庄》是幻想的，是梦的，是对童年的改写，记忆的改写。

龙应台的《目送》，是可以和朱自清先生《背影》对照阅读的文章，如果把《目送》的同名书也算进，那更是对各种亲情：父母、兄弟、子女和各色人等的目送。

"火葬场的炉门前，棺木是一只巨大而沉重的抽屉，缓缓往前滑行。没有想到可以站得那么近，距离炉门也不过五米。雨丝被风吹斜，飘进长廊内。我掠开雨湿了前额的头发，深深、深深地凝望，希望记得这最后一次的目送"，这是目送父亲，在死的大限来突显生的意义。那集子里写暮年的母亲，读之令人泪目，"她手背上的皮，抓起来一大把，是一层极薄的人皮，满是皱纹，像蛇蜕掉弃置的干皮"——这是失忆的母亲，不再年轻的母亲。龙应台写自己与失忆的母亲相处，陪她散步，领她回老家，帮她修指甲，替她梳头……这是一个个的目送。龙应台说："选《目送》做书名是说，人生走到一个阶段之后，是四顾苍茫了，唯有目送。"

目送，就是面对一个个背影的消失，背影是人的另一张脸，这脸可以稚气，可以沧桑，可以读出岁月流年，可以读出春花灿烂。朱自清的背影无疑是苍老的，这个普通的背影，一下子成了民族的感情代码；余秋雨在《艺术创造工程》中分析背影，探讨了背影感人的秘密，不在以情为经，不在哀婉的文字符号。余秋雨说出的一个答案是，在情感和文字中间，有一个中介结构，就是情感的直觉造型：父子的情感都浓缩在这个直觉造型里。也颇像苏珊·朗格说的生命间的"投影"，背影是一个"有意味的形式"。

龙应台的目送，给出的是人性的悲悯，当你经历生死，或许感觉到的不是可怕，而是无力。一种面对自然的无力感。这才是人生的真相，是我们无力的真实的实在。

车前子的散文，有晚明文人的气息，讲究闲笔，他的散文追求荡漾，"只有闲笔才能让散文荡漾起来。好的散文，就是'荡漾'二字"。他的散文有很高的辨识度，灵动有古风，他对文字敏感，结构也不讲规矩。车前子说："写文章不怕不通，只怕规矩，一规矩，就一个字'死'。出其不意者生，循规蹈矩者死。"

规矩是人定的，无力老实的为文者守规矩，而有力者，则立规矩，为散文立法。

钟鸣的《人界·畜界》不做散文孝子，而是散文的"逆子"，专做怪力乱神，人神鬼怪，笔记野史，旁征中西，东方西海纳入笔下，是叛道和异端，有玄思玄想。这是一本有趣的书，在国人缺乏幽默细胞的世界里，给人以会心。

你看钟鸣笔下：

骀牙：雪白硕大无朋的牙，整齐划一。其状如麋，呼吸栎树稀少的气味来维持生命，可抽身入树几百年。有骀必有归顺者。

貘猥：盼着它的复生，并到未来世界吃铁。以铜铁为主食，摧枯拉朽无所匹敌，碎石砾金的舌头被烧烫的石头一砸便一命呜呼。须臾能吃掉数十斤铜铁，唯一的消化方式，黑色皮毛变得温暖，尿液竟也消铁为水。

虹：女人的古典赧颜，濒临灭绝的气氲动物。出没无常，喜阴阳不和的混乱心境，真名玄霞兽，意阳攻阴，与霓相反。

巨灵：猰貐，吞噬视觉、听觉、味觉无法感知的东西，吐纳须臾。

风精：风生兽，元素精灵。脑汁与菊花一起服用可活五百岁。拉丁名Sylphers，用来形容清癯的淑女。

果然、福禄、树皮兽，都被人类逼绝了的兽。

鲛人：把珍珠藏于眼睛中。孤单、伤心就坐在岩石上落泪，眼泪一溶入海水便成了珍珠。他们越伤心，珍珠就越鲜活光洁，人们越的幸灾乐祸。

这是《聊斋志异》还是《阅微草堂笔记》？但更应该看作当代散文的《玄怪录》，钟鸣吊起了我们的阅读兴趣和阅读期待，这是一种有着问题意识的人文随笔。

贾平凹的《商州初录》可看作笔记体的散文，里面有小说的影子和沈从文《湘西散记》的影子，它是商州的地理、风俗、风情的展示，是柴米油盐的乡民的展示，表现了商州这片土地奇异的山水和独特人文。

四、精神含量

精神含量或者称为精神性，它应该包含什么？思想独立？精神独立？在散文中，给出的是思想？还是对历史的反思，现实的疑惑，或者是独立的见解评判？

丁帆曾说：

> 我认为好散文在"介入当下"时，要完成的几个基本要素是：技术层面的审美性，其中包括语言、风格、结构、技巧、幽默……诸多的艺术化处理；更为重要的是，当一个作家已经具备上述"手艺"后，他还能否占有更深刻的思想资源呢？要有居高临下、高屋建瓴式的，对其描述和论述的对象进行俯瞰的气势，除了作者深厚的人文素养和史实的积累以外，恐怕就是"史识"和"胆识"了。

丁帆在这里提出的思想资源、人文素养，是精神性的基础，而精神性的表现和含量，则依赖识见和胆量，这里面就有风骨的含义在焉。

这次四十年四十篇散文的遴选，我、楚些、玄武都提到"风骨"这个词。我的标准是精神性和趣味性，强调风骨。楚些说："名声在外的董桥与余光中，回头重看，其文本的筋骨尚属偏软的类型，故未加收录。左思风力，建安风骨，中国社会转型的四十年，无风骨者，何以谈兴寄！"玄武则将扼杀个性和人的自由的，几视为仇雠，内在还是强调风骨。

散文的精神含量是宽阔的话题，从风骨谈散文，则相对容易。这四十篇散文，有的是从文章本身具有的风骨来说，有的则是以人有文人风骨来选文。比如，孙犁先生，《乡里旧闻》是他的故乡旧事旧闻、童年漫忆，好似离文章风骨很远，但孙犁晚年很多的文章是老辣纷披，对世事鞭挞和批评，其人是有文人风骨的。孙犁曾手书《秦少游论文》赠铁凝：

> 采道德之理，述性命之情，发天人之奥，明死生之变，此论理之文，如列御寇、庄周之作是也。别黑白阴阳，要其归宿，决其嫌疑，此论事之文，如苏秦、张仪之所作是也。考同异，次旧闻，不虚美，不隐恶，人以为实录，此叙事之文，如司马迁、班固之所作是也。

铁凝回忆孙犁说："孙犁先生对前人的借鉴沉着而又长久，他却在同时'孤傲'地发掘出独属于自己的文学表达。他于平淡之中迸发的人生激情，他于精微之中昭示的文章骨气，尽在其中了。大师就是这样诞生的吧。"

孙犁先生的文章是有风骨的，而人也是有风骨的，有的在特殊的年代搁笔，有的以自杀而抗争。

在20世纪90年代，曾有人文精神的争论，其中有所谓"二张"与"二王"。"二张"之一就是张承志，他在《以笔为旗》里说："我没有兴趣为解释文学的字典加词条。用不着论来论去关于文学的多样性、通俗性、先锋性、善性及恶性、哲理性和裤裆性。我只是一个富饶文化的儿子，我不愿无视文化的低潮和堕落。我只是一个流行时代的异端，我不爱随波逐流。哪怕他们炮制一亿种文学，我也只相信这种文学的意味。这种文学并不叫什么纯文学或严肃文学或精英现代派，也不叫阳春白雪。它具有的不是消遣性、玩性、审美性或艺术性——它具有的，是信仰。"

这是他的写作宣言，他的散文追求的是精神性，不是消遣、玩性。他对美文有着自己清晰的认识："所谓美文是一头突入沙漠的骆驼，永远需要一种坚忍、淡泊和孤胆的热情。""句子和段落构成了多层多角的空间，在支架上和空白间潜隐着作者的感受和认识、勇敢和回避、呐喊和难言，旗帜般的象征，心血斑斑的披沥。它精致、宏大、机警的安排和失控的倾诉堆于一纸。在深刻和深情的支柱下跳动着一个活着的魂。"

张承志的《清洁的精神》，既是单篇散文的名字，也是一部书的名字。张承志的散文壮美阳刚，有着凛然的骨感，在他的笔下，清洁的精神就是一种尊严，他来源于古代，从许由到曹沫，到专诸，到豫让，到聂政，到荆轲，到高渐离，这些人物，司马迁写了一遍，张承志又写了一遍。张承志说："《史记·刺客列传》是中国古代散文之最，它所收录的精神是不可思议、无法言传、美得魅人的。"张承志写的"清洁的精神"是一种失传的久违的稀缺高贵的精神，这是一种没有私心、没有杂念，一种单纯的坚守与执着。这是一种一诺千金、以命承诺的承诺，是《史记·刺客列传》中的烈士，他们用生命诠释了这种高贵的精神。

王开岭十分重视散文的精神含量，他曾著文《当代散文的精神惰性》，在其中谈这个问题："人们看到更多的是散文的物理空间之大，却少有人去关注其精神空间。实际文本所呈现的精神含量和丰富性是不够的，尤其在描述深刻的心灵事件、人性的深度挖掘、关注当代中国人的现实生态、揭示普遍信仰危机、承担良知和批判功能方面，散文往往是缺席的。这并非艺术本身的天然安排，而是一种人为的弃权和出让，一种无能造成的无为。散文自身蕴藏的深阔与幽邃被我们浪费了，我们没有很好地去填充它，就像分到了一所大房子——但却没能力去设计、装修和买家具一样。"

没有精神含量的散文，就是一座毛坯房，没有能力设计、装修和买家具，在王开岭看来，没有精神含量的散文，就是浪费了散文自身的蕴藉和幽邃。"生命之上，是山顶。山顶之上，是上苍。对地球人来说，星空即是唯一的'上苍'，也是最璀璨的精神屋顶，它把时空的巍峨、神秘、诗意、纯净、深邃、慷慨、无限……一并交给了你。"王开岭是一个有启蒙思想的散文家，他要求自己和同伴做一个思想明亮的人，就像福楼拜每天看日出的坚持。他是一个关注精神世界的作家，无论是说卢武铉"他死于面子，死于廉耻和羞愧，死于精神毁容后的照镜子"，还是左拉为死刑犯辩护，朱丽娅保护红杉树，他都是向这些精神穹庐的人致敬。他更关注我们身边人的精神境遇："我们可曾真实有力地生活过？我们有多少可以自由支配、随心所欲的事？有多少可不看别人眼色、不听候别人判决、自己说了算主张？压抑、委屈、焦虑、愤懑、庸散、怀才不遇、战战兢兢、怨天尤人、浑浑噩噩、庸庸碌碌、潦潦草草不正构成了我们

生活的主貌吗?"王开岭呼唤精神的自治,因为在王开岭看来:

> 没有独立的精神领地,没有个性的生动与闪光,没有自足的个体意志和理想,一个人无论面皮多么红润白皙,其生命都谈不上鲜活与健康;无论肉体的居住环境多么轩敞耀眼,其生态都是黯淡、阴郁和低垂的,灵魂都无法真正明快起来。

关于精神的独立和自治,我们不能不想起王小波,王小波的《一只特立独行的猪》,句句写猪也句句写人。王小波写"文化大革命"时期在云南插队喂猪时的记录,猪被人们规定生活,它们中的大多数就是长肉,种猪的任务是交配,母猪的任务是生崽。虽然它们对这种安排不喜欢,但猪毕竟是猪:"对生活做种种设置是人特有的品性。不光是设置动物,也设置自己。我们知道,在古希腊有个斯巴达,那里的生活被设置得了无生趣,其目的就是要使男人成为亡命战士,使女人成为生育机器,前者像些斗鸡,后者像些母猪。这两类动物是很特别的,但我以为,它们肯定不喜欢自己的生活。但不喜欢又能怎么样?人也好,动物也罢,都很难改变自己的命运。"

在《一只特立独行的猪》里,王小波对非人时代的描写,是以惊人的颠覆让人明白,中国人曾经的"被设置生活"本身就是最好的"黑色幽默"。对于这种生活只能用"荒诞"手法来描述。写那猪被认定为破坏春耕的坏分子,指导员和副指导员带领几十人围捕,这像一幅黑色幽默的漫画,崇高的政治与一只猪之间强烈的对峙,真是美妙绝伦!这使他的散文有别于"伤痕""反思"文学,他以"喜剧"、幽默、一本正经的调侃形式来写,它不是痛哭流涕的宣泄,他只是让人从常态下使读者反思那段政治对人的异化的可怕。

史铁生,即使不写小说,他凭借着一篇散文《我与地坛》也足以流传后世。1972年,史铁生才二十一岁,腰以下失去知觉,开始以轮椅代步扶轮问路,没有工作,陷入苦闷,活的意义是什么?他出现了严重的精神危机。也正是在这时,他与地坛相遇了:"我那时脾气坏到极点,经常是发了疯一样地离开家,从那园子里回来又中了魔似的什么话都不说。"地坛,是他耸身一摇的地方,是他"可以逃避一个世界的另一个世界",地坛稍稍平复了他的焦虑和痛苦。史铁生那时曾想结束自己的生命,生还是死,不只是哈姆雷特的难题,史铁生每天面对"活着还是死亡"的事,后来在地坛他想明白了:"死是一件不必急于求成的事,死是一个必然会降临的节日。"就像悟道后,他开始正视死了,死也不再那么可怕,但如何活,如何活出意义来,这些问题如何解决?终其一生,这些问题都缠绕着史铁生。这些思索,是地坛给的,在地坛,他不是想着自己的不幸和命运,还有他的母亲,还有爱唱歌的小伙子、中年夫妇、长跑者、漂亮而不幸的姑娘等人乃至人类和自然。只要活着,那么人人都要面对生与死、时间与空间、有限与无限、命运与意义。

每个人都会有自己的地坛,看你如何面对。

五、 散文余论

四十年四十篇散文,时间的淘洗,这些如路标一样的文字被突显出来。这些散文,突破了中学语文课本"十七年"中杨朔、刘白羽、秦牧的散文模式。这些散文里,既有"五四"之子巴金那样的作家,也有西南联大熏陶出来的汪曾祺,有传统和欧风美雨孕育的杨绛,也有解放区的作家孙犁。这些人,有对杨朔模式的天然免疫。而王鼎钧、龙应台等则既是传统文化没有断根,又有西方文化资源的一批人,他们的散文面目,与大陆作家迥异。20世纪80年代,中国散文主要是由一些老作家支撑着。到了20世纪90年代,散文突然爆发,几十年不衰,文化散文、学者散文、大散文、新艺术散文、女性散文、新散文、在场主义散文各种实验、各种流派、各种旗帜风起云涌。其实现在看来,成气候的只有文化散文的余秋雨,新散文的祝勇、周晓枫、张锐锋等,这些都在"旷代的忧伤"小众散文篇目里有展示。

在散文变革的20世纪90年代初期,周涛和记者在《中国作家》上的《散文的前景:万类霜天竞自由——冬天的一次北方式的对话》则是冲击散文陈旧的藩篱。周涛把散文看作"表达思想的工具,而不是描摹生活的画笔",而这种"表达思想"的散文,又必须是绝对自由的,不受章法和规范的约束，所以周涛的散文就如天马行空，独往独来，有极强的个人色彩。

创刊于20世纪90年代初的《美文》杂志，倡导一种"大散文"的写作："鼓呼大散文的概念，鼓呼扫除浮艳之风，鼓呼弃除陈言旧套，鼓呼散文的现实感、史诗感、真情感，鼓呼真正的散文大家，鼓呼真正属于我们身处的这个时代的散文！"

大家呼唤散文，但散文的理论还是零散的，而散文理论的零散，并不代表散文创作没有好的作品出现，史铁生、张承志、苇岸的散文随笔各异独特的精神气质和人格魅力引起大家的关注。

2008年3月8日，由周闻道为首发起，由周伦佑建构的在场主义散文作为民间散文奖横空出世，他们以"在场、去蔽、敞亮、本真"为衡文的标准。王鼎钧、高尔泰、资中筠、金雁、章诒和、阎连科、毕飞宇、冯秋子、周晓枫、刘亮程、张锐锋、夏榆、塞壬、阿来、王彬彬等都曾获得这个奖项。这个奖的独立精神获得大家认可。

散文的四十年，正如散文的精神，少的是拘束，但也如散沙，各自为战，少有一个被大家认可的评价体系，而散文阵地狭窄，主流刊物以小说为主，也限制了散文的发展。

但是网络时代的到来，好像为散文的写作打开了一扇门，网络对散文创作是一次革命。正如竹简挣脱了甲骨，又如纸质替代了竹帛，网络自由无疑是对散文创造力的一种天然唤醒。网络是一种自由的状态，少了牵掣，多了放旷。探索即是自由，思想的自由，文字的自由。网络文学的复杂，多元共存的审美格局，是和自由分不开的，从某种程度上说，正是无数网上、网下作家在不断反叛传统的过程中进行艰辛探索的结果，也正是他们经历了无数次的怀疑、忽略甚至被否定的结果。他们顽强地坚守着散文之所以是散文的表达需要，冲破一个个被视为艺术铁律的传统规范，在探求种种新的审美价值与形式表达的过程中，成功地将艺术引向更为自由、更为深邃的审美到审智的空间。戏剧家尤奈斯库说："所谓先锋派，就是自由。"

但反过来，自由就是先锋。自由就是我行我素，回到散文的烂漫。但我认为，这种自由不是无边的，是一种主体性的思想的自由、思维的快乐，是无限贴近真相与真理，贴近自己和世界的一种方式，也是一种反抗。这种自由，是一种形式上的突破，是一种怀疑后的表达。

散文的自由，是向一切不合理的所谓的范式挑战。其实，所谓的范式某种程度上说就是专制，散文文体是最模糊的，因为模糊，才有的广阔与博大。

有一副联语：精神到处文章老，学问深时意气平。这次四十年四十篇散文是以林贤治获得在场主义散文奖的散文集《旷代的忧伤》命名的，林贤治也曾获得2017小众年度散文家称号，林贤治的答谢词说：

> 据说这个奖是非官方的，且由纯粹的文学同人所设立，因此我很乐于接受。
>
> 比较诗（韵文），散文是宜于思的。当此伟大、复杂而艰难的现时代，写作考验着每个人的思考力，据此，散文空间应当有更大的拓展。像弥尔顿的《论出版自由》、潘恩的《论人权》、伏尔泰的《论宽容》、马克思的《路易·波拿巴的雾月十八日》、赫尔岑的《往事与随想》、奥威尔的《1984》、威尔逊的《到芬兰车站》等，姑不论其为政论、为史著、为小说、为回忆录，都是我们所期待、所应拥有的散文。"小众"的评奖，最好能打破此前的传统的桎梏，为写作者和阅读者推举时代所需要的散文样章。
>
> "小众"是原点、出发点，"小众"终将通往大众，而且有可能改变大众。——这也是启蒙家们一直以来坚持践行着的。

林贤治是有文人风骨的散文家，他的文笔诗性优美，但也如铸铁沉实而锋锐；他沉郁也雄浑；他的文章注重精神女神的灌入，情怀阔大，他的行文热烈，有极强的黏附力。《旷代的忧伤》，是一连串精神穹顶的人的集合，这是不同国度、不同年代、不同信仰、不同性别的精神穹顶：包括布鲁诺、左拉、托尔斯泰、索尔仁尼琴、珂勒惠支、奥威尔、西蒙娜·依薇、鲁迅、顾准等。但他们有一点是相同的，那就是他们都是独立的思想者，他们有广阔的思想的原野，他们不盲从，他们警惕着权力和压迫，他们反抗着邪恶与不义，为了自己的信仰，可以殒身殉道。他们敢向权威权势挑战，他们有堂吉诃德的可爱，他们也有婴儿的纯真，但也有勇士的担当。

关于风骨，我们不能不提朱学勤所写的《愧对顾准》，在文中他写了著名经济学家孙冶方先生生前曾有一件心事始终放不下，那就是顾准有一次曾经对他正色言道："你们手上都有血，而我没有！"

朱学勤对知识和见识、胆识有一个分别，知识可能大部分人都具备，见识一些人也有，但胆识呢？朱学勤说：

> 我只不过想说一个常识。那就是：知识是一个境界，见识是一个境界，知识、见识之上的胆识，则更是一个境界。说得浅白一点，大概一桶知识换来一滴见识，而仅有见识却还是不能换来胆识，只有再加一点其他稀有元素，一桶见识才能化为一身胆识。有位书法老人曾经赠我一副对联："读书到老眼如镜，论事惊人胆满躯。"

朱学勤的文章老辣，学养丰厚，见解独到，即使学理的层面，也如梁任公，笔端常带感情。他是一个"风声雨声读书声入耳"的思想史的学者，也是一个"家事国事天下事关心"的热血的书生。他对民族国家命运关切思考，他对个体精神生命的追求与完善，在当下都是极其珍罕的。在《愧对顾准》中，朱学勤写到这样的事：

> 有境外同行曾在一次学术会议上问及我国学界，在20世纪六七十年代，你们有没有可以称得上稍微像样一点儿的人物？面对这样一个潜含挑战的问题，一位七十多岁的学界前辈佝偻而起，应声对答：有，有一位，那就是顾准！

是的，那就是顾准！

因为有顾准，因为有顾准敏锐的洞察力和卓然不群的思想，因为他的思想变成了铅字而留存于世，他为整个一代中国的知识分子挽回了荣誉！

是啊，顾准曾拯救了一代知识分子的荣誉，但今天，你是否可以或敢对着这个曾经的灵魂，说声愧对呢？

论事惊人胆满躯，这不是一般的为文者所能达到的境界。毕星星的《我不如不识字的母亲》，这文章写了一个不识字的农妇，其没念过书，不识字，又是小脚，在识字的儿女面前，都是小心翼翼，但母亲有她朴素的清醒，毕星星写道：

> 母亲没有念过书，她只认自己的感受经见。几十年的切肤之痛，她不会改变自己的定见。我们自认为见识广，读书多，知道得多。在感受之上，总高悬着一个理想。纵使自己受难，总还认为是为了大众。纵使千百万人受苦受难，总会解释为为了明天的理想。

通过对母亲和自己对比着书写，作者几十年后在鲁迅这里找到了答案：

> 鲁迅先生也曾经说过，老百姓虽然不读诗书，不明史法，不解在瑜中求瑕、屎里觅道，但能从大概上看，明黑白，辨是非，往往有绝非清高通达的士大夫所可几及之处的。此话堪为至理名言。近年有学者大讲世俗理性，意思还不是要注意世俗的感受，高悬的主义往往误国害人。胡适先生号召国民说，争你们个人的自由就是争国家的自由。因为自由的国家不是一群奴才能治理的。每当这个时候，我就想到强权之下母亲的心有不甘。

毕星星的文章朴实，多写自己的家乡涑水河河槽的乡里人物，但他文章的力，来自他的体察和议论。

写自己母亲的，还有野夫的《江上的母亲》，他也和杨显惠、林贤治一样获得小众散文奖。小众奖看中的也是野夫行文的风骨，那颁奖词是由我起草：

> 把笔直抵，到达时代的溃疡处，也抵达人性珍罕的幽深。为历史叙事，为畸人存史，不忘情于世间，风骨卓然。几经浮沉，不屑屑小，为散文辟天地，为文辞寻别径，在汉语散文溃败的原野，努力展现独有的叙事景观，给人以震撼的真，提升了当代的散文纵深。

逝者如斯，不舍昼夜。散文和散文作家，少年子弟江湖老，几回回花样翻新,四十年"旷代的忧伤",我们现在回头看哪些散文,才能经得起时间的淘洗呢?散文和散文文体的温瞰,使一些为文者囿于安全地带,很少叛逆,很少创造,大家大都躺在一定的经典上复制分蘖,成为新的口水,这种没有思想,没有原创的散文现在还在大行其道,所以在一个缺钙的时代,应提出散文风骨,关注精神,关注灵魂,不中庸,提升散文写作难度。

须知精神的高度才是散文的高度,精神的宽阔才是散文的宽阔,只有前行、探索、反叛,才有散文的未来。

寻找散文写作的另一种表达

一、散文写作的惰性

在人们眼里,散文好像是一种入门门槛最低的文体,凭借着初、高中时代接触的那些散文,照猫画虎,以样学样,依傍着那些叙事抒情的模板,写就是了。而在大家的感觉里,散文是一超稳定的文体,不像小说、诗歌、戏剧,花样翻新,散文有点像传统的国画书法,一遍遍地临摹,一遍遍地在传统里沉溺,正因散文的传统负载太重,所以散文被人称作有"美学惰性"的文体。

20世纪90年代以来的中国散文,取得了百年散文史上令人瞩目的成绩,这实绩,可与20世纪二三十年代鲁迅所称许的小品文的成功所媲美。朱自清先生曾从艺术的丰富性和复杂性上评价那个时期的散文,有种种的流派,种种的样式,什么名士风、绅士风,隐士了,叛徒了,这是从思想的一路来说的,而从表现的手法一路,则是描写、讽刺、委曲、缜密、劲健、绮丽、洗练、流动、含蓄等。那时出现了鲁迅、周作人、朱自清、林语堂、梁实秋、沈从文等,那散文的实绩,按鲁迅先生的判断,是远超小说、戏剧的。

到了20世纪90年代,散文可说是八面出锋,以余秋雨的文化散文打头,散文文体开始走向文学瞩目的中心、阅读的中心、出版的中心,而散文写作内部,各种散文山头旗号林立,新艺术散文、大散文、新散文、原生态散文、在场主义散文等,不一而足。必须承认,是余秋雨把抒情的散文加入了文化思考,突破了审美抒情,加大了散文的文化含量;但是，我们对散文创作繁盛背后的警惕，还是不能忘掉它的"惰性"。

20世纪90年代以来，散文创作虽摆脱了杨朔散文的过于精巧雕琢、虚假抒情，获得了史铁生《我与地坛》和张炜《融入野地》、张承志《清洁的精神》、朱学勤《愧对顾准》那样对人的命运及自然思考的文字。这些文字极大地拓展了当代散文的精神空间，但是整个散文界，大多数的散文创作还一直在跟风与复制，在前行和山寨的纠合中跟跄行路，散文文坛依然是暮气沉重、精神空间狭窄，面目在"似曾相识燕归来"中徘徊复徘徊。

楼肇明曾在《繁华遮蔽下的贫困》中指出散文创作里理论的贫乏，导致人们对散文文体认识的滞后；而朱大可则写出了《中国散文的五个困惑》。

第一个困惑，朱大可问散文的家族成员究竟有多少？散文概念无限放大，甚至政论和历史都被算作散文，达到了殊为可笑的地步。

第二个困惑，朱大可问散文在文学中究竟有什么地位？他说散文有时候比其他文体更为重要，就像加缪的散文成就早已超出他的小说，成为世界文学的一座高山，就连萨特都对此"有所忌惮"。但跟诗歌与小说相比，世人眼里的散文，终究只是姿色平常的侍妾，缺乏独立地位；犹如一道蕾丝花边，环绕在小说和诗歌四周，柔顺地衬托着主体的形象。

第三个困惑，朱大可疑惑散文真的应当是中文教育的轴心吗？在中学语文里，大致描述出一个现代散文的演化路线图：第一代为鲁氏兄弟（鲁迅的杂文和周作人的随笔），第二代是杨朔、秦牧、刘白羽等人，第三代则以余秋雨为代表。这个"散文演化三部曲"为中学生的作文写作指明了一条康庄大道。鲁迅体辛辣，杨朔体甜腻，秋雨体煽情，每一种文体，都是语文老师的最爱。他们以此为样本，孜孜不倦地指导那些毫无鉴识能力的学生，让中文写作变成单一风格的仿写游戏。这是中国语文教育的坚硬规则，它滋养了大批"弱文商"青年。

第四个困惑，其实朱大可看出了什么是中国现当代散文的最大弊端。大多数散文的撰写者，都以一种热烈的姿态，投身于散文书写的洪流之中，那就是"媚雅"（kitsch）。但按照米兰·昆德拉的解释，文学中最媚雅的，恰恰是那些劣质而又伪装成优雅（"真善美"）的货色，这正是散文的悲剧性命运，它注定要成为包容一切的绣花枕头，被那些平庸、低劣、恶俗和陈腐的趣味所充填，不幸地沦为徒有其表的"垃圾袋"。

散文的媚雅，不仅表现于媚官、媚权和媚钱，更在于向乡村、田野、民俗、历史记忆和诸子百家献媚，而后者几乎是难以觉察的。被献媚的事物的浩大光芒，遮蔽了献媚者的真实面目，令他们散发出"高雅"和"有文化"的浓烈气味。而这正是媚雅者的书写目标。

媚雅式书写起源于它的某种工具性特征。中国散文家很难实现真正的"纯文学"梦想，散文最初是体制的工具，而后又成为市场的工具。它以"正能量"的赞美姿态出场，向四周团团作揖，仿佛这就是它的使命。那种专门"画黑暗势力的鬼脸"的散文，难以受到当下中学语文老师的鼓励。散文的重量，比鸿毛还轻。这种多重的工具人格，瓦解了作家的独立主体，以致他们无法聚结起强大的心灵力量。但那种内在的精神性（独立意志、诗学信念和终极关怀），却正是文学创造力的核心。

第五个困惑，散文的出路究竟在哪里？朱大可很悲观，国人拥有世界上最大数量的网络文学帖子，而且大都以"散文"的形态面世。但它跟文学毫无关系，它不是文学升华的信号，却提供了散文繁荣的盛大幻象。在这样的图景中，我们暂时还看不到散文的真正出路。

朱大可的五个困惑，从散文的概念的混乱，到散文的教育，特别是在孩子们没有辨别力的时候，给他们塞进去的杨朔们、余秋雨们的散文，而散文的文学史地位导致很多的有才分的人不关注散文，然后是散文写作者的病灶——媚雅。这是原来翻译错误的一个词，过去翻译成媚俗。

散文文体，变成了一个无真诚、工具化的一个尴尬的文体，谄媚权力官位，媾和金钱，向乡村、历史、诸子百家献媚。正是这些遮蔽了真正的散文写作，遮蔽了散文写作的重，瓦解了散文的主体独立性。使他们失去了内在的精神性，也失去了散文创造力的核心。

我们说散文是惰性的文体，就是他们媚雅的主体的天然无免疫力，对权力、乡土、文化等的骨子里的天然亲近而不自知、不反思，一代代在那些东西上舒适地滑行。

朱航满说也有一短文论述《散文的媚俗之病》，他判断散文有三个标准：其一，此作有无独立之思考；其二，此作有无独到之材料；其三，此作有无特别之体验。

这三个标准，是他衡量当下散文之"三定律"。但他很悲观，也很愤

激,他说:

> 当下许多散文,无独立之思考,亦毫无见识,人云亦云,狗云他亦云,唯独不放弃个人存在之证明。诸如有些作者,一味取悦读者,抓眼球,怎么热闹怎么写,诸如底层啦、农村啦、环境啦、教育呀、小资呀、吃吃喝喝呀,仅凭印象式的个人感受,缺乏深入地研究与思考,或者假装怜悯和慈悲,或者搞精致的利己主义,洋洋洒洒地炮制华美而空洞的文字,仍是毫无意义也;还有些作者,假装高雅,时而谈魏晋,时而写民国,复制历史逸闻趣事,浅尝辄止,看似渊博,实则又一俗也;另外的一些作者,献媚权贵,低眉顺眼,专写什么大家,积极钻营什么政绩工程,一味讨好,无精神,乏骨气,文学包装成了广告,散文集变成了宣传册。对于以上写作,我觉得都是当下散文写作的媚俗之病,其俗关键在写作者,而病则在心态之浮躁、功利与虚荣也。

朱航满的媚俗,其实就是朱大可所说的媚雅。他这里也提到假装高雅,时而谈魏晋,时而写民国,复制历史逸闻趣事;再是向权力靠拢,献媚权贵,低眉顺眼,散文集成了宣传册;无主见定见,什么热门写什么,精致的利己主义,华美空洞的文字,印象式,浅尝辄止,空泛抒情,假装怜悯慈悲;主要的病灶还是无独立的思考、心态浮躁、功利与虚荣。

无论朱大可还是朱航满,都说出了散文的功利性、投机取巧,其实这是散文写作的惰性,不承担风险,对所谓经典散文复制模仿致敬。

艺术的本质在于创造。散文的不能创新就是一种美学惰性。就像一个女人化妆,她画不好妆,就是思维的惰性,不去学,不去问,不去翻书,不愿意提高审美,就是凑合。在散文写作中,散文的审美惰性影响了创新;人类的惰性,经常是将就、抄近路、山寨。如果人们长期有这种心态,那么就会审美麻木,继而适应这麻木。

散文写作的套路,就是一种惰性、一种麻木,是审美能力、审美创造的匮乏。

庞朴在《传统文化与文化传统》说:"文化传统是一种惰性力量。它范围着人们的思维方法,支配着人们的行为习俗,控制着人们的情感抒发，左右着人们的审美趣味，规定着人们的价值取向，悬置着人们的终极关怀（灵魂归宿）。"

而文化传统里的"文以载道""文章合为时而著"，这些也影响了散文的创新。这些观念，就成了散文写作的惰性。大家沉浸在朱自清、杨朔、余秋雨模式里，就是一种审美依赖，就是审美惰性。面对着当下的生活，面对着不同的各自的内心，是谁在回避着内心的冲突、内心的挣扎而削足适履，用朱自清、杨朔、余秋雨的鞋子，来束缚自己的脚趾？这就是一种散文写作的惰性。

大家看一看散文创作里的乡土或者伪乡土的文字。大家对乡土的依赖，散文比小说诗歌更甚，传统乡土文学的基因十分强大，形成了强大的审美惰性。从鲁迅开始，大家都把所谓的乡土当成了恩养文学和文字的谷仓；但有几个城里人还愿意去乡下做泥腿子的农民？一些乡土散文做的只是一种文字还乡梦，给城市上一点牛粪，满足的也是城里人的一个田园梦幻。

特别是刚脱胎成为城里的新城市人，他们犹如世间的飘蓬。故乡是回不去了，即使回，也是如客串的亲戚，早成了一个漂泊在故乡的异乡人。所谓的文字还乡，骨子里的乡愁，其实是一种孱弱的病，是一种入骨的浪漫、一种媚俗而已。米兰·昆德拉《不能承受的生命之轻》在知识分子中间流行的时候，书中的一个词尤其爆棚——媚俗。是的，"媚俗的根源就是对生命的绝对认同"，而生命是作为肉身存在的，人肉身的存在，需要很多的营养和肥料，也需要一些事物作为参照系来确认。这参照物和肥料除了食物、睡眠、性交之外，当然也包括对价值或信仰的认同，比如乡愁。

田园牧歌的伪善，已是一个衣冠楚楚的"城里人"，所谓深陷乡愁，甚至悲悯，这是一种病，而不是药，还是一种流传了数千年的悯农病和归去来的病，并没有接触到乡土的底层真实，只是一种幻象的乡土而已。

你建立于纸上的心灵故乡，我们是回不去的，散文是回不去的。在全球化的时代，我们已经失去了故乡，也失去了故乡天地神人的庇护，我们在高铁飞驰的尽处，在都市通衢和鸟笼一样的水泥囚笼里早已失去方言，早已失去故乡，成了异乡的漂泊者。

在审美的惰性里，还有强大的临山摹水、涉足历史后花园的文化大散文。从20世纪90年代以来，中国散文的主流是就是肇始于余秋雨的文化大散文。文化大散文更改了散文的版图，增加了散文的气象，使散文有了力度，有了宏阔大气，是当代文学的巨大收获。但是，文化大散文的末流，由于一群审美惰性者的参与，满是史料的摘抄，满是网络搜索引擎下载的那些介绍性的文字，再加上一些传说，满是华词丽句，篇幅注水，使人不忍卒读。

还有就是朝花夕拾式的散文，以回忆追忆为动力点的，把过去的人事和过往的生活断片缝合，无论故乡，无论童年，无论亲情，这种追忆过滤的往往是苦难，留下的是附着在苦难上的温馨。

鲁迅先生的《朝花夕拾》和他的许多小说走的也多是回忆的路子，鲁迅曾说："一个人做到只剩回忆的时候，生涯大概总要算是无聊罢了。"在散文创作中，打着怀旧追忆的散文车载斗量，亲情散文、童年散文乃至故乡的追忆同质化严重，成了散文写作的重灾区。散文的出路不在怀旧，散文的尊严在于建立新的艺术范式，一种新的表达，在新的世界中，建立一个有别于过去狭窄故乡的新的心灵世界，用这个新故乡，安顿我们的心灵。

二、 散文有最明媚的自由精神

"人生而自由，却无往不在枷锁中。"散文也是如此，散文生而自由，却无时不在捆绑中。

散文的精神内核就是"自由"。散文的自由，就是与束缚、模式化、范文化规范而言，散文要求的是内在表现的自由和外部表达的自由。

谢冕说："散文的精髓是自由，散文的天敌却是规范，不论这规范来自朱自清还是徐志摩，来自丰子恺还是周作人。假若说散文是天国，这里却不存在一体遵从的神圣。"但很长一段时间，散文里供奉着几尊神，除掉谢冕说的那几位，还有杨朔、余秋雨们，在散文经典化的过程中，这几位的散文确实是一种标尺、一种高度。但这种经典也意味着固定、僵化，与自由越来越远。

高尔泰先生有个著名的美学观点：美是自由的象征。自由不是僵死，不是固化，自由本身就意味着变化、差异和多样性。当人与审美对象遭遇之后，面对着纷纭的世界，那在审美者内心就会生成一个动感的、开放的、有无限可能的世界，这个世界充满了自由和解放。

在人们的视域里，散文其实是大可随便的，鲁迅也有过类似的表述，但先生的语意深层，应理解为散文是一种自由之文体。

散文的精神内核是自由，也可从此来理解。散文要不得束缚、禁锢。周作人曾有判断说，"小品文是文学发达的极致，他的兴盛必须在王纲解纽的时代"。王纲解纽，无定于一尊的权威，那就是思想的自由时代，个性和人性得以伸张，思想勃发，议论风生。我们看诸子百家时期，看晚明时期，看民国的二三十年代，那都是散文的高峰，而散文一进入载道的笼子，进入桐城派"义理、考据、辞章"，进入"形散神不散"，那散文就会呆板，没有自由，没有独创，那散文就是死水，自身的独立价值就会大大削弱。

散文的自由还体现在文体的自由松散柔软上，南帆在《散文与现代感》中说："在文体的意义上，散文显得柔软、自由、宽松。散文不存在韵律或者分行的限制，也不必构思一个庞大同时又严密的情节体系。如果说，诗或者小说、戏剧无不拥有一套严格的形式规范，那么，散文与日常现实之间的距离压缩到了最小的限度。相对于宏大的社会结构，散文如同无孔不入的水流。"

散文的文体如水，水无常形而随物赋形，可方可圆，没有平仄韵律，无须像诗歌分行，无须小说人物事件故事冲突，更不要戏剧的严格规程。散文是最亲近日常，对现实反应最灵敏的文体，无距离感。

南帆在《散文的阅读和写作》中回答记者提问，也说到散文文体自由的事，更加详尽：

"散文"这个名称十分有趣。"散"字的要义不仅在于"形散神不散"之类的命题，更重要的是自由精神。"散"字的内部神韵在于自由自在，无拘无束。所以，我喜欢苏东坡以水喻文，行于所当行，止于不可不止。叙事、议论、考证、抒怀，风生水起，随物赋形。那些"文艺腔"堆砌出来的散文仿佛形成某些奇怪的规则，怎么抒情、怎么写景、夹叙夹议、卒章点题，全文不超过三千字，如此等等。我不想评论这些成规的来龙去脉，而是说不要用这些所谓的成规束缚了散文的自由精神。当然，自由并不是随意和草率。真正的美学高度才能保证自由不至于滑向浅薄。我想再度强调两点：第一，没有既定的规范也就没有形式上的藏身之地。散文是一个人的直接敞开，高低深浅一览无余。写作者很难利用音韵节奏、故事情节或者一大堆概念掩护内心的贫乏。第二，敞开文体的边界对于创造力具有更高的要求。天马行空的另一面就是无所依靠，不知怎么下手才好。没有情节逻辑的固定轨道，没有分行、韵律和节奏作为脚手架，许多人不知道方向在哪里。所以，自由并不意味着轻松。散文最好写，但散文最难写好。

南帆再次强调的是散文文体的自由的精神，还是拿水做喻，并且对以前的一些散文的规则感到奇怪，正是这些规则束缚了散文的自由，但这种文体的自由对写作者来说，并不全是幸事，而是一种高难度的考验。怎样才使散文不从所谓的自由滑向浅薄？文体的自由恰如裸泳，让人无处可躲。散文是敞开的，没有了既定的规范，就如失去了树叶的遮蔽，那些羞处，那些丑陋一也就无藏身之所；再就是散文的文体敞开，天马行空对散文家的考验更大，人不知道反向，就像徐志摩所说不知道风往哪一个方向吹。自由是有责任的，也是有难度的，所以，有些人会逃避自由，一些人就会躲在那些现成的散文模式里，淘些残羹冷炙。这就是为什么，朱自清的散文模式、杨朔的散文模式、余秋雨的散文模式，还有那么多的拥趸，那么多的模仿致敬者。

洪堡特说："在一种语言里，散文利用自身的准确性、明晰性、灵活性、生动性以及和谐悦耳的语言，一方面能够在每一个角度充分自由地发展起来，另一方面则获得了一种精微的感觉，从而能够在每一个别场合决定自由发展的适当程度。有了这样一种散文，精神就能够得到同样自由、从容和健康的发展。"

洪堡特在这里说到怎样才使、怎样才能让散文在每一个角度充分自由地发展起来？那就是要用准确、明晰、灵活和生动悦耳的语言，那种精微的感觉，只有这些才能保证散文文体的自由。

一个词，就是准确。王开岭在《当代散文的精神惰性》说：

> 有人或许会说：文学的第一要素应是美，文学应以美为最大特征，而非什么"良知"与"责任"。不错，美的确乃艺术的首选之一，但何为美呢？是词语外壳吗？是外表的绮丽吗？是文本装潢和修饰性吗？显然不。"准确"就是美，准确地捕捉到了灵魂真相和生命秘密就是美！为什么会准确？因为诚实，因为裸净和真切，因为他争取到了深度的真！及时锁定了真！因为他顽强地占有并守住了这个距事物最近的点。表达的准确程度不仅需要才华，还需感受和表达的勇气，甚至更需勇气。

准确，是美的保证，因为只有准确才能捕捉到灵魂真相和生命秘密；准确连着诚实，连着勇气；准确才能争取到深度的真，才能占有距离事物最近的点。从这里，我们就会很好地理解，为什么人会逃避自由乃至真了，因为很多的人，没有勇气面对自身的丑陋和世界的真相，

不撒谎才真，不撒谎才准确。面对着自己和良知不撒谎，面对着世界的真相不撒谎，不伪饰不隐瞒。这也应是自由要义，因为你承担了自由的责任，而非逃避这种责任，这猜想洪堡特所说：有了这样一种散文，精神就能够得到同样自由、从容和健康的发展。

鲁迅也曾触及散文文体的自由话题，他用的词是"随便"。鲁迅在《三闲集·怎么写》中说："散文的体裁，其实是大可以随便的，有破绽也无妨。做作的写信和日记，恐怕也还不免有破绽，而一有破绽，便破灭到不可收拾了。与其防破绽，不如忘破绽。"从鲁迅的这段话里，我们可看出鲁迅用"大可以随便的"来斩断人们身上的各式各样的枷锁。不管是肉体上的，还是精神上的，让人们痛则大叫，怒则大骂，乐则大笑，这就是自由的极致。

欧仁·尤奈斯库说："所谓先锋派，就是自由。"谢有顺在《先锋就是自由》中说："正常的写作，应该是及物的，当下的，充满现实关怀的，所谓的写作使命，也只有在这里才能被建立起来。技术的先锋是有限的，一个有自由精神的作家，他所要追求的是成为存在的先锋。"

对散文来说，文体的自由，先是有自由精神的作家。这样的作家，

才能保证不复制别人，才能使散文文体有着虎虎生气，才不坠入一种模式，成为超稳定的文体。

三、寻找自己的声音

　　散文的自由，必须突破精神的惰性和文体的惰性。一个人，如果没有自由精神的光照，是十分可怕的，而散文如果没有自由精神性的书写同样也是没有价值的，而这种自由精神的书写，是不盲从，不矮化自己和文体。

　　夏榆在《任何问题都有自觉者寻求解决之道》说：

> 　　我以为，散文其实是不可限制的。它有着最自由的文体，也有着最自由的精神。它的面貌如何取决于书写者的个人气质和精神风貌，取决于书写者的自由精神和独立品质。回望21世纪以来发生的散文事件，我想应该繁多复杂。在我看来，最重要的散文事件，就是散文这种文体在有抱负也有才华和能量的作家那里变得气象恢宏、思想磅礴、文体绚烂，散文不再是文人雅士赏玩的小品，它成为一切优秀的书写者强劲表达的载体，它直接诉诸世间生活和人的存在，对此作出思辨性及艺术的表达。我觉得这个时期的散文是从某种被规制的状态中获得解放，从而获得丰沛强劲的生命力。

　　夏榆，是21世纪有着自己独特样貌的散文家。他对散文这种最自由的文体和最自由的精神有着自己的体认，散文的面貌，就是书写着自己的个人气质和精神风貌。散文不再是小摆设，不再是雅士赏玩的小品；而是气象恢宏，是书写者强劲表达的载体，是介入生活，是直接诉诸世间生活和人的存在。这里面，夏榆看出了散文是从某种被规则的状态中获得了解放和力量，也获得了生命力。

　　这里面，我看重夏榆提出的散文是直接世间生活，以及人的存在。过去的散文，人往往是单面的、空心的，看不出生活的宽博复杂。2020

年，周晓枫在《散文的时态》里提出："所谓进行时态的散文写作，不仅是一种手段，更重要的是一种思维方式。当读者迷惑：现在有些散文为什么写得像小说？被认作是对小说的借鉴，其实不然。问题的核心在于进行时态的介入。散文表述的时态之变，既因为现代人思维模式的调整，也因为部分受到翻译文学的冲击和影响。随着时态的变化，散文的场景、结构、节奏都会发生相应的改变。时态之变，也会为散文读者带来更为生动而复杂的审美体验。以正在进行时态写作！对于写作者来说，散文不仅有终点的视角，也有途中的视角；对于读者而言，散文时态的改变，使他们的角色从旁观到参与，从被告诫到共分享。"

在这里，周晓枫的表达与夏榆有相同之处，就是进行时态的散文写作。这对散文作者和读者，都是一种挑战。散文在很长的一段时间里，被认为是老年人文体、黄昏文体，是一种过去时态的追忆文体，孙犁说：

> 我的想法是：在中国，写小说常常是青年时代的事。人在青年，对待生活，充满热情，憧憬幻想，他们所苦苦追求的是没有实现的事物。就像男女初恋时一样，是执着的，是如胶似漆的。待到晚年，艰苦历尽，风尘压身，回头一望，则常常对自己有云散雪消，花残月落之感。我说得可能消极低沉了些，缺乏热情，缺乏献身的追求精神，就写不成小说。
>
> 我现在经常写一些散文、杂文。我认为这是一种老年人的文体，不需要过多情感，靠理智就可写成。

孙犁对散文的观念：一是从生命自身，二是散文文体。所谓艰苦历尽、风尘压身和云散雪消，花残月落之感，这是"烈士暮年"的黄昏人生，与其说是低沉，毋乃说苍凉肃穆。它洗淘了铅华，生命更接近于本真，生命和作为文体的散文之间不再有距离，"人到晚年，前途短促，而所思所记常常是邈远空虚的往事"。

而我在评价汪曾祺散文的时候，曾写过一文《追忆的诗学》，是说汪曾祺的文章，是一条文学的减法路线，是时间的过滤。汪曾祺的作品是一种追忆状态的显现。他的作品多写童年旧事、家乡风物、求学的彩云之南，或是自己人生背运下放的地方。

而现在时态的散文写作，让读者有一种在场的参与感，再无时间的隔阂。我们知道，马尔克斯对中国当代小说的影响，恰是《百年孤独》对时态的改变，大家一再激赏的是小说的开头：

> 许多年之后，面对行刑队，奥雷良诺·布恩地亚上校将会回想起，他父亲带他去见识冰块的那个遥远的下午。

这个开头先声夺人，一个跨时空的叙事，从一个结果，从未来，谈现在，仅仅四十多个字，交织了过去、现在、未来三种时空概念。这种时空概念构造了一个新的世界给人以新的阅读体验，而周晓枫所说的散文的现在时态，会给读者带来强烈的代入感。吴晓东读《百年孤独》时曾说，法国学者塔迪埃在《普鲁斯特和小说》中的一个重要话题就是将小说中的时间作为形式来探讨。时间在小说中是无形的，是读者看不见的，但却是小说中潜在的重要形式。塔迪埃说这个时间的形式"处于小说艺术的顶峰"，"在作品中重新创造时间，这是小说的特权，也是想象力的胜利"。

《追忆逝水年华》虽是小说，但很多人也把它当作散文来看；塔迪埃所谈的是小说，也给散文写作以极大的启示，对时间的处理，也适合散文。如今，我们在夏榆、周晓枫、塞壬这些散文家笔下，看他们处理散文，大都采取的是现在时态，他们的散文带来了散文写作的新变。

夏榆的散文，多是写黑色的矿区的人与事，他的散文往往展现人物生存的断面，用荒诞和时间的切割组合，以议论的精神性评判，突破传统散文。夏榆在成为作家之前是一个矿工，他出生于矿区，在矿区生活、长大。他的生活是灰暗的，他也习惯了弥漫于矿区上空的浓重烟尘、黑色的树木、河流、房屋，以及遍布困苦和灾难的日常生活景象。18岁时，它开始穿着像铠甲般坚硬的窑衣，下到矿井里劳作。也就在这时，他开始在深邃而幽暗的矿井的硐室或值班室里阅读和写作。这不仅在于他是以个人的身份写作，更主要的，他是为了抵御黑暗，为了尊严和人性的自由而写作。他以一个在场者特有的敏感和写作手法，从个体的生活经验出发，写了生活在底层的矿工低微的收入，没日没夜的沉重劳作，以及没有安全和卫生保障的屈辱生活。在夏榆的散文中，苦难、死亡总是

与黑暗相随,"黑暗"是夏榆作品的基调和底色。但他对黑暗有着不同于别人的独特理解:

> 黑暗并不是光线沉陷之后的颜色。黑暗是我们被蒙上双眼的时候所见的颜色。黑暗还是我们遭受痛苦和不幸时候的颜色。对于从浩劫之中逃出来的难民,他生活在白天,然而他也生活在黑暗之中。当我独自行走在陌生的语言和文化中,独自行走在充满误解和歧义的陌生的国度和人群时,我的孤独也是我的黑暗,黑暗使我看清楚自己,也看清楚世界。

夏榆带着这种颜色进行写作:"从秩序中退出,从体制中剥离,回到个人立场;在众声喧哗中缄默,在无声处时表达。"这是夏榆的写作姿态和写作视角,是他获得成功的第一要素。

在一般人的感知中,大家是不喜欢黑的,但中国哲学的知白守黑,玄之又玄,众妙之门,对黑的推崇,不是后人所能达到的。夏榆在文字中调遣黑,统领黑。在这个世界,没有花,没有草,只是八百密深处的挣扎,待在这里的人像待在地心,而家里的人,则是提心吊胆,大家的心里也是被暗黑覆盖。

这矿区成了夏榆的散文富矿,我们知道,世界文学史上有很多的著名作家也涉足这一题材,左拉、劳伦斯都有写矿区的名著。诺贝尔文学奖获得者南非的戈狄默和德国的格拉斯也都有矿区生活的文学佳作。夏榆和他们不一样,夏榆就是一下井的矿工,这不是谁都能拥有的。这就是夏榆的散文的时态现场性。

我们看塞壬的散文,人们说是一种底层写作,其实就是面对自身的当下生活的写作。我们看塞壬的散文,就像是即时的现场直播,在《爱着你的苦难》中她对弟弟的描写:

> 面对这样的弟弟,我会无端的悲悯,悲悯我们活着,要受那么多的苦。我总是想起我跟他一起放的那头小牛,听话、懂事,睁着大眼睛,满是泪水。
>
> ……母亲打电话过来向我哭诉:你弟弟送了批货去安徽,前天

去跟人家要运费，那人不给就算了，还叫人打了他，他被打倒在地上，那些人用脚踢他的肚子……他今天还要出车，我叫他休息，他不肯……

这是生活的原貌，也叫原生态。在我们读到这种散文的时候，我们真觉得散文的天地扩容了。塞壬在《散文漫谈》中有一节谈到散文的容量，她说：

清楚散文它一样承载着表达当下现实社会的丰富性与复杂性，表达中国人在当下历史进程中的复杂经验，由此，我们就可以看到散文的容量是巨大的，这一点跟小说是相同的，它可以有宏大的叙事，可以有惊涛骇浪，它可以有关乎过去、现在和未来的书写，它有时间、空间的架构以及以情感得以推动的强大艺术感染力。它几乎是一个巨大的容器，承载人的方方面面，立体、富有层次，它不再是一种单一的、平面的、脸谱化的书写。

我们从这一段可以读出，塞壬的散文的时态也多是现在时的，是立体的，散文在这里，不要遮蔽、撒谎和矫饰。我们读塞壬的文章，会被她大批量的细节所覆盖，是粗糙和细腻的当下的社会风情。这种描写，也许你会有不适感，但你一定会感到这种文字像石子一样可硌着你的某个部位，正像塞壬在《为自己而写》中说："我写，一定是现实的什么东西硌着我了，入侵我了，让我难受了。我写的，一定是必须要写的，因为这已经是一个生理问题了。不写，我会更加难受。"这样的塞壬，"完全靠着生理的驱使，写得那样没有章法，野性，那样没遮没拦，用肉身和魂灵正面去写，不躲，不避，写得痛彻心扉。"（《后记》）

这是一种典型形态的现在时的写作，没有预设，没有杨朔笔法，没有先验的那些，就像周晓枫在《散文的时态》所说：

散文以正在进行时态来构思和描写，就不像过去那么四平八稳，可能出现突然的意外和陡峭的翻转。少了定数，多了变数；不是直接揭翻底牌，而是悬念埋伏，动荡感和危机可以增加阅读吸引力；

更注重过程和细节，而非概括性的总结；并且我们对事物的理解，更多元、多义和多彩。文学的魅力就在于此，它不像数学一样有着公式和标准答案，而是具有难以概括和归纳的美妙的可能性；即使答案偶尔是唯一的，过程也依然能有多种、多重、多变的解决方案。

这是有别于过去的散文的一种新的方式，直接回应当下，就像塞壬在华语文学传媒大奖·二〇〇八年度最具潜力新人的授奖词中所说：

事物先介入了我，我的散文写作仅仅是对这一介入的回应……

她在颁奖词中也说：

纷乱的生活，梦想的碎片……记忆，自我，现实，这些事物蜂拥而来，它们渴望被书写，也渴望被审视和被忘却。

散文写作走到今天，有志向和清醒的散文书写者，在每次面对一个新的写作冲动的时候他会追问一下自己，该怎么写，才不会重复历史和自己？别人那样写，我该怎么写？散文的特性是贴近自己的内心，是泳池里的裸泳，作者是无处可躲可藏的，其实这是最严苛的规定性。约瑟夫·布罗斯基评价苏联作家茨维塔耶娃的《回忆录》说："她的叙述在严格意义是无情节，主要是由独白的能量维系着，她不屈从散文体裁的'美学惰性'，她把自己的技术强加于它，使散文意识到她的存在。"

布罗斯基也把散文这种文体定义为"美学惰性"的文体，这也是从重复着无难度的写作来说的，而散文的现在时，则很好地昭示了一种新的写作的可能、难度和高度。只有突破这难度和高度，散文才有一个明媚的未来。

乡土背景下的散文创作

人们谈乡土文学，多是谈小说，少有涉及乡土背景下的散文创作。绵延千年的乡土生活方式，虽历经城镇化沧桑巨变，但一些基本的乡村伦理还藏在人的骨子里，潜流在人的血液中，影响着人、规范着人。散文，从文体的特殊性来看，它是最贴近生活，最贴近心灵，也最有世俗气、烟火气。它的基本写作伦理的真实也保证了，从散文文本中窥见在乡土背景下人与文的精神演进和文本嬗递。

一、何时乡土，何处乡土？

在散文创作中，所谓的乡土背景中的乡土，不只是一空间概念，也是一时间概念。我们都置身于这独特的时间和空间中，我们在这里建立起最初的认知体系和价值观念，对此，刘亮程有清醒的认识。在《刘亮程：没中国乡土精神的作品》中，刘亮程与记者陈之淼对谈时说："乡土是汉民族的宗教。汉语的乡土就是我们的前世、今生和来世。'乡'是一个空间概念，表示'四方乡里'。'土'是一个时间概念，表示生前、死后。我们来自土中、生于土上、葬于土中。土就是农耕民族的宗教。"

但是我们阅读散文文本的时候，会追问，这是哪些地域，哪些乡村、山川、河流，这是负载父老的物理空间？这是民国的乡村？是大饥荒的乡村，还是农民进城留守儿童的乡村？散文笔下的乡土是三十年前、五十年前，还是当下的乡村。在时间的链条上，今人不见古时月，古月曾经照今人。几十年前的乡村，还是熟人社会，人们的交往不足方圆数里，是鸡犬相闻的狭窄的空间，熟悉周围的一草一木、一砖一瓦。

刘亮程的《一个人的村庄》，是他在乌鲁木齐对早年的乡村生活的一种回溯和回望。他书中的闲人刘二，就像是乡村生活的旁观者，盯着一朵花看花开花落，别人在劳动，他跟虫子玩，去丈量风有多远。这是刘亮程三十岁时的乡村，不是现实的他出生的乡村黄沙梁，而是在纸上重建的一个乡村。一个整天扛着一把铁锨，不问稼穑，村里村外瞎转悠的人，不是陶渊明，比晨兴理荒秽的陶渊明还自在。

刘亮程笔下的乡土是弹性的，他笔下的刘二，是一个塑造出来的人物，只是一个视角。但刘亮程对乡土的认识和费孝通先生在《乡土中国》中的认识有区别。费孝通先生认为，乡土中国在空间上是封闭的，在时间上，是一种"过去型的时间观"。

我觉得，费孝通先生在《乡土中国》中对乡土社会的时间和空间认识，自觉不自觉地影响着散文作家对散文的书写。

那乡土中国的"熟人社会"模式，是长时间接触形成的。这种熟人社会会塑造人们的思维和心理，抬头不见低头见，互相影响、互相塑造，大家的隐私少，强调面子，"熟悉是从时间里、多方面、经常的接触中所发生的亲密的感觉"。其实这样的时间多是重复和固定的，在时间里，大家从小到大，然后凋谢。在这个时间里，人们讲究长幼有序，这也是一种时间的排列和循环，一代代人重复着这个时间，春夏秋冬，所谓人生一世，草木一秋。

而乡土社会在空间上是逼仄和狭小的。他们在一块土里刨食，居住，紧紧束缚在土地上，只有到了饥荒和战乱，才可能去外面的世界寻找生计。

这就是乡土上父老乡亲的时间和空间，他们的时间和空间好像是固定的，人生不满百，方圆六七里，这是血缘，也是地缘。乡土社会里的时间观，是循环的，春去秋来，月落日升，大家形成的是一种保守的心理，很少所谓的日新月异，一代代人在同一地方生存，一代代的生活方式一代代搬演。在这种时间和空间里，人们心理塑造完成了，一代代的生活积淀成了规矩，那些早年传下来的经验，成为后代人汲取的榜样，大家都照着办，这就对传统对过去产生了敬畏的心理，这就形成了一套"过去型的时间观"。这就是我们看到的，很多散文是朝花夕拾型的，沉浸在过去的时间里。

所以说，现在乡土背景下的散文创作，很大程度上，也是一种面对时间的创作，投射到现在、过去或未来。对时间的不同处理，显示出不同的散文面相。一般来说，散文不如小说那样处理时间。小说里的时间是自由的，而散文的时间，特别是散文里的人物事件所在的时间，一般来说是真实的。即使是过去的时间，那也是真实存在过的。

但在刘亮程那里，他的散文的时间，虽说是过去的，但他的时间是弹性的、改造的。而刘亮程的散文呈现的那个村庄，与其说是现实的，倒不如说是心灵的，他说：

> 我用这样漫长的时间，让一个许多人和牲畜居住的村庄，慢慢地进入我的内心，成为我一个人的村庄。我们用一生的时间在心中构筑自己的村庄，用我们一生中最早看见的天空、星辰，最先领受的阳光、雨露和风，最初认识的那些人、花朵和事物。当这个村庄完成时，一个人的内心世界便形成了。这个村庄不存在偏僻与远近。对我而言，它是精神与心灵的。我们的肉体可以跟随时间身不由己地进入现代，而精神和心灵却有它自己的栖居年代，我们无法迁移它。在我们漫长一生不经意的某一时期，心灵停留住不走了，定居了，往前走的只是躯体。(《对一个村庄的认识》)

刘亮程笔下的黄沙梁，与其说是物理上的，不如说是在心理上重新建造的一个村子。我与散文家帕蒂古丽有过对话，她与刘亮程都属于老沙湾镇，相距十几里路。帕蒂古丽说，刘亮程写的村子是一个象征意义的符号，因为刘亮程先后待过几个村子，而她的大梁坡是一个实体的存在。

刘亮程村子的时间，是心理时间的，那些空间，也是心里搭起的，那是一场梦。刘亮程说：

> 多少年来我在那个村庄的真实生活，终于化成一场梦。仿佛重回世间，我幽灵般潜回到那个村庄的白天和夜晚，回到她一场一场的大风中，回到她的鸡鸣狗吠和人声中，我看见那时候的我，他也瞪大眼睛，看见长大长老的自己——我的五岁、八岁、十二岁、二

十岁和五十岁,在那场写作里相遇。

当我以写作的方式回去时,这个村庄的一切都由我来安排了,连太阳什么时候出来,什么时候落山,都是我说了算。(《文学是做梦的艺术》)

我们从这自述的文字里,就可看出,在刘亮程的散文文本里,空间是重塑的,时间是重塑的。她就是梦,梦里的一切只是现实的折射;这里的一切,是刘亮程说了算,即使太阳的升降浮沉都由他说了算。所以,他散文里的空间和时间与现实的物理空间、时间不一致,是非真实的空间和时间。

而帕蒂古丽的大梁坡则是一个现实的村庄:"大梁坡村是一个蛋形的村庄,村庄最东面蛋肚子的位置,鼓得最胖的是新庄子,它坐落在维吾尔族庄子的外围。新庄子里住着从河南和甘肃来的十几户人家。村里的小学校就在新庄子中间,那里面最特别的声音是哨子声。"

这个村子,不像刘亮程的黄沙梁的梦幻气质,这个村子烟火气十足:"回族、维吾尔族和哈萨克族人的菜地,都在村子中间的大坑里,你家种豇豆,他家种茄子,我家种辣子,谁家的先成熟了就摘一些下锅,你今天摘我的辣子,明天我摘你的茄子,一家种一样东西,十几家的菜合在一起,就能做出一桌像样的菜来了。"大梁坡是多民族杂居的村子,是混血的村子,不像黄沙梁都是汉族单一民族。大梁坡"从缓坡上下来,再上往北,就是维吾尔族庄子,其实中间也夹了几户哈萨克族人家和两户姓苏的回族人家。维吾尔族人家一家离另一家靠得不近,他们都喜欢在院子里辟出地来,搭上葡萄架和瓜棚子,维吾尔族庄子被大大小小的葡萄架拉成了长条形的,长长地弯过来,几乎包围了半个村子"。

帕蒂古丽的散文是重的,不像刘亮程的散文诗意轻逸。以中国画来比,帕蒂古丽近写实,笔力向下,贴着土地人生,不避艰难竭蹶,人性的幽暗,甚至丑陋;刘亮程近写意,那是一种飞翔,刘亮程认为"散文是一种飞翔的艺术,它承载大地之重,携尘带土朝天飞翔。许多散文作家是爬行动物,低着头写作到底,把土地中的苦难写得愈加苦难,把生活中的琐碎写得更加琐碎,把生活的无意义无味道写得更加的无意义无味道。他们从来都不会走一会儿神"。

但帕蒂古丽，不会从土地上走神。我和帕蒂古丽在微信交流时，她和刘亮程比较曾说："达到那种通达的境界，对我来说很难，我一生可能都是负重前行，因此我的生命和文字也无法轻盈的飞翔。"

我说帕蒂古丽的价值就是重，她的人生过往不可能让那个她耸身一摇，忘掉她的曾经的负重，苦难是她的底色。因为贫穷，帕蒂古丽笔下的"父亲是如此热衷骂我们，我们是如此热爱父亲的骂。我们在骂声里获得的安全感，远比骂声带给我们的气馁多得多，我们安然接受父亲的骂，从不抱怨和抗拒。父亲用骂声来确认，我们都是他和母亲错误结合的结晶，父亲在骂声里不断强化自我认错感；对于我们，骂声则一遍又一遍地证明我们来历确凿"。

因为贫穷，在帕蒂古丽的记忆里，弟弟一直都是饥饿的，母亲没有奶水，弟弟又一直闹着想吃。最后母亲就在乳头上涂上辣椒油，这样，弟弟再吃，就被辣椒油呛哭了，只好断奶。

还是因为贫穷，帕蒂古丽四岁时，母亲患上了精神疾病，那患病源于一个自杀的人使用的一把菜刀。在那特殊的年代，村里的一位知青会计被怀疑偷了公家的红糖，因为会计的老婆正怀孕。于是就要开他的批斗会，就在开批斗会的前一夜，这会计就拿着一把菜刀抹了脖子。这会计死了，停放三天，做一个棺材，这三天，要一个大胆的人守尸，这守尸的，就是帕蒂古丽的父亲。三天后，父亲将会计抹脖子用的菜刀带回了家。母亲无意中发现了这把刀，又看到刀上沾满了死人的血，不由得一声尖叫，将刀扔到了灶火里。后来又把已经烤红了的刀取出来，扔到门外的河里。母亲将刀扔到河里以后，自己也跳进了河里。后来，被救上来的母亲的精神出了问题。

母亲先是不停地将自己家里的刀藏起来，父亲买了一把又一把，而母亲却一次又一次将刀藏起来或者丢弃。直到父亲去世，母亲的疾病越来越严重，终于在一个春节，帕蒂古丽和母亲、妹妹在一张大床上睡午觉，醒来后发现母亲不见了。

我们从帕蒂古丽的散文里知道，她父亲从喀什离家多年再从未回过故乡，她的大弟弟去广东打工一去二十年，小弟弟被迫由小姨领养，姑姑被外婆赶出家门一生都未再相见……这一家就像是在大地上走失的一样。小弟弟在父亲去世后写给帕蒂古丽唯一的信里说出了他这一生最大的愿望:"家人四散,你们一个个越走越远,我想在老家盖一间大大的房子,把你们一个个都叫回来,大家一排睡在大炕上,就像小时候那样……"

我说帕蒂古丽的散文的价值在重,她是感悟到了。她说:"没错,我老是强调生命的重量感,一个连光线都感觉有重量的人,怎么能轻盈的飞翔呢?"

是的,当有人可以轻逸为文的时候,也应该允许有人负重在纸上耕种。就如在20世纪30年代,当周作人、林语堂们提倡性灵小品式的美文,以宽容的态度对待人世,去除自我的偏狭愤激,稀释自我的感情浓度,获得平和,以"雅、拙、朴、温、重厚、通达、中庸"为趣味时,鲁迅却说现在是"泰山崩,黄河溢"。这种选择是"抱在黄河决口之后,淹得仅仅露出水面的树梢头"。世界的残酷依然在身边上演,这种选择的闲适也是充满危殆的。鲁迅说选择者恰恰是忘记了自己抱住的仅是一枝树梢头,但对于"泰山崩,黄河溢""目不见,耳不闻"。也正因此,当周作人提倡晚明小品时,鲁迅说:"枕边厕上,车里舟中,也真是一种极好的消遣",但鲁迅认为现代知识分子必须正视的是,不要忘记了历史整体性,晚明的性灵只是一个小小的历史插曲,对人的残酷虐待是历史的整体的特征。

我们不因追求轻逸忘掉生命中的重,当然,我们也不能因为生命的重,而丧失追求轻逸的权力。如果散文的主调都成了一种轻逸、一种飞翔,那么大地的物理空间所发生的苦难,就会被遮蔽;如果那些沉重的时刻披上了梦幻的彩衣,那这种时刻就会被娱乐性所替代。

我强调帕蒂古丽散文的真实场景,真实的时间节点,就是强调散文真实的写作伦理,而不是脱离这种真实,走向虚幻。把散文写作弄成语言的组织,诗意化、美文化,而对社会人生、社会关怀欠缺;把散文变成了消闲,无力承担社会的写真,给历史留下当代生存的空白。

二、 乡土是一种伦理和评价的体系

乡土是时间空间,更是一种伦理和评价的体系。一个人对世界的判断，首先是这个人的伦理观。乡土伦理是一个散文家认取世界的方式、理解世界的方式。

费孝通先生在《乡土中国》中所概括的"乡土本色""血缘和地缘""差序格局""礼治秩序"等就是乡土伦理的基本内容，这是一种为人的哲学和做人的哲学。乡土伦理首先是恋土的，然后是地缘和血缘，再是"礼治"的社会。

费孝通先生说中国国家结构的基层便是乡土，构成这个国家的最下一层维系纽带，正是乡土性。乡既不是特指乡下，土也非土头土脑，而是一种情感、一种牵连，是人与土地有着关于生死存亡的不可分割的联系，长久下来，土地对人的影响越来越深入，越来越全面，渐渐地流入到中国人的血液中和骨髓中，成为一种思维方式、一种文化。

在散文写作中，很多的作家，都是自觉不自觉地用乡土伦理来评判世界的物事，作家的文字、故事、意象，都有很强的土腥气。

毕星星有篇散文《母亲很了不起》，我读出的是向乡村伦理下母亲的致敬。母亲不识字，"母亲是个文盲，面对她的孩子就有些自卑。说话办事，要看孩子的脸色。商量事情，抬起眼睛看她的孩子，那目光就软弱无力，那是要她的孩子做主的意思"。

但经过几十年的岁月，毕星星承认，他不如不识字的母亲，"母亲没有念过书，她只认自己的感受经见。几十年的切肤之痛，她不会改变自己的定见。我们自认为见识广，读书多，知道得多"——无论正确错误，我们都做正面理解，总有一种道理能说服我们。我们就这样被洗了脑。这样一来，个人家庭痛苦是微不足道的，民族的苦难可以理解为为了一个更美好的目标。

我们知道，乡土伦理有很多不适应现代性的东西，但多年的积淀形成的文化心理也有着很强的正当性，这是我们民族的根脉。母亲所代表的朴素的乡土伦理观念，是对唯新是尚的观念的反证，所以，我们也就必须承认，所谓的启蒙，有它的意义，但如果站在启蒙的道德高坡，那难免水土不服，毕星星在文章的结尾部分写道：

> 鲁迅先生也曾经说过，老百姓虽然不读诗书，不明史法，不解在瑜中求瑕、屎里觅道，但能从大概上看，明黑白，辨是非，往往

有绝非清高通达的士大夫所可几及之处的。此话堪为至理名言。近年有学者大讲世俗理性，意思还不是要注意世俗的感受，高悬的主义往往误国害人。胡适先生号召国民说，争你们个人的自由就是争国家的自由。因为自由的国家不是一群奴才能治理的。每当这个时候，我就想到强权之下母亲的心有不甘。

想起我这几十年的精神迷茫，荒唐行走，我就想到，若论政治觉悟，我不如不识字的母亲。

在这些文字里毕星星反思了百姓身上那种"明黑白，辨是非"的处世的原则，这些处世的原则，即使在强权下仍保持着顽强的生命力，我想这就是乡土伦理的生命。

毕星星有一本书《河槽人家》，我以为是一本以乡土伦理打开那片土地的佳作。他写的是故乡涑水河畔高头村的人物风物，从民国到当下，他写的是乡土的中国。毕星星在序言中说："我想把这些记录下来，在我看来，这个就是我的中国故事，讲好我的村子，就是我的中国叙事。"

他说："回到故乡，有这个好处，随时随地碰上的都是熟人。一个面孔背后，都是好几代的往事。你能听到真实的表达。他们的爱憎恩怨，他们的回忆怀想，都在和你的闲话里。不知不觉完成了采集，回到自家关上门自己整理，和档案对照。大体上，主要线索，枝枝叶叶，就都有了。"

从毕星星的自序里，我们可以看出，他是用社会学的田野调查方法，为百年的中国乡村作传，毕星星的《河槽人家》就是《乡土中国》的文学表达，这是千年的中国传统的乡村，也是百年来缓慢变化的中国的乡村，更是今天急剧转型的中国的乡村。现在的农村，现在的农人，骨子里，还有着向传统乡村伦理致敬的寻根的冲动。他在《回乡去认古碑》就写了他村子里的金大定年间的一通古碑，被掩埋被发现，又重新立起来的故事。

这几年，也多次到过北路一些村子，一个村子留下三五户，进了村子点数，不过八九个人，两三条狗，十几只羊。乡村的凄凉惨淡，令人心忧。我骄傲，我的村庄不是这样。村庄新路新楼，遍野果树，环境优美。留守的务果树，即便在外打工了，也很少在外落户，存了钱还是要回村来盖房子、娶媳妇。村庄为甚有这么强的向心力？历史文化的凝聚力不可小视。先人的足迹踏过几千年，脚下的土地是一块踏实了、焐热了的土地。村落的过去，有着千年书写，每一副面孔后面，都有无尽的沧桑动人的故事。这个村庄蕴含着多少朝代，多少江山，多少人事，你就越发舍不得离开他。

而他在《丑陋的乡野》中反思过乡村的一个婚姻血案："这是我们那一带轰动一时的血案。数年后回想，我的心依然时时被那一支杀红了眼的乡民震撼。田野上，那一支队伍，多像一支农民武装揭竿而起。他们手持最简陋的农具，浩浩荡荡同仇敌忾，要将凶犯即刻处死。革命，不就是要将敌人砸成齑粉吗？历史上的农民起义，不都是手持农具打死强敌的吗？田园式的锄头锹铲，顷刻可以变成打杀工具。"

毕星星还写了乡间的恶人，乡村的丑陋，奸商，闲汉。那败尽了家财的闲汉，在新的时代悠悠忽忽地过日子，小酒不断，农活不干，最后竟善终，让乡邻们百思不得其解。

这是乡村，这才是完整的乡土中国，毕星星说："其实这一块土地，生产淳朴敦厚，也生产愚昧颟顸。生产聪明智慧，也生产狡诈圈套。生产勇敢无畏，也生产残忍嗜血。生产勤劳节俭，也生产游手好闲。生产好人，也生产盗贼。生产正经庄稼人，也生产地痞二流子。流氓和盗匪一直是这块土地的土特产。一支权力的大手纵容和遗弃，只会助长恶之花灿烂开放。这里当然善恶共存，不过都染上了浓郁的田园色彩。回首那些作恶，分明是操田园式道具，演出农夫式的愚昧，农夫式的狡诈，农夫式的仇恨罢了。"

但这是真实的乡土景观，乡土伦理的那种隐形的制度，有时是无力的，只能约束君子，而不能约束恶人。这就必须向现代性的法治社会演进，才能变礼治为法治。

乡土中国，是以农立国的社会，靠天吃饭，发现自然界的隐秘，遵从自然，天人合一。这些观念深入人心及生活的各个层面，比如二十四节气，春来草青，秋至叶黄，这是古人画的美学格子。立春、谷雨、小满、芒种、寒露、冬至……一个一个的格子里，储满了对自然的敬畏、遵从和智慧，虽然现在人们脱离了乡土，但人们的心底，还有这种骨子里的记忆。苇岸曾有未完成的关于二十四节气的散文，1998年，苇岸在其居所附近的田野上，选一固定点，在每一个节气日的上午九点，观察、拍照、记录，最后形成一段文字，经过一年多的准备工作，准备写作《一九九八：二十四节气》系列散文，然而当他写道《谷雨》他便离世了。

在《立春》中，苇岸写道："能够展开旗帜的风，从早晨就刮起来了。在此之前，天气一直呈现着衰歇冬季特有的凝滞、沉郁、死寂氛围。这是一个象征：一个变动的、新生的、富有可能的季节降临了。外面很亮，甚至有些晃眼。阳光是银色的，但我能够察觉得出，光线正在隐隐向带有温度的谷色过渡。物体的影子清晰起来（它们开始渐渐收拢了），它们投在空阔的地面上，让我一时想到附庸或追随者并未完全泯灭的意欲独立心理。天空已经微微泛蓝，它为将要到来的积云准备好了圆形舞台。但旷野的色调依旧是单一的，在这里显然你可以认定，那过早蕴含着美好诺言的召唤，此时并未得到像回声一样信任地响应。"

在农耕时代里，二十四节气对农业生产起着重要的指导作用，那么如果要说在这二十四个节气中哪个节气最为要紧，"一年之计在于春"，春天，对于农人来说是最要紧的，立春便是这一年中对于耕作生产来说首要关注的一个节气。

苇岸在这里，以一个耐心的观察者、体验者，把被现代文明剥夺了的农业精神再一次复原，他用生命重新感悟节气，也是感悟自然，这是对时间的体悟；他像一个古代的星象家，时时刻刻记录着自然的微妙变幻；苇岸也像一个遵守节气的农人，对季节的变幻十分敏感。他在《大地上的事情》中这样写他对季节的认识："秋天，大地上到处都是果实，它们露出善良的面孔，等待着来自任何一方的采取。每到这个季节，我便难于平静，我不能不为在这世上永不绝迹的崇高所感动，我应当走到土地里面去看看，我应该和所有的人一道去得到陶冶和启迪。第一场秋风已经刮过去了，所有结满籽粒和果实的植物都丰足的头垂向大地，这里任何成熟者必致的谦逊之态，也是对孕育了自己的母亲一种无语的敬祝和感激。"

就像农人感恩土地，苇岸也对土地和自然充满赞美："我应当走到土地里面去看看，我应该和所有的人一道去得到陶冶和启迪。"他对大地上果实的善良的面孔，感慨，这是世上永不绝迹的崇高；果实成熟的谦逊之态，这是什么形象？这是孕育自己的母亲的大地，值得人们低头致敬。

在苇岸辞世多年之后，二十四位散文家合力出版《中国书写：二十四节气》，其中诗人散文家汗漫认为，中国的文化，一切原点在二十四节气的认识上："老子讲道生一，一生二，二生三，三生万物。这个'道'，最初我的理解就是二十四节气。包括中国的哲学、世界观、宇宙观、价值观都是道法自然，与自然相融合，用庄子的话讲，'磅礴天地以为一'，把天地万物包容于我们自身，形成人与自然的和谐共融的格局。孔子讲，'天何言哉，四时行焉，百物生焉'，天地有什么话可说？四季在运行，万物在生长，这是天地最好的语言。"

而作为主编的庞培则认为二十四节气"此为华夏文明深邃智慧的黄钟大吕，直到今天，我们的土地仍旧传递出它斑驳钟声的有规律的回音。而在帮助人们更为诗意的生活在这块土地这一点上，'廿四节气'无疑愈来愈年轻而体面，愈来愈生气勃勃，亦越来越贴近并适宜于全球化的今天的地球上各色人等烦恼顿生、易躁不安的日常生活。因为它对于生活在大都市远离乡土自然的那些人，不仅是一帖清凉的神经芬芳剂；同时也十分肯定地赋予了他们某种人文意义上自我必备的醒悟和感恩"。

从这些散文家、诗人的夫子自道里，我们就会感觉出来，乡土乡村虽然在城市化的进程中边缘化，退隐了，但乡土的伦理、乡间的文化，或者说农耕文明，依然是我们精神生活的底座；这些伦理，仍然在我们的生活中或者说生命中，起着不可或缺的稳定器的作用。我们一方面在现代化的都市享受着现代文明，但现代文明病，那些雾霾、空气污染、人与人之间的冷漠，也使我们格外怀恋乡土的一切。一个健康的社会，绝不能和乡土一刀两断，我们现在的价值观念、伦理结构也绝不是城市化单方面决定的。

在很多人的观念里，特别是一些现代启蒙者所认为的乡村乡土是愚昧的、落后的；城市才代表现代文明，才是先进的，才是未来的方向，中国要走向现代社会，必须抛弃乡村乡土。现在看来，这是需要修正的。我们应该恢复那些好的，适应现代社会的乡土伦理，用那些乡土伦理向现代的城市文明输血，为乡土文明、乡土伦理保留文化的血脉，和城市文明一道建立新的命运共同体。

三、怀乡的症候分析

从1840年起，西方的坚船利炮打破了中国传统乡土社会的稳定与封闭。一些所谓的奇技淫巧进入了中国，一些医学、科技、文化开始改变中国的历史面目，乡土中国开始了由"传统"到"现代"。

应该说，现代的城市伦理改变了乡土伦理的关系。这个社会形态已经有了质的变化，很多的人离乡离土，在城里开始蜕变，成为新人。那些熟人圈子没有了，他们必须进入一个陌生人的社会，在这个陌生人社会里，他们打拼奋斗，然后扎根落脚，但是在其精神的深处，常常会有一种情愫泛起，这就是一种被称为高贵病的病症：乡愁。

乡愁是一个舶来词。乡愁（nostalgia）又译"怀旧""怀乡"，是对某种失落东西的感伤，而终极基础的失落，不能不成为感伤的主要内容。列维那斯（E. Levinas）将乡愁视为表达向"同"（sameness）的倒退性的回归。列维那认为，作为一种向同的强迫性回归，此回归便是向作为自我的出发地的家的回归。列维那说这种回归，往坏了说则是一种邪恶、利己的倒退。是啊，在一些人眼里，最高的标准是乡愁里的淳朴，与此不同的城市，是缺少温情，是异端，是乡村的叛徒。

乡愁这个词产生才几百年，1688年，就读于瑞士巴塞尔大学的约翰尼斯·霍费尔（Johannes Hofer），一个异乡客，年才十九岁的法国大学生，从荷马史诗《奥德赛》中取下了nostos（漂泊返乡）一词，嫁接在意为"疾病、苦痛"的希腊文词根algos上，在毕业论文里用以描述当时在欧洲四处征战的瑞士雇佣军中十分流行的思乡病。染上这种病的原本健康的小伙子，听不得牛铃的声音，更受不了一首名为Khue-Reyen、被瑞士挤奶工常年哼唱的传统民谣，一经入耳，便会立时神魂颠倒，茶饭不思，斗志全无，恨不得肋生双翅，脚底抹油，马上飞回阿尔卑斯山下故乡的青青牧场。

这像极了楚汉相争的时候，楚地的歌谣十面埋伏。在刘邦项羽最后命运的决战时刻，《史记·项羽本纪》记载："夜闻汉军四面皆楚歌，项王乃大惊。"韩信让自己这边的楚人士兵唱出楚地的歌谣，这软刀子如不依不挠的锯齿，啮吞着离家许久征战许久的楚国士卒的心。那些年轻的兵士如哑了、聋了，意志被谣曲五马分尸的一刻，战力崩溃，霎时做还乡散灵魂散，最后败退江东，葬身江东。

乡愁是病，在西方的中世纪，鸦片酊、水蛭放血、鞭打乃至活埋，都曾被用作戒除乡愁的"灵丹妙方"，而在瑞士军队中，胆敢哼唱 Khue-Reyen 和携带牛铃、煽动乡愁情绪的人，甚至会被威胁当即处决。也有极少数幸运者，偷偷回去，或是得到上司或医生的恩准，终于回到念兹在兹的故乡，但那却要像背负耻辱的红字一样背负着"意志软弱"的恶名。

后来的乡愁成了城市的病，一些精英分子在高楼华屋里，被尔虞我诈的生活搞得焦头烂额，开始渴慕那种岁月静好，那种辽阔的原野，那种朴素的地方。

于是，乡愁的书写，成了一批批散文家自觉不自觉的动力，乡愁散文的篇幅之巨，泛滥之势，让人觉得，这是一群巨婴在书写。

说白了，故乡是一疗救精神的处所，现实动因是在异乡、在城市遇到了挫败和挫伤，这时最原始的生理反应，就是想到子宫一样温暖的故乡去，那是羊水的所在，母亲的所在。一个人有母亲有故乡，是幸运的，但是永远躺在怀乡的怀抱，永远撒娇式的抒情，那这种还乡，就成了一种麻醉，其实我们还可以这样说：回不去的那才叫故乡。

乡愁，作为一种子宫般的依恋和怀念，不要否认子宫里的回忆有修饰和扭曲。我们知道，回忆和怀念不只是过往的情景和事物在记忆中的浮现，它本身是一种过滤，它不再是一种本原，它是一种价值观。故乡是我们成人后的一种童年的留存，它是我们的一种想象空间，回忆故乡是表达了在现存社会的一种焦虑需要平复；故乡是一种情感结构、心理结构，里面有一种想象和虚构，它是一种精神的脐带。鲁迅对此有清醒的认识，在《朝花夕拾》里先生说："我有一时，曾屡次忆起儿时在故乡所吃的蔬果：菱角、罗汉豆、茭白、香瓜。凡这些，都是极其鲜美可口的；都曾是使我思乡的蛊惑。后来，我在久别之后尝到了，也不过如此；唯独在记忆上，还有旧的意味留存。他们也许哄骗我一生，使我时时反顾。"

鲁迅思念故乡，但他也写出了对故乡的失望，岂止是失望？他在故乡无路可走，才到异乡寻找希望，寻找别样的人们。王鼎钧也说："我早已知道，故乡已没有一间老屋（可是为什么？）没有一棵老树（为什么？）没有一座老坟（为什么？）老成凋零，访旧为鬼。如环如带的城墙，容得下一群孩子在上面追逐玩耍，也早已夷为平地，光天化日，那是一个完全陌生的村庄，是我从未见过的地方，故乡只在传说里，只在心纸上，故乡要你离它越远它才越真实，你闭目不看才最清楚——光天化日。只要我走近它，睁开眼，轰的一声，我的故乡就粉碎了，那称为记忆的底片，就曝光成为白版，麻醉消退，新的痛楚占领神经，那时，我才是真的成为没有故乡的人了。"

人必须和故乡有个了断，不要成为故乡的囚徒，只有认定你就是自己的故乡，你走到哪里，哪里就是故乡，这样的人与文，才是一种成长且长大的人与文。

说白了，还乡，是一种文人墨客的纸上方式，它遮蔽的是乡村的真实与苦痛，正如雷蒙·威廉斯（Raymond Henry Williams）所言："劳作的乡村从来都不是一种风景。风景的概念暗示着分隔和观察。"如果土地的劳作和现实被掩盖了，而成了安谧的风景，"没有农业劳作和劳工的田园风光；树林和湖泊构成的风景，这在新田园绘画和诗歌中可以找到一百个相似物，生产的事实被从中驱除了，道路和通道被树木巧妙地遮蔽，于是交通在视觉上遭到了压制；不协调的谷仓和磨坊被清出了视野……林荫路一直通向远处的群山，在那里没有任何细节来破坏整体的风景……"

纸上的还乡，是回到田园诗，回到咏叹调，回到风景，回到明信片，这里面很少看到废弃的老屋，留守的空巢亲情，缺憾的菜色的孩童，无依靠的鳏寡孤独的鳏夫孤独的寡妇，以所谓的浅表乡愁而遮蔽问题后的应有反思，这是可怕的。

有这样的一个说法，有"头脑故乡"和"呼吸故乡"的区别。所谓的"呼吸故乡"，是你放童年摇篮的地方，是妈妈给孩子脱下尿湿的裤子的地方，是有草垛的地方，是拉警报时戴着防毒面具从教室逃到放煤的地下室里的地方，这是属于"呼吸故乡"，是头脑外的地方。"头脑故乡"是指一个人寻找或选择的生存故乡，在现实的土地上，属于异地异乡，这是人们靠自己的经验在朋友中确认自己位置的地方，不论是农村还是城市。在想法一样的人中间生活，灵魂的每一个细微动作都一起被朋友察觉，陌生感减少了，像是又回归家中：干完活在一起相聚，分享好奇、悲伤、愤怒和希望，或是为对方而高兴。这便是可以一起去寻找的"头脑故乡"。这样的故乡，我以为是价值观的共同体，是身体放松的合作社。"头脑故乡"就是精神的故乡，它在地理的故乡之外；这样的故乡，能把我们带入一种自由和尊严的地带，这样就可把我们从故乡的囚徒，"天鹅绒监狱""斯德哥尔摩病症"中挣脱出来。

在异乡，就是去寻找代替我们童年时的"呼吸故乡"，因为我的乡愁是辽远，一个人不能永是故乡的囚徒，而终要走出故乡。

四、乡土与散文的现代性的问题：最后的农民

社会学家贺雪峰有一篇文章《最后的农民》，他是从婚姻入手，分析黄淮海地区："在年轻一代在对待子女婚嫁上面，可能会与父母一代人有本质不同，而不是等他们人到中年就突然觉醒变得与自己父母一样。这也许正是他们的觉醒，就是父母一辈为子女而活、为人生任务而活的自我剥削、自我牺牲，他们不跟。"在婚姻状况中，这一代农民开始和过去沿袭多少代的婚姻方式不一样了，改变了，他们已经觉醒，就是为自己活着，不被子女绑架，不再把婚姻看成人生的任务而必须完成。作者的结论是：

> 年轻人进城了，他们脱离产生人生任务的村庄环境，也不愿意再被传统人生任务所奴役。推动农民进城的代际支持机制制造出了代际断裂，并将产生出新的代际关系。在新的代际关系下面，父母将人生任务的重点放在子女教育上，子女教育的关键是子女开始具有自主性。受过比较好教育的未来一代的婚姻，也就由他们自己做主了。

这个意义上讲，黄淮海地区20世纪末出生的一代人，也许是最后一代仍然被人生任务所桎梏的农民，他们是最后的传统农民。进

入新世纪的农民不再是传统农民，而是现代社会的一员。这个现代社会不只是生产方式上的，而更是生活方式与价值观上的。

从贺雪峰的结论，我们可以看出，现在的乡土，变了，现在的农民，不再是传统农民而是现代社会的一员。而新乡土伦理必将在这一代农民身上建立。这种新的乡土伦理，是建立在现代性基础和传统基础的嫁接的耦合上，现在的乡土不再是桃源世界，他们既知有汉，也论魏晋。他们有传统的理念，但淡薄；他们有现代商品社会理念，他们血管里流通着契约、平等、开放的因子。

而现在的乡村乡土，还是三十年前、五十年前的乡土吗？

我们从梁鸿的《中国在梁庄》《出梁庄记》可以看出，面对现在的梁庄，梁鸿会不自主地想起童年，也就是几十年前的故乡。那时的故乡，天那样蓝，水那样清，人也是那样勤。可是梁鸿再回到家乡，却发现天的蔚蓝不如当年，水要么干涸要么浑浊，左邻右舍则常年泡在麻将馆里。梁鸿回到故乡，就迷失在她曾经的故乡里，池塘已成垃圾场，湍水两岸绿荫不再，平静的河水犹如吃人猛兽……田已不再是曾经肥沃的田，农民已将农具束之高阁。

但有的乡村，农民还是农民，只是不再单纯靠体力劳动的农民，他们在茶余饭后，开始讨论的是种植技术，同时，天空还是蔚蓝，门前屋后，依旧蝉鸣鸟叫。只是，再也不见稻田一片，再也不闻稻香阵阵，儿时的记忆，现实却不复存在。

在梁鸿的书里，我们感觉出，梁庄内是现在农村的影子，梁庄外是现在农民进城的影子，但不管怎么说，这是一个渐行渐远的乡村和乡土。

其实，就散文与散文书写来说，在大多的时候，都是落后于时代，落后于斑斓的生活，乡土的现代性或者散文的现代性，是我们不容回避的问题。

我们看到，一个绵延千年的生活方式、文化体系，在近三十年快速淡去。然后是，坐在城市书房里，如何写乡土？能否超越那些乡愁的书写，或是鲁迅先生那一代对乡土启蒙批判的视角？

现代散文在文学史出现的时候，是有着非常成熟的美学表现和现代性的观念，它打破了白话文不能写美文的魔咒，那时鲁迅、周作人、朱自清、郁达夫，以至后来的林语堂、梁实秋、沈从文、张爱玲，他们的散文，即使放在晚明的那些小品里，也一样熠熠生辉。

而现代散文对人性、对个性、对社会的关注，早已超越古代散文，并且，现代散文，就是新文化新思想的载体，从这个意义来说，散文从古典到白话转化的过程，是有着十分浓重的现代性的基因的。

但我们明白，那些作家，除掉沈从文来自乡野，很少是从农民家庭和农村走出的，他们对乡土，既有亲和，也有一种批判，他们看出了乡土的闭塞、固执、保守，也看出乡土对现代性的胆怯和拒斥。

我们知道，出现在散文文本里的一切，背后都是价值观的支撑，现在的散文创作者在面对乡土的时候，先是时间上的，然后是空间上的。对这时间的认识，我愿引用米沃什在《米沃什词典》中的话，作为散文写作的忠告：

> 思考时间就是思考人生，而时间这个题目如此广阔，思考它就意味着在普遍意义上进行思考。那些区隔我们的因素——性别、种族、肤色、习俗、信仰、观念，相比于我们是时间的产物这一事实，何其苍白。蜉蝣只能活一天。难以捕捉的"现在"要么逃往过去，要么奔向未来；要么已成回忆，要么构成渴望。我们通过言语进行交流，而言语如同音乐，是时间的抑扬顿挫。难道绘画和建筑不是在把节奏转化为空间吗？

在散文写作中，对时间段的处理，大都老老实实，按着时间的物理印迹来写作。我们要处理时间本身，在乡土的时间迁延中，什么变，有什么留存？我们原先的散文创作，要么是沉浸在过去、回忆、过往逃往，对童年，对故乡风物，对乡土亲情的书写；要么是奔向未来，畅想乌托邦，鸡血一般。我们的散文很少关注词语在时间上的抑扬顿挫，米沃什在这里一而提出了一个把节奏，就是时间转化为空间的话题，绘画和音乐把节奏，把时间转化为空间。而我们的散文，如何把乡土的时间转化为文字空间呢？

我们在散文创作的时候，作为一个写作者，就像米沃什所说：

> 我们一方面沉浸于回忆，另一方面又强烈渴望逃出时间，逃到永恒律法之乡，那儿的一切都不会被毁灭。柏拉图和他的理念（eidos）：野兔、狐狸和马匹在大地上到处跑来跑去，而后消失；但是，在天上某个地方，关于野兔、狐狸和马匹的理念，跟三角定律和阿基米德定律一样，是永恒的存在，不会被混乱的、沾染着死亡气息的经验性证据所颠覆。

我们的散文如何能跳出时间，成为一个永恒的存在？时间是怪兽，是令人恐惧的，禅宗典籍《碧岩录》里记载了这样的公案：

> 僧问鼎州大龙山智法禅师："色身败坏，如何是坚固法身？"龙云："山花开似锦，涧水湛如蓝。"

问着有焦虑，就是时间带来的毁坏，那智法禅师则是截断时间，唯有现时眼前，才是一切。

现在的乡土不再是三十年前、五十年前的乡土，现在的乡土，是工业文明、科技文明进步下的乡土。人从乡土挣扎，走向城市，扎根城市，成为城市里新客家人，很多散文立足于此，和乡土血脉脐带相通。那些乡愁的歌吟，那些在城里的无家可归者，那些无心灵家园的返乡者，那些对现代文明病的批判者，这也应该看作乡土背景下的乡土的书写。

进入现代文明，散文家的笔下对古老乡土的祭奠，对农耕文明的祭奠，回望，对那些乡土社会人情的赞美、自然风光的赞美，是一部分人采取的方式，这也是当下很多散文家驻足的地带。但我们要警惕，乡土下的亲情、乡俗，桃花源一样的诗意和伪诗意，也是对乡土的装饰和伪饰，这里面的机械复制、同质化是最严重的。

现在的乡土社会伦理，比起三十年前、五十年前，也发生了大的转变，甚至颠覆。邻里关系、亲情、待人接物，对土地的情感，对土地伦理的认识，以及对待农业农民农村，这些认识，也发生了巨大的断裂。乡土背景，其实有一个隐含的坐标，是现代化城市文明下的弱者。

但，怎样看待这种巨变下的人，人与土地的关系，乡土传统与新变，以怎样的价值伦理生存和写作，我觉得是散文创作的一种抉择。

但现在，环境污染、生态破坏、转基因下人的疑虑、担忧，人类社会的走向，这些东西一而应该进入散文文字。乡土背景下的现代文明，要不要反思？化肥、农药、重金属，在乡土走进现代社会的时候，"现代病"也进来了。

乡土背景，其实就是人与乡土，这里面，在散文写作的时候，是双主题，还是人与乡土融合、割裂、依存？人对乡土的膜拜，人对乡土的索取，自然文学、生态文学的价值取向，这都是散文家所必须面对的。

乡土是要朝下走的，乡土是要被抛弃的，最后乡土文字会不存在或缩小到角落，这也是宿命。

乡土会变成过去的审美式样，农业文明的衰落，谁也阻挡不住，但这也恰恰是散文更能着笔的空间地带，在新的生态伦理下，乡土会变，在工业文明和后工业文明下，乡土更是一种裂变。乡土观念会变，那人与土地的伦理，人与自然的伦理，人与生态的伦理，都会重建。

但在这巨变之中的散文会更丰富、更深刻，不但是面对人自身，更是人与自然，达到一种新的重新磨合，那时的散文会是什么模样呢？

随笔的精神与价值指向

一、随笔可以定义么

当下，散文和随笔的分野越来越清晰，但这只是一种阅读感觉上的分野，缺少文字的具体表述，大多数人还是把随笔归结在散文里面。散文注重写人、叙事、抒情，强调真实与非虚构的品质；而随笔强调的是智性，是思想，是趣味，是自由，是知识。散文和随笔，散文是叙事的，随笔是思考的；散文是抒情的，随笔是寡情的。散文被七情六欲左右，是血液灌顶、激情灌顶；而随笔是逻辑的、举重若轻的，是怀疑的，也可能是冷漠的。散文多夸饰夸张；随笔多沉淀、多深思，随笔不拒绝看，而是看和思考。散文是经历的记录者，随笔是经历的诠释者。

周作人在《美文》里，是把现在看作随笔的那一类文字剔除在外的："外国文学里有一种所谓论文，其中大约可以分作两类。一批评的，是学术性的。二记述的，是艺术性的，又称作美文。这里边有可以分出叙事与抒情，但也很多两者夹杂的。"

在这里，周作人说的美文是偏于叙事与抒情的。到了1930年9月，周作人在《冰雪小品选序》认为散文"是言志的散文，它集合叙事说理抒情的都浸在自己的性情里，用了适宜的手法调理起来，所以是现代文学的一个潮头"。这个时候，周作人所认为的散文，是言志，集叙事说理抒情的都浸在自己的性情里，这是他吸收了晚明小品的结果。他在1926年为俞平伯重刊《陶庵梦忆》所作序中说："我常这样想，现代散文在新文学中受外国的影响最少，这与其说是文学革命的还不如说是文艺复兴的产物，虽然在文学发达的征途上复兴与革命是同一样的进展。在理学与古文没有全盛的时候，抒情的散文也已得到相当的长发，不过在学士大夫眼中自然也不很看得起。我们读明清有些名士派的文章，觉得与现代文的情趣几乎一致，思想是固然难免有若干距离，但如明人所表示的对于礼法的反动则又很有现代气息了。"

这个时候，周作人基本摆脱了西方的随笔对现代散文影响的影子，而在鲁迅那里，人们把近似随笔的东西，另取一个名字，曰：杂文。

鲁迅翻译厨川白村的《出了象牙之塔》，有一段精美的对随笔看法的文字：

> 如果是冬天，便坐在暖炉旁边的安乐椅子上；倘在夏天，则披浴衣，啜苦茗，随随便便，和好友任心闲话。将这些话照样地移在纸上的东西，就是 essay。兴之所至，也说些以不至于头痛为度的道理罢。也有冷嘲，也有警句罢。既有 humor（滑稽），也有 pathos（感愤）。所谈的题目，天下国家的大事不待言，还有市井的琐事、书籍的批评、相识者的消息，以及自己的过去的追怀，想到什么就纵谈什么，而托于即兴之笔者，是这一类的文章。在 essay，比什么都紧要的要件，就是作者将自己的个人底人格的色彩，浓厚地表现出来。……其兴味全在于人格底调子（personal note）。

这后来人们多把 essay 翻译成随笔。但鲁迅是持保留态度的，鲁迅曾把兰姆的 *Essays of Elia* 译为《伊里亚杂笔》，多数人把其译为《伊里亚随笔》。

同样在《出了象牙之塔》中，厨川白村将 essay 译为随笔，并提出，这是这个文体的范围空间缩小了："有人译 essay 为'随笔'，但也不对。德川时代的随笔一流，大抵是博雅先生的札记，或者玄学家的研究断片那样的东西，不过现今的学徒所谓 Arbeit 之小者罢了。"学徒的范围是小于打工者（Arbeit）这个名号的，而把 essay 翻译为"随笔"，在鲁迅看来，也是小了的，所以他在翻译《出了象牙之塔》时，索性就不翻译，直接保留 essay 这个英文单词。他后来又把这个单词翻译成"杂笔"，但这个词没有流行开来，人们还是使用"随笔"这个词，虽然这个词忽略

essay 博杂与论的内质，而有鲁迅所抨击的"小摆设"之嫌，但人们看到这个词，对其随意的文章特征，还是相契的，就慢慢被人接受沿用了。

其实在中国，最早为这一类文字命名的，起于南宋淳熙十一年（1184），洪迈在《容斋随笔》序中说："予老去习懒，读书不多，意之所之，随即记录，因其先后，无复诠次，故目之曰随笔。"

但我们检讨随笔这一文体，很长时间里，走的多是闲适的路子，但我们追溯随笔的历史，就如陆建德先生所说："赫胥黎、普利斯特利新鲜活泼、不随时俗的见解并不以不至于引起头痛为度。厨川白村所理解的英国随笔未免太闲适、太安全了。"

从这段话我们看出，厨川白村也有走眼的时候，在历史上，随笔是一种有锋芒且惹事的角。蒙田的《随笔集》，曾被禁五十五年。蒙田是现代随笔的立法者，他面对着自己的心灵和世界，是用称量、探寻和尝试来面对一切。蒙田的口头禅是"我知道什么？"他称量自己的灵魂，探寻周遭的世界，然后是勇于质疑，勇于尝试。茨威格在他的《蒙田传》里说：

> 为了能真正读懂蒙田，人们不可以太年轻，不可以没有阅历，不可以没有种种失望。蒙田自由的和不受蛊惑的思考，对像我们这样一代被命运抛入如此动荡不安的世界中的人来说，最有裨益。只有在自己深感震撼的心灵中不得不经历这样一个时代的人——这个时代用战争、暴力和专横的意识形态威胁着每一个人的生活并又威胁着在他一生之中最宝贵的东西：个人的自由——只有他才会知道，在那些乌合之众疯狂的时代里要始终忠于最内在的自我，需要多少勇气、诚实和坚毅。他才会知道，世上没有一件事会比在群众性的灾难之中不被玷污而保持住自己的思想道德的独立更为困难和更成问题的了。只有当一个人在对理性和对人类的尊严产生怀疑和丧失信心的时候，他才会把一个在世界的一片混乱之中独处独醒的人始终保持堪称表率的正直，颂扬为实在了不起。

从这段话里，我们可以清晰地看出，创立随笔（essay）这个文体的蒙田，在这文体基因里，就不是把随笔当成一个闲适到底文体来看待的。

写随笔，要保持个人的自由，自己的思想独立，道德的独立，要忠于自己的内在，在世界的混乱中独处独醒。这样做，确实是不太安全，这样不随世俗，是难能可贵。

但过去中国的随笔，走的是闲适、轻逸、幽默、小资的路数，郁达夫说："我总觉得西洋的'essay'里，往往还脱不了讲理的倾向，不失之太腻，失之太幽默，没有东方人的小品那么的清丽。"那时的随笔，失去了蒙田开创的随笔体探究、批判、称量等的功能，但作为英雄巨眼的鲁迅中是十分清醒的，作为小品的随笔，绝不是小摆设。

西方的随笔到了1983年，瑞士的文学批评家让·斯塔罗宾斯基在《可以定义随笔吗？》中说："我认为随笔的条件，还有它的赌注，是精神的自由。精神的自由：这种说法似乎看起来有些夸张，但是当代历史，唉，告诉我们，这是一笔财富，而这笔财富并不为大家共享。"在这里，让·斯塔罗宾斯基提出，"随笔是最自由的文体"。

让·斯塔罗宾斯基在《随笔可以定义吗？》曾对随笔进行过溯源："essai（自蒙田以后，这个词就成为一种文体的名称，我们将其翻译作随笔），在12世纪的法文中就出现了，它来自通俗拉丁语中的exagium，天平的意思；试验出自exagiare，意味着称量。与这个词相近的词有检验（examen）：指针，天平横梁上的小突起，然后是称量，检验，控制。但是，exa-men还有另一个意思，指一群蜜蜂，一群鸟。共同的词源是动词exigo，其意为推出去，赶走，强制。如果这些词的核心意思产生自它们在遥远的过去所蕴含的意思的话，那该有多大的诱惑力啊！essai 既有强制的称量、细心的检验的意思，又有人们令其飞起的一大堆语词的意思。"我们从历史上可以看出，它最初的含义就是试验，让·斯塔罗宾斯基说："就随笔来说，我的出发点是我被我们的生活所面对的问题抓住了，或者我预感到了问题。问题是给它一个下文。然后思考运动起来，有各种文学的、音乐的和绘画的作品为我们呈现的例证所表明的含义。另一个问题又出现在我的脑海中：就是我画出的路线的有效性。事关我们（经由我的生活的）共同的生活。"从这话里头，我们看出，随笔事关我们面对生活的问题，并解答生活的问题。"开始，一系列的问题引起我们的注意，要求我们给予回答。于是一个信念在我们心中形成了：也许处理这些问题会有风险，但是我们如果忽视就会有更大的损失。于是，有什么东西要我们称量呢？使我们在自身感觉到的生活，它表现、展示出来。"随笔，是称量，是评价，也许有风险，但我们要把这种称量表现出来，展示出来。

到了当代，作家蒋蓝在《一个随笔主义者的世界观》里说：

> 散文需要观察、描绘、体验、激情，随笔还需要知识钩稽、哲学探微、思想发明，并以一种"精神界战士"的身份，亮出自己的底牌。
> 散文是文学空间中的一个格局，随笔是思想空间的一个驿站；
> 散文是明晰而感性的，随笔是模糊而不确定的；
> 散文是一个完型，随笔是断片。
> 第一，它的价值立场是高扬理性自由的。在前行过程中尽管有无限的可能，但关注每一个可能就是打通靠近自由的路途。
> 第二，它的文体意识具有试验精神，具有不确定的文体特征。断片是思想的犁沟，构成一种逶迤放射的隐喻文体。
> 无须架空形象来梳理思想。把理念还给思想，让理念流动在思想之中。
> 第三，鉴于随笔的主题私人性、结构随意性、感情亲和性，就无须回避在思想演绎过程中对情绪的接纳、解剖，直至放弃。

在这里，蒋蓝看重的是随笔里的知识钩稽、哲学探微、思想发明，是精神界"战士"的身份；随笔是思想，是理性自由，是试验的精神。

借用让·斯塔罗宾斯基的话"随笔可以定义吗?"我想从随笔的精神和价值指向来分析当下随笔，来提出自己的理解。

二、 随笔的精神

随笔的内在质地，或者说外在表现气质，就是自由。内在精神质地的自由，就不自觉透出一种异样的自由气质。

让·斯塔罗宾斯基指出：

> 唯有自由的人或摆脱了束缚的人，才能够探索和无知。奴役的制度禁止探索和无知，或者至少迫使这种状态转入地下。这种制度企图到处都建立起一种无懈可击、确信无疑的话语的统治，这与随笔无缘。

自由是和奴役相对的，奴役的心灵，只能是服从，不敢逾越雷池，一个精神自由的人，这个文体才是自由的保障，这是随笔遵循的原则，也是随笔的"宪章"。

随笔的条件和赌注是"精神的自由"，这就是说，随笔，是最自由的，这种自由既是文体的，也是精神的，是自由的精神掌握的文体。

林贤治先生对让·斯塔罗宾斯基这段话有过解读，他说这是：

> 强调随笔写作与自由制度和精神解放的联系，在我国作家和批评家中是极少见的。所以，在西方，洋洋数十万言的作品照例算作随笔，而在我国，随笔仅限于小品而已。
>
> 这里的随笔，明白地是一种自由书写，是自由观念的一种实践，相应于自由精神的一种思维方式和语言形态，是自由存在的敞现。在本质的意义上说，随笔式写作潜藏着对学院的规范化写作的否定、批判与对抗。很难设想，一个热爱自由的思想者和写作者，竟会舍弃一种富于个人性、试验性、衍生性的文体，而选择另一种文体，一种具有统一模式的，由概念和逻辑秩序支撑起来的文字建筑。

我们可以从林贤治的话里看出，他对我国的很多随笔不满，那些随笔，自甘小品，自甘在逼仄的精神空间里腾挪。随笔式就是对学院的规范化写作的否定、批判与对抗；学院化的写作，就是程式化、八股化、僵化，舍弃的是个人性、试验性、衍生性。

而我们参照欧美的随笔类文字，他们的精神自由度，他们的精神空间，是无远弗届，我想无论文字也好，做人也好，最本质的东西，一定是个体的自由。他们在暴政面前，拍案而起，他们对人权尊严的维护到了苛刻的地步,他们为正义呐喊,为自由而歌。他们的灵魂是自由的灵魂,他们的文字是那么饱满的精神的酣畅、自由与辽远。你看恰达耶夫的《哲学书简》、梭罗的《瓦尔登湖》、托尔斯泰的《我不能沉默》、茨威格的《异端的权利》、加缪的《西西弗神话》、索尔仁尼琴《古拉格群岛》,这些人的随笔,内心强大,不惧强权,他们的尊严,就是自由的精神,是那些自由之下的思想和表达。

别尔嘉耶夫在《论自由与奴役》中的见解值得借鉴。别尔嘉耶夫在说人的意识结构由"奴隶""统治者"和"自由人"三种成分组成的,我想,一个随笔作者如何选择?他的思想和精神意味着不做"统治者"和"奴隶",只选"自由人"。

但我们知道,自由不是先天给予的,别尔嘉耶夫说:"获取自由其实非常艰辛,处在被奴役的位置上反倒轻松得多。爱自由、求解放仅是那些具有高质的人的标志,只有那些人的内心才不再是奴隶。"

精神怎样获得自由?按照别尔嘉耶夫的意思,精神战胜奴役,首先是要战胜恐惧,恐惧生死,恐惧未来的不确定,恐惧谎言,恐惧强权。但别尔嘉耶夫给了一个药方"唯自由与爱的结合,才能实现自由的创造的个体人格""自由不应是人的权利的宣言,应是人的责任的宣言"。

但自由并不是不带来痛苦,自由不是停滞,自由的历程不能停步、驻足,而是奋力挣扎,去打破新的枷锁到达新的自由。

这也恰恰是随笔这种文体最能着力的地方,让·斯塔罗宾斯基说:"从一种选择其对象、创造其语言和方法的自由出发,随笔最好是善于把科学和诗结合起来。它应该同时是对他者语言的理解和它自己的语言的创造,是对传达的意义的倾听和存在于现实深处的意外联系的建立。随笔阅读世界,也让世界阅读自己,它要求同时进行大胆的阐释和冒险。它越是意识到话语的影响力,就越有影响……它因此而有着诸多不可能的苛求,几乎不能完全满足。还是让我们把这些苛求提出来吧,让我们在精神上有一个指导的命令:随笔应该不断地注意作品和事件对我们的问题所给予的准确回答。它不论何时都不应该不对语言的明晰和美忠诚。最后,此其时矣,随笔应该解开缆绳,试着自己成为一件作品,获得自己的、谦逊的权威。"

随笔是从其选择对象、创造其语言和方法的自由出发,是预言帝创造，是大胆的冒险和阐释。最后随笔达到的是"解开缆绳，试着自己成为一件作品，获得自己的、谦逊的权威"。

但"独立之精神，自由之思想"成为随笔的精神指向和价值取向，是经过几代随笔作者和知识分子求索而得出的一个结论。

其实"独立之精神，自由之思想"是我们传统所缺乏的，他最早由陈寅恪先生提出，陈寅恪在王国维先生纪念碑铭中写下了被人传诵的铭词：

> 士之读书治学，盖将以脱心志于俗谛之桎梏，真理因得以发扬。思想而不自由，毋宁死耳。斯古今仁圣所同殉之精义，夫岂庸鄙之敢望。先生以一死见其独立自由之意志，非所论于一人之恩怨，一姓之兴亡。呜呼！树兹石于讲舍，系哀思而不忘。表哲人之奇节，诉真宰之茫茫。来世不可知者也，先生之著述，或有时而不章；先生之学说，或有时而可商。唯此独立之精神，自由之思想，历千万祀，与天壤而同久，共三光而永光。

"独立之精神，自由之思想"，这和让·斯塔罗宾斯基所说的随笔的条件——精神的自由一脉相承。它涵盖了陈寅恪先生的"独立之精神，自由之思想"，这这笔财富并不是为大家所共享的，很多人还没有认识到精神自由对随笔的价值，这是令人悲哀的地方。

而徐贲在《经典之外的阅读》的序言中说："思想随笔是一种自由自在的写作，理性、持平、不矜不伐。它不是自娱自乐，更不是孤芳自赏，而是力求信而有征、发蒙起蔽。它离不开弥久常新的人文内容和贴近现实的问题意识，也需要教育良好、乐于思索的读者。我希望自己的阅读思考能聚焦于这样的内容和问题，我更希望，来自我自己阅读的一些重要东西能够在读者们的体会和思考中生发出新的意义。"

我们从徐贲的序里可以看出，当代作家对随笔精神自由的认可与追随。徐贲说写随笔的状态，必须是一种自由自在的写作，不是自娱自乐，不是孤芳自赏，是求信而有征、发蒙起蔽。

而不具备这种自由精神的随笔写作，大多是看脸色的、奴性的、不关痛痒的文字，少的是独立的思考，少的是自由的精神。大多数人的随笔走的是清丽的路子，走的是贩卖知识的路子；逼仄自由的精神空间，对异端的恐惧，使人们开始学乖，与是"用瞒和骗，造出奇妙的逃路来，而自以为正路"。有独立的、自由的精神空间，在过去的随笔界是一件奢侈的事。

人不只是满足食物的餍足、衣物的华美，人还有思想的乐趣，精神的乐趣。生活中有各种苦难和不幸，人往往会追问，会挣扎。

人不只是如行尸走肉存活在世间，人之所以大于动物，不只是感知的方式，还有精神的方式、思想的方式，以及思维的乐趣。

三、随笔的价值指向

价值指向是指人们把某种价值作为行动的准则和追求的目标，是人们实际生活中追求价值的方向。它渗透在个体的活动和意识中。人们在工作中的各种决策判断和行为都有一定的指导思想和价值前提。

心理学家罗卡奇（M. Rokeach）把价值取向分为两大类：终极价值和工具价值。终极价值指的是反映人们有关最终想要达到目标的信念，工具价值则反映了人们对实现既定目标手段的看法。心理学家高尔顿·乌伊位德·奥尔波特（Gordon Willard Allport）把价值取向分为六类：理论取向、经济取向、审美取向、社会取向、政治取向和宗教取向。

而我们把随笔的价值指向，除掉精神自由之外，还有就是思想、批判意识、博雅与趣味。随笔的精神，上文已专门谈论，下面我们谈随笔的思想。

人们有时把随笔叫作思想随笔。

帕斯卡尔说，人是自然界最脆弱的，就像一根苇草，一阵风就吹折，但人却仍然要比致他于死命的东西更高贵得多；因为他知道自己要死亡，以及宇宙对他所具有的优势，而宇宙对此却是一无所知。

因而，人全部的尊严就在于思想。能思想的苇草——这就是人应该追求自己的尊严，绝不是求之于空间，而是求之于自己的思想的规定。

帕斯卡尔说，人占有多少土地都不会有用；由于空间，宇宙便囊括了人并吞没了人，有如一个质点；由于思想，人却囊括了宇宙。

所以帕斯卡尔得出结论：思想——人的全部的尊严就在于思想。

人们把蒙田、培根、帕斯卡尔作为随笔三大家，他们的随笔的魅力，就是来自他们绝不流俗的思想的深度与高度。

我们试举一例，大家都知道钱钟书先生在《围城》里关于婚姻的看法，其实是来源于蒙田的"婚姻如同鸟笼一样：笼外的鸟儿拼命想进去，笼内的鸟拼命想出来"。蒙田是思想家。

从蒙田对随笔的命名，我们就可看出一个具有思想性的文体的诞生。法语词 essai 有两层含义，其中一层是指称量、探寻和尝试。蒙田接过了苏格拉底的思想和衣钵。苏格拉底说，"我唯一知道的是自己无知"，而蒙田则是"我知道什么"，这种思想，就是怀疑和探寻。蒙田说："我探询，我无知。"随笔就是探询的见证，是思索的见证，所以蒙田在《随笔集》中说，最好的哲学是以随笔的形式得到表现的。

帕斯卡尔在《思想录》里说："我很能想象一个人没有手、没有脚、没有头（因为只是经验才教导我们说，头比脚更为必要）。然而，我不能想象人没有思想，那就成了一块顽石或者一头畜生了。"帕斯卡尔的随笔，就是思想的沉思录，就像罗丹有雕塑《思想者》，帕斯卡尔是思想者，他就如笛卡尔说的"我思故我在"，只有思想着，帕斯卡尔才存在。克尔凯郭尔说："一个人的思想必须是他在其中生活的房屋，否则所有人就都发疯了。"我觉得，随笔《思想录》就是帕斯卡尔的房屋。他的生活就是他的思想，他的思想也就是他的生活。

我赞赏史铁生说的："人来到这个世界上，不是为了完成一连串的生物过程，而是为了追寻一系列的精神实现。"这个精神实现的过程，就是思想轨迹运行的过程，也因这个缘故，随笔也可看作为实现精神而生了。

我从来不把史铁生作为一个小说家看待，也不把他看作散文家，我骨子里定位他是一个了不起的当代随笔大家。可惜的是，人生活得太现实了，人多把现实生活设定为人生的唯一目的，没有了精神和思想的空间，只在现实逼仄的方寸之地腾挪。所谓生活的激情往往是原始性、动物性，来得快，去得也迅疾，只是一种欲望的来去轨迹而已。

史铁生有《病隙碎笔》，我们知道，史铁生好像一辈子就在病中度过的，他每三天就要透析一次。每次透析都折腾的筋疲力尽，到第二天的时候，他才能稍稍动笔，但这种动笔，也不是轻松的时刻。史铁生虽然残疾，但他自由的心灵却在思想的空间四处腾挪，他思考生死、苦难、信仰、残缺与爱情、神命与法律、写作与艺术。他超越了身体的残疾，从高空俯视尘世，他的关于信仰的思考令人感动，他说："所谓天堂即是人的仰望。"即所谓"皈依并不在一个处所，皈依是在路上"。

我们的目的地在哪？我们在路上，就是走向目的地，在人的信仰里，走在路上，才能证明我们的信仰。

史铁生的残疾，是命运的安排吗？所谓命运，就是说，这一出"人间戏剧"需要各种各样的角色，你只能是其中之一，不可以随意调换。

上帝做错什么？"主业是生病，业余写点东西"，年少初病的史铁生曾抱怨命运不公，后来他明白了：

> 一个欲望横生如史铁生者，适合由命运给他些打击，比如截瘫，比如尿毒症，还有失学、失恋、失业等。这么多年我渐渐看清了这个人，若非如此，料他也是白活。若非如此他会去干什么呢？我倒也说不准，不过我料他难免去些火爆场合跟着起哄。他那颗不甘寂寞的心我是了解的。他会东一头西一头撞得找不着北，他会患得患失总也不能如意，然后，以"生不逢时"一类的大话来开脱自己和折磨自己。不是说火暴不好，我是说那样的场合不适合他，那样的地方或要凭真才实学，或要有强大的意志，天生的潇洒，我知道他没有，我知道他其实不行可心里又不见得会服气，所以我终于看清：此人最好由命运提前给他点颜色看看，以防不可救药。不过呢，有一弊也有一利，欲望横生也自有其好处，否则各样打击一来，没了活气也是麻烦。抱屈多年，一朝醒悟：上帝对史铁生和我并没有做错什么。

是的，命运何来公允一说，你躲得初一，能躲过十五吗？命不好，也要担着，"人是被抛到这个世界上来的"才是真实。在《扶轮问路》中，史铁生追问自己也追问意义、追问命运："这五十七年我都干了些什么？——扶轮问路，扶轮问路啊！但这不仅仅是说，有个叫史铁生的家伙，扶着轮椅，在这颗星球上询问过究竟。"

人到这个世上，没有理由，这是事实，你必须接受必须承担，这路途有无限的悲怆与'有情'，无限的蛮荒与惊醒。你走就是了。

在史铁生的随笔里，我们感受最深的是，人谁不是残疾？他说，"人之所不能者，即是限制，即是残疾"。我们在世上，无论什么人，谁没有限制和不能？谁没有无奈和无知？但在限制里，我们不能甘于被限制，要扶轮问路，就像史铁生不被轮椅限制，我们用智慧突破这限制，用精神突破肉身的限制。

我们知道了残疾，知道了限制，知道了困境的永在，但不气馁，不犬儒，走向拯救。有人说："无知的玩乐也是一种死亡，相当于活死人之墓。"是的，没有精神含量的玩乐浅薄至极，也无聊至极，那是肉体自建的坟墓，把人一辈子活活囚禁在那里面。

随笔的力量在于思想。在因袭沉重的世间，提供独特的洞见和思想是危险的，因为都是病人的时候，那些思想的麻木是止痛的药膏，你接触了那种麻醉，那种无所适从的真空，是很多人不愿意看到的。那些人会把思想者当成江湖术士或者骗子。这是随笔的不幸，也是思想者的不幸。

于是就会出现很多思想的变节者、妥协者，或者忏悔者，面对利益和所谓的安全，痛哭流涕或感恩戴德。思想者的陨落，是随笔文体必不可少的代价，就如流星，你划过了黑幕，你坠落，这是命定。

人之所以被称为人，在肉身之上是思想。思想是一个人作为人的最显著的标志。无思想的人，无疑是奴役的对象，头脑简单和不动脑筋的人往往是被使唤的。

随笔的写作不应是为写作而写作，而应是有了思想，或者最低的是有了感想，想传达给别人，让别人分享。写随笔的人很少能发财，手里只是握着一管笔，这笔管里汲取的是思想的汁液和夜里的星光。

林贤治是一思想者。翻开《旷代的忧伤》，你可以看到一连串的名字：布鲁诺、索尔仁尼琴、珂勒惠支、鲁迅、张中晓、顾准……

他们来自不同的国度，他们处在不一样的时代，也有着不同的信仰。但他们都有着独立的精神、自由的追求、信仰的实践，所处之时的警惕批判、批判之后的无畏承担。他们的身上都有一种常人所不及的勇气，那便是敢于对强势作出挑战。他们是一个个始终保持着自己独立的思想者，他们是海洋、是旷野，他们的灵魂宽广而博大。

在当代随笔里，充盈着思想，给人以启迪的一位随笔重镇就是刘小枫，从他的《一代人的怕和爱》《沉重的肉身》《走向十字架的真》，我们可以读出他思想的痕迹。

我们在刘小枫的《苦难记忆》中读到的是每一个有良知的现代人都无法回避的沉重的话题。刘小枫一再强调要记住这些苦难。他说："苦难记忆既是一种主体精神的品质，亦是一种历史意识。苦难记忆指明历史永远是负疚的、有罪的。苦难记忆要求每一个体的存在把历史的苦难主体意识化，不把过去的苦难视为与自己的个体存在无关的历史。"

在《记恋冬妮娅》中，刘小枫写在他精神和肉体成长养料极度匮乏的"文化大革命"时期，他把冬妮娅移情为初恋情人的角色。尽管在《钢铁是怎样炼成的》一书中，冬妮娅是被"谴责"的，但刘小枫却发出灵魂之问："冬妮娅只知道单纯的缱绻相契的朝朝暮暮，以及由此呵护的质朴蕴藉的、不带有社会桂冠的家庭生活。保尔有什么权利说，这种生活目的如果不附丽于革命目的就卑鄙庸俗，并要求冬妮娅为此感到羞愧？在保尔忆苦追烦的革命自述中，难道没有流露出天地皆春而我独秋的怨恨？"刘小枫坦承自己爱上了冬妮娅，是保尔批评的那种贵族气质，暗中个体的理想，这在当时是十分犯忌的："我很不安，因为我意识到自己爱上了冬妮娅身上缭绕着蔚蓝色雾霭的贵族气质，爱上了她构筑在古典小说呵护的惺惺相惜的温存情愫之上的个体生活理想……（保尔）没有理由和权利粗鲁地轻薄冬妮娅仅央求相惜相携的平凡人生观。"

而在《沉重的肉身》里，刘小枫对电影、小说、历史事件进行重新反思和诠释，从罗伯斯庇尔、丹东，到牛虻，到昆德拉，到基斯洛夫斯基《十诫》《红白蓝》，他用随笔进行思考。昆德拉笔下的托马斯走向了特丽莎的沉重而非萨宾娜的轻逸，卡夫卡再而三地订婚又悔婚，《牛虻》中玛梯尼想安慰哭泣的琼玛却无法伸手去拥住她，丹东最终被他深爱的人民以"人民"的名义送上断头台，基斯洛夫斯基在《十诫》中把一个又一个个体命运的艰难选择推到我们面前，一切都昭示着肉身是多么沉重的在世。

在随笔的价值指向里，我们不能不提到批判性或批判意识。周作人在《美文》中把"批评的、学术性的"从随笔的定义里摘除了，成为轻巧。吴靖在《蒙田的遗产：现代随笔四百年》里说：

> 现代随笔不仅是自我省思，更是一种公共批评，有着自觉的介入性和鲜明的公共性。这意味着随笔不只做涓涓细雨、春风和煦之态，也有金刚怒目、剑拔弩张之势。曾在波尔多最高法院担任过法官的蒙田，对法国司法制度的批评可谓生猛直截。他强调"没有东西比法律的过错更为严重更为充分"，他请求读者"仔细想想统治我们的司法形式"，他断定那是"人类蠢行的真实明证"。他著名的控诉是："我所见比犯罪更罪恶滔天的判决何其多也！"他坚决反对刑讯逼供，理由是："审判者折磨人是为了不让他清白死去，而结果是他让那个人受尽折磨后清白死去。"我们当然记得，蒙田写这些话的时候，正是欧洲宗教战争频繁、罗马宗教裁判所动辄处死异端的时期，蒙田去世八年后，布鲁诺被烧死于鲜花广场。

后世的人继承了蒙田随笔的这种批判意识，鲁迅先生是最能代表随笔（杂文）这一倾向的大家。鲁迅在随笔里解剖丑恶的社会现象，以斗士的姿态批判愚昧的国民性和吃人的制度，他八面出锋、四处抗争，他面对着"黑暗"与"绝望"的世界，反抗绝望。所谓的鲁迅笔法，最内在的就是讽刺批判，不做温和的正人君子。

鲁迅的随笔（杂文）创作理念，受到厨川白村的影响。鲁迅翻译了厨川白村的随笔集《出了象牙之塔》，他说："建立在现实生活的深邃根底上的近代的文艺，在那一面，是纯然的文明批评，也是社会批评。"这一理念，在鲁迅随笔（杂文）里有十分突出的表现。鲁迅在《华盖集题记》里说：

> 也有人劝我不要做这样的短评。那好意，我是很感激的，而且也并非不知道创作之可贵。然而要做这样的东西的时候，恐怕也还要做这样的东西，我以为如果艺术之宫里有这么麻烦的禁令，倒不如不进去；还是站在沙漠上，看看飞沙走石，乐则大笑，悲则大叫，愤则大骂，即使被沙砾打得遍身粗糙，头破血流，而时时抚摩自己的凝血，觉得若有花纹，也未必不及跟着中国的文士们去陪莎士比

亚吃黄油面包之有趣。

然而只恨我的眼界小，单是中国，这一年的大事件也可以算是很多的了，我竟往往没有论及，似乎无所感触。我早就很希望中国的青年站出来，对于中国的社会，文明，都毫无忌惮地加以批评，因此曾编印《莽原》周刊，作为发言之地……

随笔在鲁迅这里，就是改革的抓手，他以批判性为武器，蔑视一切艺术之宫禁令，在他对传统思想、封建伦理、国民劣根性及社会黑暗猛烈地抨击的时候，随笔的大厦被建立起来，而其中的支柱，最有力的显现就是随笔的批判性。

随笔的价值指向，还有就是知识的丰盈，我称之为博雅。所谓博雅就是随笔的谈天说地、情趣雅正。这种传统来自蒙田，在他的《随笔集》里，智者蒙田高论上帝和斯宾诺莎，漫谈海龟和契普赛大街，有的长篇大论，有的点到为止，要言不烦。蒙田的随笔，没有什么事物不可入随笔，从书籍到城堡，从马匹到信仰，从撒谎到上帝，从勇气到胆怯，从服饰、气味、色彩、建筑、颜色到饮酒，从大拇指到畸形儿……可以有煌煌十万言的《雷蒙·塞邦赞》，可以有千字文《公事明天再办》。我们说蒙田以其超人的博学、深邃的思想塑造了随笔的标杆。智者的眼光、渊博的知识、丰富的个人经验，再有观察和思考，从大千世界的芸芸众生，到人类的精神世界，蒙田都有独特见解；为了支撑这些，他旁征博引了古希腊、古罗马那些智者的论述，再有对自己的描写与剖析，使大家有了阅读的代入感，形成了蒙田随笔博雅的风致。

我们看钟鸣的随笔《畜界人界》，内容却极雅，雅到"阳春白雪"，博到无远弗届。钟鸣这本书的副标题，叫作"一个文本主义者的随笔集"。这就是从文本上令人耳目一新。这是动物随笔集，他笔下的乌鸦、孔雀、狗、鼠、猫、蝴蝶、蠹鱼，还有猛兽如狮子、豹子，人间的政治动物，多是我们没听过、没见过的，甚至《山海经》也没有的稀奇珍品。动物和人物是两界，也是浑然一体，各有善恶，互有善恶；但谁比谁善，谁比谁恶，底线在哪儿，还真不好说。但你不得不佩服钟鸣的博雅趣味，你用眼睛阅读、用心灵消化，是传奇、是灵幻，是隐喻，是夸张，是寓言，比钱钟书《管锥编》奇诡，是当代的《山海经》《搜神记》。

四、好随笔让人有一种精神还乡之感

美国著名文学教授哈罗德·布鲁姆说过一段著名的话："莎士比亚或塞万提斯，荷马或但丁，乔叟或拉伯雷，阅读他们作品的真正作用是增进内在自我的成长。"我们说好随笔是"增进人内在自我的成长"的作品，这是一种给人的内在的成长助力审美的拯救，给人的是荒寒中的抱慰，它们构成人类精神的故乡。

现在很多的随笔是注水的，少有给人以精神还乡之感，很多随笔的精神猥琐，低眉顺眼，不敢一而不愿把精神的触角延伸到当下的人的精神空间，给人一援手，给人以拯救。很多的随笔给人的是荒凉之感，至多是一些小幽默、小俏皮。有多少随笔能给人信仰的力量、爱的力量呢？

刘亮程说："优秀的文学都具有故乡意义。那些我们阅读过，影响过我们，留下深刻记忆的文学作品，都是把一个文字中的故乡留在我们心中。"精神故乡虽不能塑造你的骨骼，但在这里，它塑造你的灵魂，在经历黑暗的时候，给你勇气，给你力量。

人们关于故乡的文字多如牛毛，但人们除掉物理意义的故乡，还应有个心中的精神故乡。当我们在世界的荒诞中前行的时候，有一份支持就是来源于精神故乡。

我们在好的随笔里，能感受大地、真理、自然给予我们的故乡之爱。加缪说："想做到纯粹，便要重新回到灵魂的故土，在那里与世界的亲缘关系变得易被感知，在那里血肉之躯与午后两点钟阳光暴烈的脉搏再次接合。"人在现实的世界里时时会遇到艰困、陷阱、疲累，这是一个人必须正视的处境，但是这也是一个人必须承担的负重。如果我们像加缪说的，重新回到灵魂的故土，我在这里，把随笔当作了灵魂的故土，然后从故土回返，重回世间，那么我们会以另一模样，会更加坚定地面对一切，因为我们从故土里获得了爱与鼓励。

但现在有多少的随笔能抚慰人们对怀乡的冲动？人们怀着一种乡愁到处去寻找故乡，但这种故乡不可能在那些已经整容的地理的故乡，而只能是精神的故乡、纸上的故乡，而好的随笔就是要唤醒人在路上、寻求故乡的冲动。好的随笔作家应该如尼采所说："我们哲学家不像普通人可以自由地将灵魂与肉体分开，更不能自由地将灵魂与思想分开，我们不是思索的蛙，不是有着冷酷内脏的观察和记录的装置——我们必须不断从痛苦中分娩出来我们的思想，慈母般地给我们以我们拥有的一切，我们的血液、心灵、火焰、快乐、激情、痛苦、良心、命运和不幸。生命对于我们意味着，将我们的全部，连同我们遇到的一切，都不断地化为光明和烈火，我们全然不能是别种样子。"

这样的随笔作家既能照亮生活，也能照亮人生，不简单是一个思索的蛙，好的随笔作家的文本是生命的记录与思索，是命运的探究与追寻，好的随笔必须是人类精神家园的守望者。它让人有一种怀乡的冲动。正如白居易所说："我生本无乡，心安是归处。"

现在的人们虽然居住华屋楼宇，但钢筋水泥无疑是囚笼与枷锁，那道道的马路、那城市的雾霾与光污染、那焦虑的心，时时都让我们泛起还乡的冲动。

但家在哪里？德国哲学家谢林曾把自己的哲学命名为"精神还乡记"。我觉得，我们的好随笔就是帮助人的精神还乡。

我总觉得，随笔是历史的精神侧面，是时代的精神侧面。在这里，我们可以勘察人的精神的痕迹。在阅读随笔的时候，我们看到的是随笔的精神在我们的精神上留下的痕迹，但在当下，能在精神上留下痕迹的文字越来越少。

我们随笔里要有爱、要有信仰，人们需要在爱与信仰里安家。在一个变动不居的时代，我们真的应该仰望点什么。我想起加缪所说：

> 那些相爱却相离的人们也许生活在痛苦中，但这并不是绝望：他们知道爱情长存。这就是为什么我能双眼无泪地忍受着流亡。我依然在等待……我随时可以起航，无视绝望。

加缪的随笔和他的小说一样，无论是西西弗还是他故乡的文字，他在那些文字里探究，为人类筑建着精神的小屋。

我们是谁？我们从哪里来？我们到哪里去？也许，好的随笔就是那些长亭短亭，等着人们的归程。

史铁生：命运即是与苦难周旋

加缪在《西西弗神话》开篇说："真正严肃的哲学问题只有一个：自杀。"一个人只有被命运抛到绝望的地角，思考生与死，那他才能从绝望中新生，给人希望的不是希望，而是绝望！

史铁生的散文是一种绝望的记录，是无法把握偶然，在困境中带着血迹的印痕，它充满了对命运的疑惑和对荒谬及困境的认同，这是他区别于当下许多作家的地方。

史铁生的散文是一种独异的生命的存在，是一种对人的命运倾听与倾诉的文字，也许是因为他身体的残障，这限制了他，也成全了他，他迎面触碰的是一个什么样的世界？人们说苦难就像影子陪伴着人的生活，没有苦难的生活是不应当称之为生活的，但人们总想生活得轻逸。21岁那年，原先的生龙活虎的史铁生没有了。人生产生裂痕，从群体的插队，从陕北的窑洞牛群，到独自一人与伤痛握手，到与轮椅陪伴，从激昂的忧世的理想到忧生，从喧嚣的世间一下堕入苦痛铸成的冰窟，史铁生时时面对的是与死神摩肩接踵。在人们问他为什么写作时，史铁生回答说，"为了不至于自杀"。活着，是难的。我想，人们首先应该追问的是活下去的根基是什么，我是谁，我为何物，我的归宿及路途的坎凛与顺遂。这里面透出许多不可说，也说不透的东西。

对史铁生来说，这个根基是写作，在写作中他敞开自己，追问人的终极意义；在写作中，史铁生进行人生的精神长旅，包括对爱、性、生命、残疾、宗教、困境。史铁生就像扣着一堵墙，他苦苦思索墙的回声，命运是可抗争的吗？他用笔与命运拔河，无始无终："活得要有意义。""只有人才把怎样活看得比活着本身更要紧，只有人在顽固地追问并要求着生存的意义。""要求意义就是要求生命的重量。……得有一种重量，你愿意为之生也愿意为之死，愿意为之累，愿意在他的引力下耗尽性命。"

但是我们追问，意义是在人生的背后呢，还是在行进的过程中？

过程！对，生命的意义就在于你能创造这过程的美好与精彩，生命的价值就在于你能够镇静而又激动地欣赏这过程的美丽与悲壮。但是，除非你看到了目的的虚无你才能够进入这审美的境地，除非你看到了目的的绝望你才能找到这审美的救助。但这虚无与绝望难道不会使你痛苦吗？是的，除非你为此痛苦，除非这痛苦足够大，大得不可消灭大得不可动摇，除非这样你才能甘心从目的转向过程，从对目的焦虑转向对过程的关注，除非这样的痛苦与你同在，永远与你同在，你才能够永远欣赏到人类的步伐和舞姿，赞美着生命的呼喊与歌唱，从不屈获得骄傲，从苦难提取幸福，从虚无中创造意义，直到死神和天使一起接你回去，你依然没有玩够，但你却不惊慌，你知道过程怎么能有个完呢？过程在到处继续，在人间、在天堂、在地狱，过程都是上帝的巧妙设计。

当意义从目的转向过程的时候，目的被悬置了，过程得到了确认，在走的路途中展示意义，这就像西西弗斯把石头推上山。人是难的，人生布满了孔洞，史铁生从自己的命运的残障，推己及人，推人及己，走上了超越和拯救的路途，他不再把人生的苦涩看成苦涩，而是把它看作对自己心性的一种考量。史铁生对自己写作的追问，就是对人生苦难的追问：

我从双腿残疾的那天，开始想到写作。孰料这残疾死心塌地一辈子都不想离开我，这样，它便每时每刻都向我提出一个问题：你为什么要活着？——这可能就是我的写作动机。就是说，要为活着找到充分的理由。一个人瘫痪是悲剧，但一个人沉沦了是悲哀。悲剧是一种毁灭，悲哀唤起的是一种情绪。

人生即困境，这种困境史铁生认为是三个根本的永恒的东西，它们构成了人的背景。一是孤独：人生来注定只能是他自己，人生来是被抛在他者中间，无法与他者彻底沟通。二是痛苦：人生来就有欲望，人实现欲望的能力永远赶不上他产生欲望的能力，这是一个永恒的距离。三是恐惧：人生来不想死，可是人生来就是走向死！这三种东西奴役着人、折磨着人，使人生布满了荒谬和残缺的孔洞。

承认孔洞是人生的应有之义，进而填充它。因为有孤独才有实现爱的狂喜，因为有欲望，才有实现欲望的快乐！为了免于自杀，史铁生选择了写作。

写作对史铁生来说是一种对人生孔洞的充实，也是在寻找一种存活的理由，后来活着和写作已经是一回事，写作被史铁生当作一种生命的价值来追求，写作的一支笔就是站立着的他，他用笔存活、糊口、换得爱情。乌纳穆诺说："爱是悲伤慰解；它是对抗死亡的唯一药剂，因为它就是死亡的兄弟。"当史铁生没有用笔换得更大的生存空间的时候，他也获得了爱，那是母爱，是一种血缘的天然的流淌，但他也渴望着情爱，残疾和爱是史铁生文章的主题！在散文《好运设计》《爱情问题》里，我们可探察到这个方面的隐秘信息，史铁生渴望一个健壮的身体，吸引女性的身体，但他又感到爱本身是一种孤独，接着又否定这孤独，说成爱是一种祈祷！

肉身的，人生存的最低意义是生物性的。存活，一切必须在生命存活的基础上建构和展开，离开了肉身存在的意义是可疑的。史铁生在他的《病隙随笔》中把意义、人的意义（行而上）进行了消解，还原成温饱。这是一个诚实的作家的心理告白书，不虚幻，不拿那种神秘或者所谓的崇高为自己的存在寻找理由："我的写作说到底是为谋生。但分出几个层面，先为衣食住行，然后不够了，看见价值和虚荣，然后又不够了，却看见荒唐。荒唐就够了吗？所以被送上这条不见终点的路。我其实未必合适当作家，只不过命运把我弄到这一条路上来了。左右苍茫时，总也得有条路走，这路又不能再用腿去趟，便用笔去找。而这样的找，后来发现利于这个史铁生，利于世间一颗最为躁动的心走向宁静。"

这是真实地面对苦难和命运拨弄，面对荒谬，承认荒谬，在血与泪过后的一种追怀和淡定从容，史铁生不再对病嫉恨，他开始爱他的病，是残障成全了他，他在精神里穿行，有一种宗教的情怀，这种宗教不是壮怀激烈，不是一种在功用的部分，而是自己的救赎，"宗教一向在人力的绝境上诞生。我相信困苦的永在，所以才要宗教。"宗教的教主不是基督也不是佛，"有一天我认识了神，他有一个更为具体的名字——精神。在科学的迷茫之处，在命运的混沌之点，人唯有乞灵于自己的精神。不管我们信仰什么，都是我们自己的精神的描述和引导"。

史铁生跨过了苦难的门槛，其实幸福何尝不是一个门槛，不同的是幸福的门槛外面是困难，而幸福的门槛内是安逸舒适，但也是消磨与沉醉！苦难的门槛内是苦难，苦难的门槛外是一种超越和对苦难的认同，不再把苦难当成折磨，而是把苦难当成一种不可讨论的命题，你只有享受它，与苦难亲近，与苦难和解，"一个人出生了，这就不再是一个可以辩论的问题，而只是上帝交给他的一个事实""就命运而言，休论公道"。在《我与地坛》里，史铁生表达的是自己对困境的体悟，史铁生是苦难后，为了免于崩溃和死亡，开始考虑对苦难的接纳，开始在绝望处寻找希望，"只好接受苦难——人类的全部剧目需要它，存在的本身需要它"。人生就是与困境周旋，如果人生没有了困境苦难，人生也就变得轻易，就如弈棋，没有对手，也没有取得胜利的快乐！史铁生喜欢一个故事《小号手》：战争结束了，有个年轻的号手最后离开战场还乡。他日夜思念着他的未婚妻，可是，等他归到家乡，却听说未婚妻已同别人结婚，因为家乡早已流传着他战死沙场的消息。年轻的号手痛苦之极，便悄悄离开家乡，四处漂泊。孤独的路途上，陪伴他的只有那把小号，他便吹响小号，号声凄婉悲凉。有一天，他走到一个国家，国王听见了他的号声，叫人把他唤来，问，你的号声为什么这样哀伤？号手便把自己的故事讲给国王。国王听了非常同情……也许你会设想国王很喜欢这个年轻的号手，而且看他才智不俗，就把女儿嫁给了他，最后呢，肯定是小号手与公主白头偕老，过着幸福的生活。可是结果并不是这样，这个故事不同凡俗的地方就在于它的结尾。这个国王不落俗套——他下了一道命令，请全国的人都来听这号手讲述他自己的身世，让所有的人都来听那号声中的哀伤。日复一日，年复一年，年轻人不断地讲，人们不断地听，只要那号声一响，人们便来围拢他，默默地听。这样，不知从什么时候，他的号声已经不再那么低沉、凄凉。又不知从什么时候起，那号声开始变得欢快、嘹亮，变得生气勃勃了。史铁生把这种状态，叫作人生的新境界，其最主要的含义，史铁生认为是：

> 一是认识了爱的重要，二是困境不可能没有，最终能够抵挡它的是人间的爱愿。什么是爱愿呢？是那个国王把自己的女儿嫁给小号手呢，还是告诉他，困境是永恒的，只有镇静地面对它？应该说都是，但前一种是暂时的输血，后一种是帮你恢复起自己的造血能力。后者是根本的救助，它不求一时的快慰和满足，也不相信因为好运降临从此困境就不会再找到你，它是说：困境来了，大家跟你在一起，但谁也不能让困境消灭，每个人必须自己鼓起勇气，镇静地面对它。

史铁生的散文《我与地坛》就是把困境和苦难变为日常，人不能选择、别无选择的真实的录记。日月星辰、山河大地，人有时是最脆弱的，像一根会思索的芦苇，说不定那一阵风会摧折它，种种的苦难构成了人类的困境。怎样打发岁月，是每个人必须面对和交出答案的试题。

史铁生的散文《我与地坛》，写于1989年5月，这是一个什么样的日子，在举世狂热为时代奔走号呼之时，史铁生却后撤，这不是说他没有担当，而是一种"于浩歌狂热之际中寒，于天生看见深渊"的独立的宁定。这篇文章改定于1990年1月那个沉郁的日子，全文一万三千余字，发表时起初人们把它当成一篇小说，这真是一个雅致而美丽的错误，但史铁生把它划在了散文里。虽然韩少功说："1991年的小说即使只有他的一篇《我与地坛》，也完全可说是丰年。"这既可看出那个时代人们精神的匮乏和小说的贫乏，也说明《我与地坛》的美学高度；人们争执它的文体从属，反映了这篇散文的高度。

> 地坛也叫作"方泽坛"，坐落在北京老城的东北角安定门外路东，是明清两代皇帝祭祀地神的地方。始建于明朝嘉靖九年，清朝乾隆时又加以扩建，是一组颇具规模的古建筑群。整个建筑群呈方形，象征大地，每年夏至，皇帝在这里举行隆重的祭祀典礼。
> 史铁生是在双腿残疾的沉重攒击下，无处生存，找不到去路，忽然间几乎什么都抓不到的时候走进地坛的，从此即与地坛结下了

不解之缘，直到写这篇散文时的十五年间，"就再没有长久地离开过它"。

地坛在我出生前四百多年就坐落在那儿了，而自从我的祖母年轻时带着我父亲来到北京，就一直住在离它不远的地方——五十多年间搬过几次家，可搬来搬去总是在它周围，而且是越搬离它越近了。我常觉得这中间有着宿命的味道：仿佛这古园就是为了等我，而历尽沧桑在那儿等待了四百多年。

它等待我出生，然后又等待我活到最狂妄的年龄上忽地残疾了双腿。四百多年里，它一面剥蚀了古殿檐头浮夸的琉璃，淡褪了门壁上炫耀的朱红，坍圮了一段段高墙又散落了玉砌雕栏，祭坛四周的老柏树愈见苍幽，到处的野草荒藤也都茂盛得自在坦荡。这时候想必我是该来了。十五年前的一个下午，我摇着轮椅进入园中，它为一个失魂落魄的人把一切都准备好了。那时，太阳循着亘古不变的路途正越来越大，也越红。在满园弥漫的沉静光芒中，一个人更容易看到时间，并看见自己的身影。

地坛对过去的皇族是一个神秘的存在，对史铁生也是一个神秘的存在，地坛使史铁生把原先人生看不见的东西用灵眼觑见。先前史铁生到地坛是一种逃避，但爱与死的问题纠缠着他，这主要是指母亲，如果他弃母亲而去，用死来确证死，解脱是解脱了，但苦痛留下了，留给了未死的人，这无疑是一种不敢正视自身存在和困境的弱者和懦夫，那是对人生恐惧的臣服，无疑对暮年的母亲造成更大的伤害。史铁生的母亲是一位活得最苦的母亲，每次摇出轮椅动身前，他的母亲便无言地帮他扶上轮椅，母亲看着他摇车拐出小路，每一次她都是伫立在门前默然无语地看着儿子走远。有一次，史铁生想起一件事又返身回来，看见母亲仍然站在原地，还是那样一动不动地站着，仿佛在看儿子的轮椅摇到哪里了，对儿子的回来竟然一时没有反应。她一天又一天送儿子摇着轮椅出门去，站在阳光下，站在冷风里。后来，她猝然去世了，因为儿子的痛苦，她活不下去了。史铁生，她唯一的儿子，她希望儿子能有一条路走向自己的幸福，而她没有能够帮助儿子走向这条路，儿子长到二十岁时忽然截瘫了。她心疼得终于熬不住了，就匆匆离开了儿子，她那时只有四十九岁。史铁生在《合欢树》那篇文章中写道:"我坐在小公园(指地坛)安静的树林里,闭上眼睛,想,上帝为什么早早地召母亲回去呢?很久很久,迷迷糊糊的我听见了回答:'她心里太苦了,上帝看她受不住了,就召她回去。'我似乎得了一点安慰,睁开眼睛,看见风正从树林里穿过。"史铁生在《我与地坛》中说,"爱"是一个动词,对于自己独自到地坛去,对于母亲的爱,史铁生写道:"现在我才想到,当年我总是独自跑到地坛去,曾经给母亲出了一个怎样的难题。"

母亲每次对出门的史铁生都是叮咛嘱托,许多年以后史铁生才渐渐悟出,母亲的话实际上是自我安慰、是暗自的祷告、是给史铁生的提示、是恳求与嘱咐。树欲静而风不止,子欲养而母不待,当史铁生心志成熟到足以承担一切,而母亲却走了,"只是在她猝然去世之后,我才有余暇设想。当我不在家里的那些漫长的时间,她是怎样心神不定、坐卧难宁,兼着痛苦与惊恐与一个母亲最低限度的祈求。现在我可以断定,以她的聪慧和坚忍,在那些空落的白天后的黑夜,在那不眠的黑夜后的白天,她思来想去最后准是对自己说:'反正我不能不让他出去,未来的日子是他自己的,如果他真的要在那园子里出了什么事,这苦难也只好我来承担。'在那段日子里——那是好几年长的一段日子,我想我一定是母亲做过了最坏的准备了,但她从来没有对我说过:'你为我想想。'事实上我也真的没为她想过。那时她的儿子,还太年轻,还来不及为母亲想,他被命运击昏了头,一心以为自己是世上最不幸的一个,不知道儿子的不幸在母亲那儿总是要加倍的。她有一个长到二十岁上忽然截瘫了的儿子,这是她唯一的儿子;她情愿截瘫的是自己而不是儿子,可这事无法代替;她想,只要儿子能活下去哪怕自己去死也行,可她又确信一个人不能仅仅是活着,儿子得有一条路走向自己的幸福;而这条路呢,没有谁能保证她的儿子终于能找到。——这样一个母亲,注定是活得最苦的母亲"。

是母亲的爱给史铁生与困境周旋的力量:"多年来我头一次意识到,这园中不单是处处都有过我的车辙,有过我的车辙的地方也都有过母亲的脚印。"在对与困境的周旋中,史铁生开始在苦难中提取幸福,在虚无中创造意义,生命的美好像一幅画卷,在史铁生的面前展开,这里面透出的是沉静,是苦难对史铁生的势均力敌角力达到的一种宁静,虽然这是一种暂时的和解:

如果以一天中的时间来对应四季，当然春天是早晨，夏天是中午，秋天是黄昏，冬天是夜晚。如果以乐器来对应四季，我想春天应该是小号，夏天是定音鼓，秋天是大提琴，冬天是圆号和长笛。要是以这园子里的声响来对应四季呢？那么，春天是祭坛上空漂浮着的鸽子的哨音，夏天是冗长的蝉歌和杨树叶子哗啦啦地对蝉歌的取笑，秋天是古殿檐头的风铃响，冬天是啄木鸟随意而空旷的啄木声。以园中的景物对应四季，春天是一径时而苍白时而黑润的小路，时而明朗时而阴晦的天上摇荡着串串扬花；夏天是一条条耀眼而灼人的石凳，或阴凉而爬满了青苔的石阶，阶下有果皮，阶上有半张被坐皱的报纸；秋天是一座青铜的大钟，在园子的西北角上曾丢弃着一座很大的铜钟，铜钟与这园子一般年纪，浑身挂满绿锈，文字已不清晰；冬天，是林中空地上几只羽毛蓬松的老麻雀。以心绪对应四季呢？春天是卧病的季节，否则人们不易发觉春天的残忍与渴望；夏天，情人们应该在这个季节里失恋，不然就似乎对不起爱情；秋天是从外面买一棵盆花回家的时候，把花搁在阔别了的家中，并且打开窗户把阳光也放进屋里，慢慢回忆慢慢整理一些发过霉的东西；冬天伴着火炉和书，一遍遍坚定不死的决心，写一些并不发出的信。还可以用艺术形式对应四季，这样春天就是一幅画，夏天是一部长篇小说，秋天是一首短歌或诗，冬天是一群雕塑。以梦呢？以梦对应四季呢？春天是树尖上的呼喊，夏天是呼喊中的细雨，秋天是细雨中的土地，冬天是干净的土地上的一只孤零的烟斗。

这是一段命运的告白，是一种生命的四季轮回，勘透了生死，勘透了人生，世事沧桑心乃定，但我们从里面读到的这种诗意，透出的还是佛家的"自了汉"的味道。夜驿车先生评价史铁生时说东方的佛道"也往往只是修己，只是洁身自好而已，它们不是内外相融的，对人间，对世界，它们并不承担道义的责任。而它们本身历史的发展与进步，以及超越性亦是不足的。千年百年以来，难见变化。我不知后者是否对史铁生影响太深。但我感到，史铁生的内在性似乎就止于他自己。他当然有这样做这样写的人权，有些文字也很美。但就一个作家而言，这是不完整的。因为生命是个人的也是社会的。还因为写作的前提是，养育了他，并给了他书写之一切的,也有社会的一份份额,因此,他只要还没有遁入山林,他也就应在内修内省的同时,相应地有着一份外在的社会责任(史铁生并非没有过社会责任,我这里说的是他近年来越来越趋向于只内不外)。"

但我们从夜驿车先生的评论里看到的还是传统的儒生忧世的道统,这是他们那一代的一个印记,但我想,史铁生首先应该是更加关怀自己微观的境遇,与拯救人类的伟业相比,这有点太说不出口,但中国书生放大忧世的传统,使得谁要说出忧生忧心,就像躲进象牙塔里,有点不敢见人,确实东方在苦难面前有抗争,但多走向沉静和解,西方在苦难面前往往是玉石俱焚,在毁灭中与困难同归于尽!但我想申明的是,史铁生的这段文字并不是以对苦难的遗忘来达到"物我两忘"的所谓审美状态。康德是正确的,审美是不关利害实在而只涉及纯相形的趣味判断。史铁生忘记苦难了吗?"忘"之所以可能,是因为审美对存在的"现实"闭上了眼睛,有点小乘佛教的意味,但史铁生在这里透出的是一种艺术判断,他没有抹去人世的血污、苦痛。虽然从外部看,艺术判断和审美判断是相似的,都采取一种超现实功利的态度,但审美的超现实是对现实的遗忘,沉醉在幻象中把玩,不存在关怀,而艺术判断的超现实态度则在穿透显示的"实",洞察生存的实在,并给予超功利的神圣关怀。若说在审美趣味中深藏着对生存的盲视和对生存苦难的冷漠,而史铁生在艺术活动,具体就是在他的文字中,则有着对生存的洞见和对生存苦难的关怀。《创世纪》说,人"必定死",这是一个无可更改的命定的事实!史铁生在听到唢呐声时,有一段论及命运结局的诗意文字,那也是《我与地坛》的尾声,透出的是一种对人类终极的思索:

> 那时您可以想象一个孩子,他玩累了可他还没玩够呢。心里好些新奇的念头甚至等不及到明天。也可以想象是一个老人,无可置疑地走向他的安息地,走得任劳任怨。还可以想象一对热恋中的情人,互相一次次说"我一刻也不想离开你",又互相一次次说"时间已经不早了",时间不早了可我一刻也不想离开你,一刻也不想离开你可时间毕竟是不早了。
>
> 我说不好我想不想回去。我说不好是想还是不想,还是无所谓。

我说不好我是像那个孩子，还是像那个老人，还是像一个热恋中的情人。很可能是这样：我同时是他们三个。我来的时候是个孩子，他有那么多孩子气的念头所以才哭着喊着闹着要来，他一来一见到这个世界便立刻成了不要命的情人，而对一个情人来说，不管多么漫长的时光也是稍纵即逝，那时他便明白，每一步每一步，其实一步步都是走在回去的路上。当牵牛花初开的时节，葬礼的号角就已吹响。但是太阳，他每时每刻都是夕阳也都是旭日。当他熄灭着走下山去收尽苍凉残照之际，正是他在另一面燃烧着爬上山巅布散烈烈朝晖之时。那一天，我也将沉静着走下山去，扶着我的拐杖。有一天，在某一处山洼里，势必会跑上来一个欢蹦的孩子，抱着他的玩具。当然，那不是我。但是，那不是我吗？宇宙以其不息的欲望将一个歌舞炼为永恒。这欲望有怎样一个人间的姓名，大可忽略不计。

这是一种诗性的哲学的眼光，人都是要死的，史铁生也说过，不要急。这透出的是一种价值的自觉，以它来超越生存的苦痛和困境，这是一种对人生终极的解答。胡河清在《史铁生论》中说过："终极关怀的信念确实可以成为一个人在精神世界中安身立命的支柱，它是一种庄严肃穆的境界，一种至上的感悟，一种爱与创造力的源泉，一种个性发展的最为充分的形式。"其实这透出的就是一种悲悯，《哥林多后书》说："我们在各方面受了磨难，却没有被困住；绝了路，却没有绝望。"是的，在绝路的时候，我们开始新生！

是谁把他逼成了古怪和孤愤
——张炜散文论

一

世风浇漓，慎独不易，一个人避开喧嚣，在山东半岛一个近海的小平原写作，这片地方，也像美国乡土作家福克纳的家乡一样，是枚邮票般的模样。每想到此处，我总是臆测，是什么伤害了他，还是他用自己的心劲在与看不见的东西（命运、不公，乃至生命）扳手或者称之为拔河？最终是与命运和解？抑或是满目血痂和疲惫的败北？

这是张炜。

这有点像手工鞋匠在终生缝制一双鞋子，他拒绝机器。张炜酷似白先勇，在写作时，还是一支笔一叠纸，这钢笔和纸就像雕刀和石板，张炜用雕刀在石板上镌下自己思想和精神的丝缕，像魏碑那样满纸雄强的骨力烂漫和不中绳墨的精神的本然。

有人说张炜的散文贯穿着一个"故地主题"，他就是一个孤独的守夜人，这是确然。张炜的多数散文应该称为故地的副本，他像忠诚的地之子，记录着大地的草树、云霓、雪雨、收获、泪水、困厄与无奈。但他对喧嚣和欲望的质疑、反抗，无疑也是以故地作为依赖和精神资源的，虽然不知道这个故地是否是他曾描述的那个叫"灯影"的地方（我的更具体的出生地，它就是渤海湾畔的一片莽野。当时这儿地广人稀，没有几个村庄，到处都是丛林。50年代中期依靠国家的力量在丛林当中开垦了几个果园，但总体上看还是荒凉的。我出生时，我们家里人从市区西南部来到这片丛林野地也不过才七八年。当时只有我们一户人家住在林子里,穿过林子往东南走很远才能看到一个村子,它的名字很怪,叫"灯影"。——张炜)。

张炜守住的是他的"血地",这是放童年摇篮的地方。郁达夫说:"任它草堆也好,破窑也好,你儿时放摇篮的地方,便是你死后最好的葬身之所。"但张炜不是在衰年地还乡,而是主动地守望,他在《守望的意义》中说:"怎样才能进入刻意追求的艺术?真正的艺术来自独特的生命,是对于生命、对于人性的一次深邃体味和展示。如果艺术的本质是这样的话,那么你会想,一个艺术家必须守住他的方寸之地。你会想到,世界非常之大,有许多地方你去不了,无论怎样努力,你的脚印最终也只能印上极小的一个角落;于是守住生发你生命第一瓣叶芽的泥土,挖掘它的隐秘,也许才更为重要。"

在这一点上,张炜非常像美国画家安德鲁·怀斯,他是非常古怪的画家,是美国本土画家中的一个"古人"——怀斯使用的是油画在欧洲尚未兴起时的蛋彩画法。这种绘画使用的材料是蛋黄、蜂蜜、无花果汁及矿石粉混合的不透明物,怀斯通常是自己研磨带颜色的石料,完全根据14世纪的技法说明调和颜料。他说:"我所以坚持要用蛋彩画的原因,是我喜欢纯正的蛋彩画含有一种隐喻的特性,它没有油画的光泽,却带有干枯的质感。"怀斯一辈子没有离开过故乡,他是一个少有的怀有"耐心"的画家——这种"耐心"表现在他对摹画对象有一股深情,这是一种现今社会消失的被人看作古板的中世纪修士的深情。

张炜有一本读域外画家的集子《远逝的风景》,这是一本感悟大师并与大师对话、汲取养料的记录。他在《我跋涉的莽野》中也有同样的内容,题目却是"突围前后":突围前,我们可以理解张炜是出发时的沉潜和准备,也可理解为等待的焦虑;突围后呢?是对"沙场秋点兵"的默默清理,还是欣悦与检讨?他的首篇即是谈论"坚守故乡,不去远方"的怀斯:

> 我被他独特精到的表达给深深吸引了。他是这样的艺术家:一生好像只画故乡的两个村庄,而且是两个不大的村庄。画画邻居、房子、道路、鸟、树木和草,仅此而已。他一生着迷的就是身边这个世界,想穷尽它的无尽秘密。他的情感,好奇,热爱包括憎恶,也都在这里了。这样的艺术家,目光仅仅投射到方圆几公里或十几

公里，真是奇特呀！他不仅不显得局促和偏狭，反而因此而有了深度和强度。他抓住了自己的感受和见解，也抓住了自己的认识。这就是他的非凡之处。一般的艺术家做不到，他们远没有这样的安静从容；一般的艺术家由于担心自己落伍或背运，总要及时大胆、稍稍有些莽撞地开拓自己的世界——外部的和内部的世界。结果其中的一部分在这样做的时候反而要丢失了自己，因而变得非常平凡，以至于平庸。

这段话在张炜散文里算不上惊人之笔，但内蕴的丰沛却让我们耐得住咀嚼。

这首先提供给我们可以分析的怀斯是一个古怪的人，古怪是张炜独特的一个词。他说鲁迅是个大师，也是一个古怪的人，从照片到文字；福克纳、哈代和托尔斯泰也是古怪的人。张炜没有给"古怪"下定义，古怪是作品的不凡气质？还是文字中渗透的强烈的个性？"不慌不忙地、自信而平静地度过为艺术的一生呢？""这些大师的性格一般都极端内向，都能安于一种平静的劳动的生活，一辈子用心地制作和操作。"

他们的作品是人类精神前行的痛苦的标尺，是人类尊严的显现，因不随和，所以古怪！如果说这些人比我们多出了什么？我们可以指出古怪是多余的部分，是赘肉，但古怪是一种狷介，是情挚意真，是一种不与俗世俯仰的洁身自好。假如，十个饥饿的人面对一包食物，九个人扑过去像动物一样撕扯，只有一人端坐不动，他不愿失掉做人的尊严像动物一样，人们会说他古怪。古怪的人往往有高贵的心灵，他们只听从内心的召唤，而不是其他，古怪把他们与别的作家突出了出来。福克纳曾在诺贝尔文学奖获奖演说中说："他所描绘的不是爱情而是肉欲，他所记述的失败里不会有人失去任何有价值的东西，他所描绘的胜利中也没有希望，更没有同情和怜悯。他的悲哀，缺乏普遍的基础，留不下丝毫痕迹。他所描述的不是人类的心灵，而是人类的内分泌物。"是的，当我们在一个黑屋子待久了，会不适应光线，因被黑暗所奴役，而怀疑起光线。古怪毋宁说是一种偏执的高贵，他们不愿像普通的动物那样有过多的"内分泌物"，他们坚守的是一种精神的高地，但"高台多悲风"，古怪的人常使我们感到人生的一种苍凉和悲壮。

张炜是古怪的，他不屈不挠地为自己的故地争取尊严和权利，这应该是一个勇者或者强者，但他又是一个一刻也离不开出生地支持的人，是一个虚弱而胆怯的人，这是一团矛盾，无法排解而又真实。

在现代的进程里，故地给了张炜一种支撑和伦理，他拿故地作为判定事物的坐标，好像一人在独撑顶风船似的，在大多数人唯恐被时代抛弃之时，张炜独有自己的价值风范和生存方式。他没有违心谀世，而是为自己心中的念想，这有点"迂"，但与其迷迷蒙蒙被所谓的现代之犬追得气喘吁吁，倒不如在自己选择的路途上慢慢而从容地走去，虽然被人目为老派，但亦有更多的奇趣和野味。

故地或者大而言之的所谓的民间，是一座宝藏。张炜亲近的是一种将坠的传统文化价值，当然这不是以遗老自居，也不是"文化守成主义"，而是一种被遮蔽的人文的厚度和生活的情趣。

孔子对民间或者说乡野的声音是颇为关注的。孔子游居在楚地时，楚狂接舆唱着歌从孔子门前经过："凤兮凤兮，何德之衰！往者不可谏。来者犹可追。已而已而！今之从政者殆而。"孔子很想和接舆谈一下，但接舆却避身而去，也许他觉得自己的歌声就是交谈，深意孔子也能悟到，再费口舌实是多余。

接舆是居住在乡野躬耕而食的隐者，人们把他看作狂人，是因他挣离了世间的束缚和羁绊，不顾一切追求自然生活。这样的狂人的生活之道连孔子也肃然起敬，感叹不能与他们同行。我想张炜在故地默默整理徐芾的传说，在乡野结识一个个引车卖浆者、负薪高歌者，他的内心一定充满着惊异和喜悦。

现在再没有人敲着木铎在乡间采诗，真是古风不在，令人叹惋。遥想张炜所追慕的先秦时代，秋天来后，收获已尽，仓廪殷实，这时采诗的木铎响起，从一个村庄到另一个村庄，而歌声在乡野浮起，前歌后答，真是古风洋洋。

由此，我们就不难理解张炜这样的话语："想想看吧，一个人只有依靠幻想才能回到心爱的故地，这是多么悲伤。造成这悲伤的是纵横交织的一些人和事，好故事和坏故事。所谓的人事变迁，残酷与善良，动荡的岁月，就是这些组成了历史。我不得不写这样的历史，写这样的一些愉快和痛苦的故事。我的不屑的写作是基于这样的情结的，它是关于维护一个人生来就有的一切的，那是幸福和美好的拥有。它是关于活着的理想，关于这个理想的强调，有人可能认为这又是许多人谈过的环境保护之类，当然，也包括了它。可惜还远远不止于它。我在谈人类生存的全部，谈人类追求完美的权力、执拗和本能，她的现在和将来。"

现在的故地也有许多的改变，而改变的故地使张炜由痛到恨，他像鲁迅一样，也许美好的故地的一切在童年的眼中放大了。鲁迅在《朝花夕拾》中说："我有一时，曾经屡次忆起儿时在故乡所吃的蔬果：菱角、罗汉豆、茭白、香瓜。凡这些，都是极其鲜美可口的；都曾是使我思乡的蛊惑。后来，我在久别之后尝到了，也不过如此；唯独在记忆上，还有旧来的意味存留。他们也许要哄骗我一生，使我时时反顾。"故地在这儿是一种情感的寄托。故地与"我"，其实是故地与"我"的童年建立起的一种关系，童年是弱小的，故地提供了保护，故地是母亲的所在，故地与"我"恰是构成了一种母体与儿女的境界。正是在此意义上，张炜歌颂故地。但我们要说的是，在成年以后，他对故地的执着，一定有隐秘的原因。人身在困难境地的时候是向着母亲或者故乡反顾求援的，外界的异质力量的强大，使得儿女无法在异地建立功业，儿女开始了一种以退为进的策略，或者在心理上获得一种支撑。

一般而言，人是要走出家乡和故地的，张炜却又回到了故地，这是一条多多少少有别于他人的道路，张炜对自己的这种行为有个命名——"胆怯的勇士"。

二

张炜在写作小说的途中为何突然花费巨大的精力开始散文的创作？他的心理图式和思索是一种什么状态？

整个20世纪80年代，张炜的散文作品非常少，且没有引人注目的篇章；在80年代后期，在那个动人心魄的夏季过后的郁闷中，张炜的散文开始增加；而到了90年代，整个世界市声喧嚣，变成了一片莽野，落红狼藉。一点也不隐讳，张炜对市场这只螃蟹是害怕的，对飞速发展的商业帝国心怀恐惧,张炜的话"是心怀仇视的"。这有点像海德格尔,当年海德格尔看到美国登月的画面,失声痛哭。别尔嘉耶夫在《论人的奴役与自由在》中说:"人发明了强有力的技术,这个强有力的技术可能成为改变生活的工具,但也奴役他,让人的生活的一切方面都服从自己。"人成了自己创造工具的奴役,人发明强有力的技术本来是解放自己,却异化了自己,这是人始料不及的。张炜在《我跋涉的莽野》中也说:

没有对于物质主义的自觉反抗,没有一种不合作精神,现代科技的加入就会使人类变得更加愚蠢和危险。没有清醒的人类,电脑和网络、克隆技术、基因和纳米技术,这一切现代科技就统统成了最坏最可怕的东西。今天的人类无权拥有这些高技术,因为他们的伦理高度不够。我们今后,还有过去,一直要为获得类似的权力而斗争,那就是走进诗意的人生,并有能力保持这诗意。

张炜与现代物质社会有点"隔膜",他心怀恐惧,既忧生,又忧世。他开始张扬非功利的诗性人生与新的伦理,以期超越现世生存的苦痛。其实,这也是传统儒生大多数走的路子,文学是一种"无用之用",但又必须找出文学的"用"。于是张炜的散文不是大多数所谓的美文,而是"不用粉饰之字",多为美刺篇章。但我们在这里还必须探察一下人的恐惧与慰藉的问题。身外世界的偶在和不确定,是产生恐惧的原因。英国神学家詹姆士·里德说:"许多恐惧都是来自我们对我们生活于其中的世界不理解,来自这个世界对我们的控制。""为了实现完满的人生,需要我们做的第一事情就是去获得控制恐惧的力量。"张炜走向了一种反抗恐惧与寻找慰藉的路途,无论是现实空间的还是心理,抑或是一种表达。

张炜有篇《一辈子的寻找》,其中谈到寻找是难的,目标幻化,只有寻找是确定的。有点像鲁迅笔下的过客,过客只是走,一直走。但目标有时又是充满诱惑力的,像精灵,张炜说是魅人的狐狸:

——狐狸有一个故事。它在深夜伪装成一个姑娘泣哭,哀婉动人。有人从床上起来,到窗外去寻找哭声。可他进一步,哭声就远了一步,永远在前方的黑暗里,似乎顷刻可至,实则无边无际。那人明白过来，骂一声狐狸便上床了。我想自己苦苦寻找的东西就好比幻化的精灵，它游动跳跃在空中，可望而不可即。它是一个存在，以我们无法明了的方式存在着。它的周围有一股神秘的力量支撑，变化多端。比如它的远离，竟然是因为我们的逼近。这多么让人费解！难道寻找是错误的吗？难道人类不该前进吗？可它又明明因此而愈加遥远。

寻找的意义，就是在找一种精神的支撑点，就是面对绝境而不绝望，一种保持灵魂高洁的真诚。因为人面对恐惧，总想缓解，在童年时有母亲守护，而成年被抛到了社会的虚空里，个人必须为自己的行为负责，但人是脆弱的，总想寻找一种关怀和慰藉，于是人们开始反抗这种恐惧，在恐惧中受难等待，在恐惧中注入意义，抵挡恐惧。

人们抵挡恐惧的路数是不一的，幼小时受到伤害和恐惧，有母亲给予消解，而长大后呢？张炜虽然在生理上成人，但他的心理却要找一个母亲的替代来慰藉，张炜找到了一块称为"野地"（故地）作为母亲的替代。张炜他在散文《融入野地》中有这样一句话："这里处于大地的中央。这里与母亲心理的距离最近。"

在"野地"，张炜发现并感悟了什么？故地之外的伤害和故地的慰藉，"语言和图画携来的讯息堆积如山，现代传递技术可以让人蹲在一隅遥视世界。谬误与真理掺拌一起抛撒，人类像挨了一场陨石雨。它损伤的是人的感知器官。失去了辨析的基本权力，剩下的只是一种苦熬。一个现代人即便大睁双目，还是拨不开无形的眼障。错觉总是缠住你，最终使你臣服。传统的'知'与'见'给予了我们，也蒙蔽了我们。于是我们要寻找新的知觉方式，警惕自己的视听。我站在大地中央，发现它正在生长躯体，它负载了江河和城市，让各色人种和动植物在腹背生息。令人无限感激的是，它把正中的一块留给了我的故地。我身背行囊，朝行夜宿，有时翻山越岭，有时顺河而行；走不尽的一方土，寸土寸金。有个异国师长说它像邮票一般大。我走近了你、挨上了你吗？一种模模糊糊的幸运飘过心头"。

如果一个人的感知器官受到了损伤，那后果呢？目不辨山川、星辰、日月，耳塞听自然籁声，人沉入万古如长夜的沉渊。张炜在这里有个表达，他和福克纳在《喧哗与骚动》的结尾用了同样令人震惊和沉思的文字——"他们在苦熬"。是的，在20世纪，人的所谓的理想乌托邦、理性被二次世界大战和无边的谎言、大饥荒、大清洗、奥斯威辛击得粉碎。人们像陷在黑暗的冰窟，失去了护持，人们第一次感到了生存的恐惧。苦熬是一种受难，但没有放弃的生存的状态，还存在着一种面对绝望的希望。

张炜在故地重新缝合上被剪断的肚脐，肚脐是一输送养料的管道，他用了一个词"融入"。"泥土滋生一切；在那儿，人将得到所需的全部，特别是百求不得的那个安慰。野地是万物的生母，她子孙满堂却不会衰老。她的乳汁汇流成河，涌入海洋，滋润了万千生灵。"故地连接了人的血脉，人在故地长出第一缕根须。在故地就像在母亲的怀抱，你可以诉说昨日的流浪，你的感知变得敏锐，只轻轻一瞥就看透世俗，在这里你可以寻求和你一样朴素、安静、纯真的同类，因为你可以凭着饮用同样的乳汁散发的奶腥识别。这里就像童年的暖炕，"在这里我弄懂一个切近的事实，对于我们而言，山脉土地，是千万年不曾更移的背景；我们正被一种永恒所衬托。与之相依，尽可以沉入梦呓，黎明时总会被久长悠远的呼鸣给唤醒。"

这是一种诗意，对世界悲观并非意味着绝望，正视生命的悲怆和人生的无意义也非意味着逃避人生，悲观不等于厌世。真正的悲观是视苦难为生命的应有之义，把苦难转为生命的振作之力。

张炜的寻找是沉入底层，他寻找的慰藉也非虚幻。从写作的层面，张炜的小说创作使他的生命紧张，而他把一部分经历转向散文，有他内在的必然。小说文体的限制，使作者在文本中虚化，而散文在最终的意义上，是和作者等一的；散文的高度，就是作者精神的高度。张炜说，散文非作文："一个人只要有较好的文化素养，都应该能够写出一手好散文。它可以是言论、书信、日记、回忆，也可以是一个人在特定时刻里的自吟自语。后者之所以也可以是好的散文，就因为它所具有的'实用性'：安顿自己的灵魂。这时，它产生的过程也是自然而然的。"

张炜的散文观念不是把散文当成寻章摘句的美文，他强调的是实用，是安顿人的灵魂。散文的写作，就是慰藉的发生。在散文中他获得了宁定。虽然他走在寻找的路上，但他的心已经沉实，路上的野花草不会转移他，他走，只有走。《融入野地》的末尾，就是这最好的注脚：

就因为那个瞬间的吸引，我出发了。我的希求简明而又模糊：寻找野地。我首先踏上故地，并在那里迈出了一步。我试图抚摸它的边缘，望穿雾幔；我舍弃所有奔向它，为了融入其间。跋涉、追赶、寻问——野地到底是什么？它在何方？

野地是否也包括了我浑然苍茫的感觉世界？

我无法停止寻求……

三

张炜的散文非美文，他的散文有内在的力和质地，他虽然退守在平原的一角，但不是书斋里的知识分子，他坚守的是"野地"为伦理的修身型的知识分子类型：

我曾询问：一个知识分子的精神源自何方？它的本源？很久以来，一层层纸页将这个本来浅显的问题给覆盖了。当然，我不会否认渍透了心汁的书林也孕育了某种精神。可我还是发现了那种悲天的情怀来自大自然，来自一个广漠的世界。也许在任何一个时世里都有这样的哀叹——我们缺少知识分子。它的标志不仅是学历和行当上的造就，因为最重要的依据是一个灵魂的性质。真正的"知"应该达于"灵"。那些弄科技艺术以期成功者，同时要使自己成长为一个知识分子。

张炜拒绝的是"恶俗"的知识分子。面对逍遥的骗子、昏愦的学人、卖了良心的艺术家，面对那些极度害怕贫困，注重自己的仪表，却没有内在的严整性，善于尾随时风，在势与利面前一个比一个更乖的所谓知识分子，张炜把自己和他们划开，"我宁可一生泡在汗尘中，也要远离它们"。

张炜的散文不是闲适的，他的散文是他对知识分子的态度与文学意义的追问和思考。他沉静地读先秦诸子、读画家的画幅、读天地岁月，但他却有一颗拳拳的不能忘世的心、忧世的心。他本色是书生，但有时却像斗士。这并不隔膜,他有这样的定力,澄静时在深山面辟数载,沉宛如处子,但一旦发现目标,又如鹰隼腾越,"草枯鹰眼疾"。这种姿态是属于张炜的独特的,这种姿态有点像鲁迅。鲁迅在绍兴会馆终夜临习古碑、整理文献,好像与世隔绝,在《中国小说史略》的前言部分说:"瓦釜已久,虽延年命,已复悲凉",好像鲁迅忘世了,但拟古玄同的造访后,鲁迅马上拿出爆炸似的撕裂黑暗的《狂人日记》。而张炜说过:"鲁迅先生对我的影响差不多超过了所有中国作家。他永不妥协,永不屈服。他使我懂得:一个真正的作家必定是战士,一切闲适的超然的作家,都有可能变成酸腐的文人,而不是作家。"

张炜在鲁迅那里获得了心灵的支持,并且在这个物欲的时代,用自己生存的姿态和良知、勇气,对知识分子和社会的种种不义、卑污进行攒击。这需要一个人不仅学会爱,更需要学会"恨",这个挚爱的最好的表达。张炜在散文中不乡愿、不中庸。张炜有许多夜读鲁迅的文字,鲁迅的文字是需要在深夜读的,鲁迅文字的浓黑只有在夜间才能理解,那种绝望式的挣扎的文字不可能在正午写下。张炜随读随写,"读了伟大的心灵,自己感动,就记下来。我今天把当时潦草的字迹抄正、充实,心中生出了阵阵温热。鲁迅先生当年对一些微不足道的、叽叽喳喳者也给予了认真驳辩,说明他当时的心情激愤而朴素,更有一份为真理献身的勇气"。鲁迅写作的方向修正着张炜散文的方向,在恶俗的世界里,张炜的文字风雅不起来。他没有寻求所谓的生存智慧,也没有浅薄的幽默,他要求的不是世俗的名利,他攀行的是精神的阶梯。现在的知识分子多世故,开始用掌握的话语进行一种有意和无意的欺骗,张炜对此不是隐忍不言,他要学鲁迅指出恶俗的荒唐,他提倡的"恨"是令许多人心灵不舒服的。张炜有一篇谈论鲁迅的文字叫《再谈学习鲁迅》,他在其中说道:"'会恨'包括了恨的方向和深度——特别是深度。这不是一般的恨,不是一般的冲动,而是深深的、永久的,永远也不会遗忘,永远也不会转移,恨得结实,恨得无私。一般的人会这样恨吗?一般的人只会自己恨。鲁迅正因为会仇恨,所以人们才时常能感觉到他的大爱,这种爱是那么深,不会仇恨的人,永远也没有这种爱。仇恨是人性的力度,是做人的原则,是一种道德的召唤。真正的艺术家,有力量的艺术家,要学会仇恨,这也等于说,要学会挚爱。"

恨使张炜的散文增加了力度。没有爱，人将不人；没有恨，也就没有了谴责，也没有了抚慰。学会恨是张炜的选择。恨是一种血性批判，其强大的内驱力正是由于写作者有所至爱，有所守持。我们也会看到张炜对阳光和花朵的呢喃、对远方的期盼，爱与恨实际是统一的。最愤激的批判，实际是张炜放不下多灾多难的土地和民族，他是爱这个民族、悲悯这个民族的。但是这是一种理性的恨与爱。

张炜指出智识阶级身上和内心的虱子。张爱玲说人生就像华美的袍子，里面布满了虱子，这是一句机智的话。而张炜就像《皇帝的新衣》里的孩子，他指证了真实。鲁迅先生指证了这种瞒和骗，这需要在世间立身的大勇。张炜在现实面前不是一个被现实奴役的人，他表现出抗争。在当代散文写作的过程中，很多人采取的是一种人格虚化，他们和现实不发生冲突，而是闲适、游戏，与现实讲和。

张炜有大爱，面对底层劳动者的赤贫、无奈，面对恶俗世间的残忍和掠夺，张炜发出的是抵抗者的声音，他有一种道德的神性光辉。美国女诗人狄金森有一首诗：

> 如果我能让一颗心不再疼痛
> 我就没有白活这一生
> 如果我能把一个生命的忧烦减轻
> 或让悲哀者变镇静
> 或者帮助一只昏迷的知更鸟
> 重新返回它的巢中
> 我就没有白活这一生

弱者，张炜是站在弱者一边的。在《有一个梦想》里，张炜从杜甫的"朱门酒肉臭，路有冻死骨"和"布衾多年冷似铁，娇儿恶卧踏里裂……安得广厦千万间，大庇天下寒士俱欢颜"给世纪末廉价欢快的人一点不和谐，他提到鲁迅先生"睁了眼看"就是不回避，有真心，能牵挂。千年过去，但有千年不变的风景："我看过不少富庶之地，那里伟大的'开拓'真是空前绝后，已经学得很像欧美。我也看过更多的边地远野，那里的贫寒之相让人目不忍睹。无论在这一极还是那一端，到处都有食不果腹者,有在雨水和寒风中哆嗦打抖者,还有,伴随这些的,到处都有成行的进口车,成排的盛宴和欢庆,一掷千金不眨眼的官场。"这也是为何在面临世界狂欢的时候,张炜《有一个梦想》的声音是那样豁人了:"智识阶级讲体面,讲风度,下笔之前只是惦记三坟五典,西洋拉美,已经厌恶人间烟火。这是可悲的,这种悲其实连着当年杜甫之悲的源头,智识阶级的背叛与另一些人的背叛在本质上是完全一样的。背叛的智识阶级眼里没有焦灼,没有激愤,也没有什么真正紧迫的问题。他们正忙于无耻的拜金时代所交给的一切。"

张炜的写作不是回到内心,虽然人们常把散文当作最贴近内心的文体,他回到的是心灵的细节、是事物存在的现场、是底层的广大的空间、是吃饭穿衣这基本的人间的常识。他是具体的、生动的,他与底层的关系不是超越,而是血水相依。面对黑暗,他承受、抵抗,并心怀悲悯和拯救!这种内在的质地规定,使他的散文挣脱了甜媚,走向厚重,挣脱了起承转合,走向了内容覆盖了形式。

宏论已经太多,先是应该打住,然后去大街上,去寒风里,扶起垃圾堆旁摇摇谎晃晃的饥汉,给无衣无被漏屋破锅的贫民想个办法。今冬也寒,江南落雪,中原悬冰,瑟瑟抖抖的打工者于路上挣挤,好端端的客轮在近海沉没。仅是这一幅图景就让人在大节里高兴不起来。

张炜的梦想是中国出现大悲悯,除掉杜甫的当年悲,这是最古老的牵挂,而今还牵挂在张炜的心里,这是一种良知。他有种知识分子的焦灼的使命感。

张炜的许多小说其实是应该作为散文读的,就如鲁迅、汪曾祺和孙犁的小说。人们常分不清文体的界限,张炜的《致不孝之子》《梦中苦辩》《远行之嘱》,我亦是当散文看待。特别是《致不孝之子》,这是一篇愤书,也是一篇批判与揭露智识阶级的檄文。这是一个步入老境的老人对儿子的自语和独语,他戳穿了知识者身上的伪装,或者就如朱学勤说的文人雅士内心的虱子,"一般而言,文人雅士的内心虱子要比老百姓多那么一点,因为他们离不开'瞒'与'骗'。比如潇洒、超脱、闲适,这类美丽符号就是为文人雅士内心准备的虱种。文人雅士经常舐惜内心那张华美皮袍，把他弄得又暖又湿，故而那些虱种特别喜欢爬上那张皮袍，并以惊人的速度在那上面迅速繁衍开来"。

这是一个在底层、平民之下者的儿子，磨难甚多，为了喘息、活，手足并用，挣扎流血，在父亲看来，底层的规定：儿子应该远离恶行邪念，这是本能。然而儿子太精明，人海中避害趋利，游刃有余，宦路仕途，文墨生涯，学术人生，陷坑累累，儿子小小年纪，懂得太多，就为一个好处，可以对导师落井下石。

这是张炜借助老人之口，对智识阶级的讨伐：胆怯心虚的知识者，拉帮结伙，寻找安全感，假设道德支持。老人说这是群蝇而非群鹰。

世界太恶俗，儿子的磨损使父亲胆寒，他要告诫天下的儿子，世界有第三只手，那是公正，不要做有知识的蠢人，葬送了自己也污浊了世界。"我儿勿躁。笃定沉思。要朴素真实地做人。要有耿直之美。我要告诉你的是：真理这东西还是有的。你活着感激谁？谁给了你生命并使之延长？追根究底，也不得不认定：真与善使人生，假与恶使人灭。孝，就是感念回报。古往今来，一切背弃真善的行为，都是不孝的行为。"

我们在张炜的笔下注意到，他常用智识阶级来表达对一类人的愤怒。张炜说，对知识分子这个概念恶俗化有伤人心。确实，不批判，无以言称知识分子。从左拉的《德雷福斯案》中，现代知识分子才诞生，面对已经尘埃落定的"德雷福斯案"，左拉以书信的形式向全国揭露体制制造的这起冤狱，左拉写下《知识分子宣言》（又译《我控诉》）。

鲁迅喜欢的一个动物形象是"猫头鹰"，而左拉就像会发出"恶声"的猫头鹰，无情地把黑暗展示出来。猫头鹰是鸟中的异类，白天没有它的踪迹，它属于黑夜，它在黑夜守望，它知道黑夜的秘密，它要向人们说出黑夜的制造者。张炜说自己是大地守夜人，我想枭叫的猫头鹰可能更适合些，这代表了异类，像远离喧嚣，躲在小平原，猫头鹰也躲在暗夜里。这是一种古怪的鸟，不与喜鹊同类，但却明察夜间的一切，这是为黑夜而生的鸟。

如果谁说有人把张炜逼成了古怪和孤愤，我说没人；如果谁说没人把张炜逼成了古怪和孤愤，我说有人！

当下散文创作的几个关键词

在这个文体分化愈发细致的时代,留给散文这一古老的文体闪展腾挪的空间并不充裕,无论是作家访谈抑或是创作谈,散文家的面容或者散文的声音皆踪影难见。然而,散文的基座又是那么的庞大。散文写作者如何端正理念?如何进一步拓宽视野,切入正确的轨道?如何更深入地体察散文文体的内在特性和美学要求?为此,本文特邀散文研究者、河南大学副教授楚些和散文家、文学批评家耿立先生,围绕当下散文创作的几个关键词深入畅谈,以期"彗星的出现,狂风乍起"。

关键词之一: 个性发现

个性发现是散文写作者必需的选择

楚些:现代散文确立时期,周作人的"美文"观与郁达夫的"个性的发现",为影响当代散文的两个重要观念。如果加以仔细甄别,"美文"实际上是对刘半农"文学散文"提法的进一步巩固,或者可以这样说,"美文"观确立了散文作为现代文学文体的地位;而"个性的发现"之说,则是文体确立后,辨认散文精神特质的结果,因此,这一提法对当代散文的影响更为深远。自20世纪90年代以来,散文批评界提出了散文文体的灵魂在于自由精神的确立。在今天的散文实践中,还存在着将"个性发现"与"自由精神"混为一谈的情况,那么,就散文文体的审美特质把握方面,您是如何理解这两个概念的?当代散文在创作实践中所诞生的散文的自由精神这个概念与散文创作的同质化有什么逻辑关联?

耿立:郁达夫先生说现代散文最大的特征,是"每一个作家的每一篇散文里所表现的个性，比以前的任何散文都来得强"。我理解的个性，是真性情，展现自己的喜怒哀乐，不掩饰，不做作，贴近自己，如大先生（鲁迅）的峻急、尖利，周二先生（周作人）的淡雅而有咀嚼橄榄的涩味和回甘。由性情而为文，文是作者性情的体现与载体，人和文统一，从血管流出的都是血，从水管流出的都是水。个性的发现，是散文写作者必需的选择和路子，很多人的散文无个性，复制模仿追风，面目不清，这是当下散文文坛存在的弊端，也是病灶，不敢展示自己的内心，不敢披露自己骨子里的小，从众，庸俗，人云亦云。从低处说，是内心的糊涂，对散文文体还没有觉醒；从别处说，是精致的算计，中庸而已，乡愿而已。

　　自由精神，我以为这才是当代散文应有的底色和骨骼。2019年5月，我在深圳湾区名家讲坛讲过这个话题，名字是《随笔的精神指向》。我说，我向来把随笔当成有思想和精神掘进的散文。我重点讲让·斯塔罗宾斯基所说的随笔所遵循的基本原则，或者它的"宪章"，乃是蒙田的两句话："我探询，我无知。"让·斯塔罗宾斯基指出："唯有自由的人或摆脱了束缚的人，才能够探索和无知。奴役的制度禁止探索和无知，或者至少迫使这种状态转入地下。"

　　自由精神或精神自由，也可称为"散文的底座"，无此，则散文之塔，是斜的，不牢固，或者根本建立不起来。散文是精神自由人的组合。没有独立的精神才导致散文的同质化。散文的同质化，是作家主体精神怠惰萎缩的结果。

关键词之二： 私语性写作

私语性写作是对既定范式的主动抛弃

　　楚些：精神个体性是决定作家作品风格、个性的核心要素，独特的精神个体性必然影响到作家的语言表达层面。如此一来，私语性写作成为杰出作家的自觉性选择，比如苏珊·桑塔格的写作，极少见到女性性别的痕迹；比如同时代的两位存在主义文学大师，萨特和加缪，加缪在私语性方面就比萨特更为突出。若仅以文学性一个标准来衡量的话,加缪对读者的影响,很显然在萨特之上。回到我们的日常现实中,与私语性写作形成对立关系的公共语言体系的写作,仍然比比皆是。那么,您如何理解文学写作的私语性问题?

耿立:我理解的私语性写作,是个体的也是自我的,甚至是私密的,它从类别性、群体性视角返回到自己的私人空间。处理方向上不是代他人立言,不是代圣人立言,甚至也不是以自己公共空间的形象展示给外界;这是一种逃离或是退守,从尘世中逃离,退守内心,或退守山林,到天涯的一角。其实,在现代散文的写作上,人们曾把何其芳的散文称为独语,也有私语性的意思。

这种私语性的写作,其实是反抗,是挣扎,是对原有散文写作范式的抛弃与背离,是寻找自己独有的话语方式。

关于加缪写作的私语性比萨特更为突出,这一点,我有不同的看法。加缪在《写作的光荣》中说:

> 写作之所以光荣,是因为它有所承担,它承担的不仅仅是写作。它迫使我以自己的方式,凭借自己的力量,和这个时代所有的人一起,承担我们共有的不幸和希望。这代人,生于"一战"之初;二十来岁时伴随早期的工业革命进程,又遭遇希特勒的暴政;随后,仿佛要让他们的经历更完美,发生了西班牙战争、"二战"、集中营惨剧,整个欧洲满目疮痍、狱祸四起;如今,他们又不得不在核毁灭的阴影下哺育子嗣、成就事业。没人能要求他们更乐观。我甚至主张在与之斗争的同时,要理解他们的错误。他们只是因为过度绝望才行不智之举,对时代的虚无主义趋之若鹜。但终究我们中的大多数,不只是在我们的国家,也在整个欧洲,都拒绝这样的虚无主义,致力于追寻合法性。我们需要锻造一种灾难时代生活的艺术,以全新的面貌获得再生,与历史生涯中死亡的本能作斗争。

我特别欣赏这一段,这是加缪在获诺贝尔文学奖的颁奖礼上说出的,是面对整个世界来说的。他的文字和哲学是担当的。在法国知识分子里,加缪的作品是对人生困境的追问,对荒诞的揭露。其实加缪的文字,文学性也不强，它强调的是哲理。加缪的许多杰作是他三十岁左右在"二战"期间完成的，像《西西弗神话》《局外人》和《鼠疫》。加缪没躲进小楼，他虽不像圣-埃克苏佩里那样奔赴前线，但他积极参与了抵抗运动，是其中的"坚强战士"，为此，他于1945年被授予抵抗运动勋章。说一下萨特，萨特也曾应征入伍，在某个气象小队里从事用热气球测定风向的工作，但服役期间（包括后来在战俘营里）主要忙于写小说。

我欣赏加缪的勇气，他在1943年后陆续发表在报纸上的《致一位德国友人的信》，展示的是法兰西不屈的精神和意志，但加缪的这类写作，不是我们理解的檄文，而是一种思辨的勇气。加缪鄙视德国友人以国家利益为核心的英雄主义，他孤傲地表示："我们信奉英雄主义，同时又对它表示怀疑。"

加缪文字的魅力在于他的精神层级。

关键词之三：叙事转向

叙事散文接通了散文的正统

楚些：经过20世纪90年代的稀释和反驳，抒情风格的散文渐渐从中心位置上退出，进入21世纪之后，散文的叙事转向得以完成。伴随着这一进程，现代文学时期曾经辉煌的言志的路也走向萎缩，具体例证为图书、刊物阵列叙事散文的庞大，抒情散文及小品文在数量上的稀薄。从散文的传统来看，一直存在着多元博弈。而在今天的现实中，叙事散文的一家独大已经成为事实，您是如何看待这种叙事转向的？散文对叙事的过度依赖是否会反过来侵害散文文体的兼容性？

耿立：我不认为是叙事的转向，而是接通，接通了散文的正统或者真正的传统。中国的散文是史传传统，是以叙事为主，血脉的上游是《左传》《史记》。原话记不得了，孙犁先生就曾表达过对抒情风格散文的不满。他说古代真正算得上抒情的散文很少，多的是叙事，是哲理。抒情风格散文的主流位置，是杨朔的作用，是当时人们精神的单一化、模式化的结果,是对古代散文和鲁迅、周作人现代散文传统截断的结果。

中国人的抒情文字主要是诗歌,我们的传统抒情的源头是《诗经》,和西方的史诗源头一比就显出来,他们的诗歌重叙事,我们重抒情。

我不担心所谓的散文对叙事的过度依赖是否会反过来侵害散文文体的兼容性。因为散文作者的内心追求和文字追求决定了散文的行文方式。人们抛弃那些抒情风格的散文,是因为那些散文本身的不争气和毛病,那些矫情、伪情,为赋新词强说愁的忸怩作态,这才是那种散文式样衰微的原因。但我不反对抒真情的文字。尼采说,一切文学,余爱以血书者。

关键词之四: 随笔的高度

随笔会和散文分手,成为独立的文体

楚些: 自20世纪90年代以来,随着散文文体的繁荣、写作者基数的扩大,一直存在着命名的焦虑问题。命名焦虑的后面,还是范畴论未解决的问题。在尊重散文独有的文类特征的前提下,散文在范畴上依然应该趋于泛化。随着杂文、报告文学、纪实文学的自成门户,在新时期散文文本实践的基础上,散文在具体体式上仍然是繁杂的,这其中就包含随笔这一重要的分支。您曾经主编年度最佳随笔选本多年,也曾就随笔体式写出专业的批评文章。那么,您是怎么看待近二十年来叙事散文和随笔的创作曲线的?撇开西方的语境不谈,当代中国的随笔写作为散文提供了哪些可能性?

耿立: 近二十年,叙事散文和随笔支撑了散文创作的实绩,我也把非虚构算入叙事散文。这二十年叙事散文的广度和深度,还有动辄万字、十万字的篇幅都是过去没有或很少见的现象。叙事散文借鉴小说和电影的一些结构手法、叙事手法,丰富了散文的武器库。叙事散文,我看重的是现实叙事与历史叙事。这些叙事散文的在场感和共情,对底层生活和历史遮蔽的开掘,都是令人赞赏的。

但我更看重的是随笔,它提供了我们民族和文学的思考,这是思想

的园地，是精神的游猎场。随笔的高度是散文的高度，也是这二十年文学的高度，这是被人低估和忽视的存在。

我认为，随笔会和散文"分手"，成为独立的文体，不再属于散文。其实鲁迅先生的杂文，很多就属于随笔，也有的属于人们所说的时评。

自由是散文的核心部位，这毋庸多叨。对随笔来说，它的第一要素应是智性。随笔应以智性的美为首选，它透视这个世间生命与自然的秘密，戳穿一切伪造的瞒和骗的把戏，裸露出人间的真诚，剥去伪饰的油彩，这才是随笔的深度和道义所在。因为智性，随笔获得了深度、高度、厚度；因为智性，随笔揭示了最大的真相和秘密，也赢得了读者的尊敬，为文体赢得了尊严。

随笔给散文提供的是精神的依靠，是散文的精神气质；散文要向随笔学习趣味。小说如咖啡，刺激性大于随笔；随笔是下午茶，或者晚间好友随意谈心的点缀。"寒夜客来茶当酒""闲敲棋子落灯花"，是最适宜于随笔的氛围。随笔近于随性，谈天说地，花鸟虫鱼，红口白牙，茶米油盐，东长西短，邻里是非，喝酒骂座……兴之所至，如行山阴道，也如雪夜访戴，要的是人生的趣味。有趣是随笔存在的理由之一，要力避无智和无趣。

关键词之五：地域文化

散文应该开掘到地域文化的深处

楚些：地域因素对于小说、散文这两个文体，其重要性和辨识度不言而喻，不过，地域因素在这两个文体里的作用则不尽相同。小说家完全可以产生对地域文化的情感上的高度认同，但他必须从地域性出发，走向更宽广的地方；而散文作者则不同，地域性要素既是他的出发地，也可以作为其最终停靠的港湾所在。李娟的阿尔泰、傅菲的饶北河、冯杰的北中原，皆是地方性的存在，但也构成了某种精神图景，负载不同的审美能指。作为鲁西南人，您对齐鲁文化是如何认识的？在齐鲁文化板块下，新时期以来，您认为哪些散文作者开掘到了齐鲁文化的深层所在？齐鲁文化及相邻的燕赵文化中，还有哪些方面值得散文作者去努力开挖？

耿立： 我与冯杰兄只隔一条黄河，在这次三毛文学奖颁奖的谈话中，别人以为我们两个是一个地方的人，语言腔调都是一个模子里的，他的北中原，也是我生活的场景。

但我的地理区划是鲁西南，这也是所谓的逐鹿中原的中原的一部分。所谓的齐鲁文化，是割裂的：齐文化是海洋文化、商业文化，近事功，敢铤而走险；而鲁文化是农业文化，重礼数，重传承，重经验，少冒险，多中庸，是儒家文化。

齐鲁两种文化濡染了山东人。新时期以来，我认为张炜先生的散文触及了齐文化的深层，而王开岭和李木生的文字则是触摸到鲁文化多一些。

齐鲁文化还有很多的层面没有被散文家触及，目前散文家普遍读书少、田野作业少，这两个缺陷限制了散文家更深入地掘进齐鲁文化的深层。比如我老家菏泽（曹州），从《诗经》时代的曹风，到兵家的吴起、孙膑，到范蠡经商在定陶，唐代的两个高僧都出在菏泽，一是临济义玄，再是赵州从谂，那些血性的响马徐茂公、黄巢、宋江，还有吕后、戚夫人，到近代的义和团、巨野教案，这些都没有很好地得到清理。这需要散文家的文化担当和使命担当。

燕赵文化，人们常用慷慨悲歌、好气任侠来形容。我觉得现在河北的散文家应该接通这股气，变成文脉，流动在散文里。孙犁先生晚年的文字有这种慷慨之气，他早年的文字偏于秀，后来开始有骨鲠之气，文字里有骨、有抨击，时有不平则鸣的味道。我期待河北的散文同道能写出高适《邯郸少年行》"邯郸城南游侠子，自矜生长邯郸里。千场纵博家仍富，几度报仇身不死。宅中歌笑日纷纷，门外车马常如云。未知肝胆向谁是？令人却忆平原君"的气派来。

一种文化，如果不在我们身上、文字里、血脉中存在，那它的凋零也有我们的责任。我们呼唤那种如幽燕老将的文字，燕赵散文诸君，敢息肩也？

楚些： 布鲁姆在《西方正典》一书中高扬审美的自律性，他以西方文学史上二十几位作家为例，揭示出经典作品都源于传统与原创的巧妙融合。就散文而言，白话散文已经走过百年的历史，您认为中国文学史上，哪些作家作品能够构成散文的正典，成为汲取灵感的泉涌所在？

耿立：鲁迅先生和周二先生是并峙的散文正典的开山，再列几位，就是萧红，我指的是《呼兰河传》，再就是沈从文、张爱玲，然后是梁实秋等。

后 记

作为在高校谋生的人，我对学术一直存有敬畏，也一直视学术为少数人的事，是苦心孤诣，用心血熬出的。它属于荒江野老，就如钱钟书先生所说："大抵学问是荒江野老屋中二三素心人商量培养之事，朝市之显学必成俗学。"

真正的学术，不是敲门砖，不看脸色，不与职称职务挂钩，也与学历学位无涉，甚至也不能养家。

有真学问的人淡名利，远虚荣。学问就是学问人的生命宗教，朝于斯、暮于斯，生于斯、死于斯，有真学问的人在学术中得到救赎。

做学问要受得了冷，待遇冷，板凳冷，眼睛冷；学问与热闹远，与喧嚣远，与浮华远；学问要有个性，说真话，既守常规又敢破常规，学问讲创造；素心人难当，不交头接耳，不朝三暮四，不王顾左右。我最喜欢钱钟书先生幽默的话："读书人如叫驴推磨，若累了，抬起头来嘶叫两三声，然后又老老实实低下头去，亦复踏陈迹也。"

驴子好，叫驴尤其好，职业在推磨，不平时，也呐喊几声。

今有幸得王洪琛兄的邀约，珠海文艺评论家协会要出一套评论书系，把我的纳入其中，我内心十分惶恐。自己在学问中不求上进，荒疏年久，且多留恋于散文创作。这次拿出来的所谓的文艺评论的文字，也是在自己的散文创作领域说的一些话，也如叫驴的推磨和呐喊。

南来珠海八年，翻检这些文字，多是珠海这片土地的赠予。学术是枯燥的、繁复的，它对我的文学创作是一剂良药，也滋养着我的创作，它时时提醒着我，写得慢些，写得好些，说些真话，茫茫浮世，就如苦役的西西弗斯，面前永远有一块石头，推石上山，不离不弃。

石耿立
2021 年白露时节于珠海